爱慕你，我也是

十三罗莎　著

江苏凤凰文艺出版社
JIANGSU PHOENIX LITERATURE AND
ART PUBLISHING

图书在版编目（CIP）数据

爱慕你，我也是 / 十三罗莎著. -- 南京：江苏凤凰文艺出版社，2020.11

ISBN 978-7-5594-5282-5

Ⅰ. ①爱… Ⅱ. ①十… Ⅲ. ①长篇小说－中国－当代 Ⅳ. ① I247.5

中国版本图书馆 CIP 数据核字 (2020) 第 198412 号

爱慕你，我也是

十三罗莎 著

责任编辑 刘洲原

策　　划 崔云彩

责任印制 刘巍

出版发行 江苏凤凰文艺出版社

南京市中央路165号，邮编：210009

网　　址 http://www.jswenyi.com

印　　刷 北京金特印刷有限责任公司

开　　本 880毫米×1230毫米 1/32

印　　张 9.625

字　　数 230千字

版　　次 2020 年11月第1版

印　　次 2020 年11月第1次印刷

书　　号 ISBN 978-7-5594-5282-5

定　　价 45.00 元

目录 // contents

第一章 相遇

10:30PM

喧嚣了一天的城市逐渐安静下来，早睡的人已经进入梦乡，晚归的人也多是行色匆匆。

此刻，卡斯那国际酒店六楼的宴会厅里，却比平时还要热闹。恢宏大气的开场音乐响起，穿着中式唐装的主持人登场，一派红火吉祥的婚礼场景。

“华堂异彩披锦绣，良辰美景笙歌奏，今日举杯邀亲友，钟情燕尔配佳偶。各位来宾、各位朋友，欢迎来到杜府喜宴……”

还没等主持人说完，音响中就忽然传来一个冷冰冰的声音：“你再没别的词了吗？我都不记得这套词你用过多少次了。”

铺垫的音乐声瞬间停止，容纳千人的大厅此刻寂静无声。

主持人也算身经百战的老江湖，心知这声音的主人正是“爱慕婚礼”出了名的女魔头赵文熙，心里不由得一阵发怵。

他眯着眼睛向台下看了半天也没找见对方，只好拿起麦克风先回话：“赵总，这是跟客户对过的词……”

“客户不懂你也不懂？”赵文熙的音调瞬间冷了几分，“同一套词不要在一周内重复用，高端客户亲友圈就那么些人，重复率太高会影响‘爱慕’的形象，别告诉我你不知道！”

识趣的灯光师把一道追光打在T台上，这才让所有人看清赵文熙的位置。

月白的光圈之中，赵文熙身形纤瘦、短发干练，浅灰色套装加黑色衬衫利落分明，整个人气场十足，是个标准的职场“厉人”。

尽管隔着T台，主持人还是不禁出了一身冷汗，尴尬地退场重来。他在这一行摸爬滚打多年，打从心里明白“识时务者远离女魔头”的道理。

趁着退场的空档，赵文熙再次拿起麦克风：“技术部，第六个面光灯不亮，左侧第八个光束角度得再调；演艺部，把伴奏送到调音台交给老白，确认一下表演时的大屏素材；执行部，你们再不加快速度今晚就不用睡了。苏珊在哪儿？去问下酒店经理他们打算什么时间摆婚宴桌椅……”

赵文熙话音未落她突然想起来，助理苏珊已经在上星期辞职了，说是要奉子成婚。

当时赵文熙见她走时的身姿矫健还有点儿纳闷，现在自己熬夜布场，才算想透缘由——合着又是个累走的！

开场音乐再次响起，她的思绪很快被手机提示音拽了回来——

“赵总

“手捧花弄坏了

“麻烦重做一个

“亲自送过来

“还有细节商量”

后面还跟了个“夜色”酒吧的定位。一句就能说完的事非得分好几句，讨厌程度仅次于60秒语音方阵！

酒店这边还一堆事，现在让重做手捧花还得亲自送到夜店，什么鬼要求？有钱了不起？嗯，真的了不起！300万的婚礼啊，想想可爱的业绩单和人民币，她决定忍。

午夜时分，霓虹绚烂。富二代老板杜凯明天大婚，今晚在自己的安乐小窝办单身派对——酒水全免，尽情放纵！

赵文熙把车钥匙甩给泊车小弟，举着花束就踏进了喧闹的世界。

绚丽的灯光适合迷醉却不适合找人，幸亏杜凯没进包间，赵文熙找了个没人挤的位置，瞅了几眼就锁定了他的身影，于是小心保护着手里的花束朝着最大的VIP座挤了过去。

杜凯声称要跟她谈细节的这会儿已经没了人形，瘫在各种酒瓶之中正被明天的伴郎团围着灌酒起哄。

这几位伴郎赵文熙前几天婚礼彩排时见过一次，六七个标准的公子哥，这会没有一个有正形。

赵文熙看着烂醉的杜凯不由得眉头微蹙，都喝成这样了还谈哪门子细节？

她正打算把花交代给伴郎就走人，杜凯身边一个男孩却忽然开口了："这位就是赵美女？早知道是这么漂亮的小姐姐，前几天你们彩排我就一起去了！"男孩的话引来一片笑骂，让赵文熙有些不悦，借着蔚蓝的灯光，她眯着眼睛想要看清是谁说话如此轻浮。

那人也就二十出头，肤白帅气、五官精致，一头泰迪卷发配上白T马甲破洞裤——典型的韩范潮男。

男孩似乎完全不会看脸色，自顾自热情地站起来，一把揽过赵文熙的肩就把她按坐在自己身旁："这么晚了还亲自跑一趟，做策划师还真辛苦！"

赵文熙不喜欢自来熟，也实在不想继续浪费时间，挤出个职业微笑后才拿手里的花束隔开对方："既然杜凯喝多了，那就辛苦你们帮他把手捧花带回去。"

没等她说完，那"自来熟"就一把抢了她手里的花，鼻子凑上去刚一闻就假模假样打了个喷嚏，满脸的嫌弃。

"真难闻！美女，你们公司怎么拿这破玩意儿忽悠人？"说着他嗤笑一声就把手捧花随意扔在了桌上。

他这随手一扔，那颇有些分量的手捧花就直接撞倒了桌上的啤酒瓶，缠着浅色丝带的花束从里到外被浇了个透，最后直接从桌子边缘滚落重重地摔在地上。

赵文熙看都不用看就知道，这束花算是废了。这动静可不小，原本还闹着喝酒的几个伴郎也都傻了眼。罪魁祸首用两根手指把惨不忍睹的手捧花提起来，一脸无辜：“哎呀，这玩意儿，还能用吗？”

赵文熙深吸了口气，尽量让自己平静：“已经不能用了，不过我们的工作人员这会儿还在酒店加班，我可以让花艺部重做一个送来，还得麻烦你们帮着带回去。不过要是新手捧花再弄坏，新郎明天接亲可就真没有手捧花可用了。”

她说完微微一笑起身要走，刚站起来就被拽住胳膊，整个人就直接摔回了沙发。

“要钱吗？”臭小子没头没脑来了这么一句。

赵文熙没明白他什么意思，蹙着眉头看对方一脸戏谑掏出钱夹，把几张纸币随手扔在桌上。

“500，够不够？”

“哟，意思还挺贵？”见赵文熙不说话，讨厌的小子嗤笑一声，又抽出几张票子拍在桌上，“1000够了吧？我不懂你们这行情。要不美女你开个价，小爷我付得起！”

赵文熙冷冷地看着对方的眼睛，语气中隐隐带了几分冰冷：“什么意思？”

“花儿呀！重做一个不要钱？”对方促狭地笑起来，“不然，你以为是什么？”

这绝对是挑衅！这个素未谋面的男孩不知出于什么目的，故意给自己难堪！几秒钟的时间，职业笑容就回到了赵文熙脸上。

“够了。谢了哦，还以为又得损失成本呢。你是不知道现在花材和人工多贵！”

她一把抓起桌上的钱塞进包里，这才看了一眼喝得烂醉的杜凯。“我先回酒店布场，你们别喝太多，明天还得早起接亲。”说完就起身离开。

看着她气到冒火的背影，坏小子立马一脸得逞的笑意。旁边的朋友一脸纳闷：“伍坤，你是不是有病？拿杜凯手机把人家小姐姐拐来，就为了把人气走？你这唱哪出啊？”

“我这是兵行险招好吗？”被叫作伍坤的小子拿起桌上的啤酒喝了一口，“唱的哪出，明天就知道咯！”

赵文熙可不知道这背后的猫腻，一脸怒气地避开拥挤的人群，掏出手机给花艺部总监的微信发完定位，就立马转了1000块过去。

留言写着：手捧重做一个送过来，立刻！

出来跑腿遇上个瘟神，赵文熙本以为就够倒霉了，可没等她走出酒吧门口，手机就忽然响起来——居然是老妈！

十二点半了，怎么现在打电话？

赵文熙刚接起来就结结实实撞到了别人身上，她一边着急忙慌跟人道歉一边捡手机，显得有些狼狈。

等走到自己车跟前，她这才焦躁地抚着额头给追问个不停的老妈回话：“我没事，刚手机掉了，你怎么这么晚还没睡？”

“还知道晚？忘了昨天什么日子了？”

老妈的声音听起来一如往常，赵文熙却听得一愣，锤着脑门满心歉疚地放软了语气：“哎呀，对不起啊，妈，生日快乐。”

尽管生日被遗忘，老妈倒是丝毫不介意：“快乐，哈哈！晚上你姐一家三口带着我和你爸去吃了大餐，就你没口福。”

“呃……我下……”赵文熙在心里盘算了一下，迅速在

“周”“月”等几个字眼里做了选择，“下次回去给你补。”

明知是空头支票老妈还是心情很好：“那我可当真了啊，你早点安排，下周末我看就挺好。你还记得老邻居李阿姨的儿子小虎吧？比你小两岁那个。人家留学回来了，我记得你们以前很玩得来。”

“妈，那都是幼儿园的事了。正忙呢，以后说成吗？”赵文熙每次一听这话题就头疼得恨不得掀了天灵盖。

“又是以后，还往哪以后？你都27岁了！跟你说多少次了，在外面飘着不是个事儿！买了车买了房，不还是外地人？回家安安稳稳就是一辈子，我跟你爸还不是这么过来的？你怎么这么不让人省心？”

类似的话赵文熙已经听过无数遍，但还是感到有些无力：“妈，我还在忙……”

没等她说完电话就被挂断，连让她感伤的机会都不给。活儿都还干不完哪有时间感伤？矫情！

现在的她，连矫情的资格都没有……

等她返回酒店，原本黑金色调的欧式风格大门已经彻底变成了恢宏大气的中式门楼；典礼大厅里也变了样，舞台上两块巨型LED屏幕搭建完成，Truss架上的吊顶设计成形，T台上红色系鲜花地引也已经搞定；执行部用折扇、纸伞、宫灯把副仪式区布置妥当，此刻正在跟近千个椅背蝴蝶结死磕……

这一夜注定要在忙碌中度过，好在新人父母对布场效果还挺满意，一大早看谁都是一脸喜庆；而新郎已经带着伴郎团去接亲，算算时间也快要回酒店了。

赵文熙在厅门口看着同事们顶着熊猫眼，脸上不动声色，心里却不由得叹了口气——都觉得婚庆公司钱好挣，有谁了解这每一场光鲜亮丽的婚礼，都是有人拿命拼出来的？

赵文熙正感慨着，一只大手就重重拍在她肩膀上，回头一看瞬间一脸惊讶：“薛总？您怎么来了？”

这话问完，她才想起这单能成还是靠薛一行的关系，随即扯出一抹微笑：“随份子？”

薛一行是她老板，身高一米八，体重两百斤，一身暗红色唐装，手里晃着把白面折扇，一双睿智的眼睛在黑框眼镜后面笑成月牙状，整个人都透着慈祥。

“可不嘛！”薛一行笑得像尊大佛，瞅瞅四周话锋一转，“老杜昨天半夜给我打电话，猜他说了什么？”

赵文熙一秒都没犹豫就嗤笑道：“还能干吗？他家大业大的，找您要优惠也就是找个安慰，您爽快答应再甩给我就是了。”

她这黑脸当得简单粗暴，倒弄得薛一行有点无语：“你这丫头把人看那么透，有意思？”

“有啊，”赵文熙笑出声，“那可是钱啊！”

薛一行从三年前就不怎么过问公司的事，闲云野鹤般到处玩，远比为钱奔波的人活得通透，自然见不得她这市侩的模样：“真拿你们这些俗人没办法！”

看赵文熙一脸疲惫，他忍不住叹气：“你这老是一个人奋战也不是事儿啊……对了，还没见过你的新助理吧？”

听他这么问，赵文熙不由纳闷，苏珊辞职薛一行是知道的。这阵子她跟人事部要了几次人都没结果，哪来的新助理？

正想开口问，就见薛一行在朝门口招手，紧接着一个西装革履的高挑帅哥就朝他们走了过来。

“伍坤，这儿！”

尽管换了行头，泰迪卷儿也弄成了帅气背头，赵文熙还是一眼就认出这人就是昨晚那个“自来熟”！

薛一行亲昵地拍着“自来熟”的肩笑得一脸慈祥：“小坤，这就是赵文熙。昨天她不在公司你们没见到，今天正好认识一下。”

那小子立马一脸乖巧地点头问好：“赵总。”

“文熙啊，”薛一行给她介绍，“这是三江设备伍总的儿子伍坤，想来咱‘爱慕’历练历练，正好你的二部缺人……”

赵文熙的心瞬间凉了半截，不祥的预感袭来。她立刻拿起压根儿没响过的对讲机耳机，飞快地说了声“好，我马上过去”，一脸歉意看向薛一行：“我得去准备开场了，您先入座有事随后说。”

眼见她要溜，薛一行立马急了：“控台有老白看着，伍坤这事儿我可是已经答应老伍了。”

“薛总！”赵文熙一脸为难，“要不让他去一部、三部试试？您也知道我这暴脾气哪有耐心带新人？”

她的推脱让薛一行有些不悦：“一部单少，业务额大，就那几个人忙得昏天黑地全国跑，谁有工夫带他？三部倒是活儿多业务小，可那已经堆了几十个人，办公室都扩了两回还不够，你让他去凑热闹？”

碍于伍坤在，他顾着赵文熙面子压低了声音，但语气已经有了几分严厉：“你就不想想为什么三个销售部偏你赵文熙成了光杆司令？凡事只会自己上，怎么带团队？”

话说到这份上，赵文熙只能认命。已经快到典礼时间，宴会厅里人越来越多，薛一行也没再啰唆，把伍坤丢下便直接入了席。

他前脚刚走，伍坤就瞬间恢复了吊儿郎当的德行：“又见面了啊！美女，昨天不知道是你要当我领导，不好意思哈。有什么我能帮忙干的？”

赵文熙揉了揉眉心，脸上的表情实在不算友善：“你穿成这样，能干什么啊？”

不得不承认，眼前这小子虽然讨厌，但长得确实不错。大高个子大长腿，身上的宝蓝西装面料考究做工精细，一看就有五位数；配上领结和纯白修身衬衣，倒还真有几分社会精英的意思。

“我这是跟他们去接亲，还没顾上换衣服。”这家伙边说边脱外套，态度良好得像昨天那个人不是他一样，这倒是让赵文熙有点诧异。

这小子看着挺积极，难道是自己误会人家了？

本着有苦力送上门不用白不用的原则，赵文熙迅速露出一个微笑：“那你帮我整理一下T台上的宫灯路引吧，看好距离摆正就行。”

她话音刚落，伍坤撸起袖子扭头就奔向T台，看得她一阵欣慰。

工作态度还不错，孺子可……哎！

一阵让人心颤的“叮叮咣咣”，十几个宫灯路引此刻像多米诺骨牌一样挨个倒下，T台上东倒西歪一片混乱！而罪魁祸首正站在台上，整个人还保持着弯腰要去扶宫灯的动作。

知道闯了祸，他扭头看着目瞪口呆的赵文熙一脸无辜：“……我是无心的。”

赵文熙简直要当场爆发，这小子是职业专修过闯祸专业吗？几十个人好几个小时的努力，被这小子十秒不到就给毁了？

伍坤见赵文熙满脸愤怒，继续弯腰把倒在脚边的宫灯路引扶起来，还准备去扶其他的。

只是他脚下的镜面地板早已经撕了保护膜，此刻已经被宫灯路引砸出了蜘蛛网一样的裂缝。他这一走动，脚下的裂痕越来越大，呈放射性向周围延伸！

这状况吓得赵文熙赶紧摆手，示意他站在原地千万别动：

“你……你从边上跳下来，可别再踩了！”

这几个字是赵文熙从后槽牙缝里一个个挤出来的，要不是怕引起更大的骚动，她早就吼得响彻云霄了。

可福无双至祸不单行，这小子从T台翻下来时踢到了排花，两组沉甸甸的地引花瞬间就重重砸在地上。花毁了不说，地毯上那团花泥染成的绿色水渍简直是触目惊心。

赵文熙瞬间一阵晕眩，各部门工作人员这会儿也都一脸紧张。伍坤此刻倒是十分淡定，把排花从地上提溜起来，眨着眼睛问：“这玩意儿，还能用吗？”

这话听着耳熟，气得赵文熙只想狠狠抽他几个大嘴巴！她深吸口气让自己迅速冷静——这种情况下绝不能情绪失控，一旦她大吵大闹，客户找麻烦就是板上钉钉！

她一把抓起对讲机说道：“执行部，安排人把碎掉的镜面地板换掉；花艺部，拿备用的地引花过来，想办法清理地毯。动静别太大，其他人按部就班该干吗干吗……”

安排完补救工作，她带着一脸瘆人的微笑看着伍坤：“直说吧，我哪儿得罪你了？”

伍坤挑眉：“我真不是故意的！你让我弄那个柱子，我以为是让我上去摆呢……”

赵文熙平生最恨就是“我以为”这几个字，要不是对讲机又响起，她绝不会善罢甘休。

“不管你打什么主意，不要拿你朋友的婚礼开玩笑，OK？”她咬牙切齿地说完，瞪了对方一眼，扭头就走回了控台。

在她身后，刚才还一脸无辜的伍坤看着她火冒三丈的背影，瞬间就露出了一个微笑：“火气不小嘛，就不信这次还气不死你！”

短短几分钟，经过各部门紧张补救，伍坤制造的麻烦已经被彻底搞定。

排花、镜面地板已经更换，染成绿色的地毯也有人仔细地拿清洁剂弄干净了，只留下一片浅浅的水渍。

此刻，执行部的人正站在T台下面，小心地撕掉镜面地板保护膜，并开始给宫灯路引接好电源。

检查了各环节万无一失，赵文熙就得下楼去和客户做典礼前最后一次对接。她刚出宴会厅，阴魂不散的伍坤就跟了过来，温和的笑容人畜无害，看得赵文熙心里一凉。

“给个将功补过的机会呗？”

尽管赵文熙严词拒绝，狗皮膏药一样的伍坤还是跟着她一起往一楼迎宾区走去。一路上她特意加快脚步，可对方毕竟比她腿长，根本甩不掉，只能任那瘟神跟在背后。

东道主杜鹏飞是地产公司老板，此刻正跟宾客握手寒暄，一旁的杜夫人负责优雅微笑，昨天喝得像个笨蛋的新郎杜凯已经接亲回来，笑得格外喜庆，一派夫唱妇随父慈子孝的和谐场景。

等赵文熙走到迎宾区跟前，杜凯已经在跟伍坤撞肩膀了。

年近六十的杜总一看到赵文熙就笑了：“小赵！今天可真是太感谢你了，布置真不错！真是漂亮又能干！”说话间，握着赵文熙的手倒像是忘了一样好半天没撒开。

一时间，赵文熙无懈可击的职业微笑就裂开一个微小的缺口，显出了几分尴尬。

伍坤刚跟杜凯聊了几句，一看赵文熙那状况他就皱起了眉头。这杜老头看着有头有脸的，见到女人怎么这副德行？更何况这还是在儿子的婚礼上，真是为老不尊！这赵文熙也可笑，光天化日碰见咸猪手居然还能忍着不发火，为了挣工资这么拼吗？

尽管自己也把人家祸害得不轻，但伍坤还是没法眼睁睁地看着。刚打算问问杜凯能不能打他爸，赵文熙就发话了。

“杜总，您要是对典礼满意，随后可要多介绍生意啊！”说着，她忽然深深地一个鞠躬，这就让对方不得不放开她的手。

都是老江湖，杜鹏飞脸上的尴尬连一秒都没停留就变成了笑脸：“一定，一定！”

赵文熙点点头：“那我可就先谢杜总了，你们先迎宾，稍后我让主持人和督导再跟你们对一次流程。”

打过了招呼，赵文熙转身往电梯口走去。直到按下电梯键，她才收起笑意冷着脸搓手。紧接着，身后就递过来一包湿纸巾——是伍坤。

见赵文熙没接，伍坤特意朝着她的手努努嘴，示意她擦手。

这算什么？看笑话？赵文熙怒从心起，看向伍坤的眼神极不友善。伍坤也不在意，默默收起湿巾，气氛尴尬到顶点。

进了电梯，伍坤看着赵文熙铁青的脸色，故作大度地说：“赵总，其实我知道不管我怎么补救，我都已经得罪您了。您不愿意接收我这关系户，我也不想给您添堵。要么您跟薛叔和我爸说一声儿，把我退货？”

他这话一出，赵文熙直接愣了。她实在搞不懂这伍家父子到底在搞什么鬼，不过，几秒钟后，她就露出了一丝微笑。合着这小子故意惹事是在这儿等着，不想留是吧？

“放心，我这人不会公报私仇，你就安心工作吧。”

她这话一出口，伍坤瞬间就傻了眼。这女人不是应该很乐意把自己赶走吗？怎么不按常理出牌？

他想问个明白，可两人已经到了厅里，音乐声逐渐增高，典礼快开始了。戴着瓜皮帽、穿着对襟长衫马褂的主持人已经在给赵文熙打手势了。赵文熙点点头，主持人立马就说着幽默诙谐的开场白上了场，全然不是昨晚的那套旧词。

薛一行已经入席，只有伍坤跟着赵文熙在调音台哪看着她忙得像个陀螺。

赵文熙正捏着对讲机的耳机线说个不停：“老白，让追光注意门口，舞台正面光束关掉只留面光和染色；斯坦尼康……”

与工作人员的紧张忙碌不同，对参加婚礼的人来说，过火盆、跨马鞍、走米升……流程繁复，却热闹有趣。

一点多钟，典礼终于在欢快的撒喜糖环节中圆满结束。新娘已经去换敬酒服，宾客也都开始用餐，大屏幕播放着新人婚纱照的电子相册，音响压低了声音，方便人们把酒言欢。

赵文熙他们平时执行典礼，午饭都得两三点以后撤完场才能吃，为了不影响结款，不接受客户宴席和礼物也是公司制度之一。

可今天情况特殊，杜总说不吃就是不给面子，直接多定了几桌。除了还在跟拍敬酒的摄影、摄像师，其余工作人员都可以在典礼结束后直接入席用餐。

薛一行把赵文熙召唤到自己身边，伍坤嫌伴郎团那桌闹腾，也凑了过来。

杜总夫妇先行敬酒，到了他们这儿，已经喝了不少的杜总又拉着赵文熙的手感谢个不停。

“赵美女，为了我儿的婚礼，你费心了！我得敬你一个，这喜酒你可必须喝！”

“我酒精过敏。”赵文熙笑着推脱，示意自己带着对讲机，随后要安排撤场。

杜鹏飞脸上嬉笑着，说的话却带着几分威胁：“骗我！典礼都完了，敬酒不喝不给我面子，一会儿还想不想结钱了？”

这话让在一旁的伍坤直皱眉头，色老头刚才抓着人家美女的手揉来捏去，这会居然蹬鼻子上脸借酒装疯，真是可笑！

赵文熙更可笑！她一边拽回自己的右手，一边用左手飞快地捏起薛一行碟子里的一颗炭烧元贝塞进嘴里。她之前不是挺高冷？怎么被人揩油还只顾着吃？

那杜总借酒装疯，搂着赵文熙的肩膀不依不饶。她拗不过就只好接过酒杯，刚抿了一口脸上就迅速泛起红疹，看起来有点儿吓人。

薛一行立马站起来："老杜，文熙今天辛苦，让她缓缓。我陪你喝？"

赵文熙也立马苦着脸："不好意思杜总，我是真对酒精过敏。"

见杜总还想去摸赵文熙的脸，一旁的杜夫人终于忍无可忍："儿子的婚礼，非要这么丢人现眼吗？"说完，她脸色铁青地瞥了一眼狼狈的赵文熙，扭头就走。

杜总的酒瞬间醒了大半，赶紧追了出去。宾客们各自吃喝聊天，像是什么都没发生一样。

看薛一行满脸担忧，赵文熙浅笑："我没事。来这么一下，他应该不好意思要优惠了，不亏。"

伍坤离得近，听到这话简直不敢相信自己的耳朵。这人是掉钱眼里了吗？

看着周围人的脸孔，伍坤忽然觉得他们都戴着面具，没人知道在这一张张虚伪的笑脸下藏着什么样的内心。

他起身往厅外走去，刚到厅门口正好遇到新郎新娘开始敬酒。虽说是好友，但他这会儿实在心情不佳，懒得应酬，索性闪身躲过，钻进安全通道往上走了一层，悠闲地坐在台阶上打游戏图清静。

“陈姐，你在财务室吗？”

伍坤刚开了一局就听见楼下传来赵文熙的声音，也不知为何，他下意识就关了手机音量，屏住呼吸开始偷听。

“你查一下公司账户，余款120万到账。对，结清了。”

紧接着就没了动静，伍坤刚要冒头看看情况，声音又响了起来：“老白，打发个人买点儿过敏药回来。”

听到这儿，伍坤不由得皱起眉头。她第一个电话是打给财务，看来已经成功结账；第二个电话是找人帮她买药……原来她真的酒精过敏！就抿那一小口严重到还得吃药？

“我在大厅，记得让他跟药店说清楚，是甲壳类海鲜过敏，别买错。”

这话让伍坤瞬间想起了那颗被赵文熙亲手塞进嘴里的炭烧元贝……这女人为了结款还真舍得对自己下手！

下午开始撤场，赵文熙忙得要命，顾不上理伍坤，但看在薛一行面子上只好妥协，让他明早九点去公司15楼找她报到。

第二天一早刚过七点，伍坤就被老爸伍三江从被窝里拽了出来，接着就是连踢带打催着他洗脸刷牙沐浴更衣，还有没完没了的絮叨：“头天上班低调稳重一点儿，爸就不去送你了，你也别开车，让司机老蔡送你去。要是表现好，爸给你买新车！你可别觉得你小子私自把设计专业改成音乐专业的事就这么算了，你身份证、护照和信用卡可都在老子手里，敢耍花样那我可就‘撕票’了！”这语气，专业得不去干绑票都屈才。

刚到八点半，伍坤就被丢到了“爱慕”公司楼下。花T恤破牛仔、亮眼的荧光绿球鞋。尽管一身名牌，但因为在车里打盹，头顶竖起的两撮呆毛，还是顽强地宣扬着主人有多么不精致。

他挠了挠后脑勺，溜达着进了一楼巨大的旋转门。

这栋楼的14层往下是名叫“AMOR”的“爱慕”自营婚礼主题酒店，大堂有专用电梯直通办公区。

伍坤一边按下15楼的按钮一边嘀咕，这可是全市最繁华的商圈，寸土寸金，真是财大气粗！

前台接待是两个穿着制服的美女，一个圆脸的正在接电话，另一个网红脸则一脸笑容：“先生您好，有什么可以帮您？”

“我找赵文熙。”伍坤清清嗓子，说完又补了一句，“赵总。”

网红脸不动声色地打量了一眼：“您有预约吗？”

伍坤让她问得一愣，挠挠头灵机一动：“我是新来的，她让我九点来找她。”

对方看了下预约来访登记表，微笑着摇摇头：“不好意思，公司今天放假，赵总这个时段也没有任何预约。您是不是记错时间了呢？”

“放假？”伍坤一下就瞪大了双眼，“你们星期一放假？”

“‘爱慕’以婚礼和活动业务为主，周六日最忙，所以每周假期都安排在周一周二。如果您没有预约的话，有什么事，我可以为您做记录。”

伍坤不由得冷笑一声，一来就吃闭门羹？这女人肯定是故意的！这可就怪不得他回去偷护照直接溜回学校了！

这么想着，他扭头就朝电梯走去。

“小圆脸”接完电话，一看这情况赶紧问发生了什么事。两人在身后窸窸窣窣，伍坤也懒得理，不耐烦地又按了按电梯按钮。

正当电梯上那向下的箭头亮起来时，“小圆脸”就开始叫他：

“不好意思先生，麻烦等一下！”

伍坤蹙眉转身，眼看着那前台的两位女生一脸歉意看着自己。

“请问……您是三江设备伍总那边的吗？”

“怎么？”伍坤挑眉，“刚不是说没预约？”

两个女孩对视一眼，“小圆脸”说道：“不好意思怠慢您了，赵总交代过，让您来了以后在接待区休息！”

伍坤嬉皮笑脸地说着“不用了，美女”，身后的电梯门就开了。

两个女孩立马变了脸色，规规矩矩鞠躬问好：“赵总，上午好！”

赵文熙身着与昨天不同款的灰色职业装，整个人干练、冷傲。她今天忙得很，一出电梯就看到伍坤与前台嬉笑，脸色更是阴沉了几分，冷冷地说了句“跟我来”，就自顾自地往接待区走去。

伍坤头一次感受到什么叫身高一米六、气场两米八，稀里糊涂就跟了上去。

穿过走廊，伍坤这才看到这一层的全貌。楼层一半都被舞台占据，台上大屏、灯光、音响设备一应俱全；T台两侧摆着一百多把椅子，看起来是一个小型婚礼场地。

另一半就是接待区，除了普通圆桌和皮椅，还有四个封闭的VIP接待室。赵文熙走到圆桌跟前，留下一句“在这等”，就直接走进了1号接待室。

圆桌区已经坐了个白净斯文的女孩，此刻正一脸紧张。女孩看着伍坤一脸好奇，等赵文熙进了房间才压低声音问道：“你也是来面试的？”

“面试？”伍坤瞬间一脸蒙。

女孩沉浸在激动之中：“刚才那位是老总？气场好强啊！听

说，‘爱慕’的面试全行最难了呢！”

伍坤不屑地冷哼：“也就那么回事吧，不知道有什么了不起。”他刚想问问面试是怎么回事，一个“眼镜男”就从1号接待室走了出来，身后还跟着一个40岁上下的女人。

这个女人一身黑色工裙十分干练，打发走眼镜男才朝着伍坤他们看过来。

“你们两个，过来。”

听到召唤，女孩赶紧走了过去，女人一边领着她往隔壁房走，一边对伍坤示意他进1号房间。

看着那扇半开的门，伍坤竟莫名紧张起来。坐在里面的赵文熙则满脑子想的都是薛一行刚才的电话。

懒散的薛一行居然用了半个小时嘱咐她不要苛待伍坤那孩子，让他好好学点本事，也算对得起伍三江。

孩子？这称呼让赵文熙无语。为了不上班各种作妖得罪老爸的朋友，二十好几了如此任性，真是幼稚！

在赵文熙的字典中，从来没有“任性”这个词存在。从小地方来的她现在可以在这城市立足，付出了比别人更多的努力。名誉、金钱，想要什么只能靠自己！可像伍坤这种米虫……

听到开门的声音，她调整了一下坐姿，锐利的眼神正好发现了对方头顶那撮顽强的头发——真讨厌啊！

眼前这小子在她眼里早已判了死刑，说是面试也不过是走个过场。她顺了口气，好半天才冷冷开口：“坐。”两人隔着个茶几，怎么看都像审犯人一样，就差没在墙上写着“坦白从宽，抗拒从严”了。

见赵文熙翻开记事本，伍坤就开始努力猜测她到底会问些什么？如果这面试搞砸了，不知道还有没有机会把护照和身份证偷出来……

“自我介绍一下。”

忽然这么一声直接吓了他一个激灵，顺了顺气才挠挠头说道：“伍坤。”

他说完就没再吭声，刚准备在本上记录的赵文熙一下停了笔：“没了？”

“嗯。”伍坤点点头，“你还想知道啥？”

赵文熙的笔瞬间就在纸上划下深深的一道，忍了又忍才摇摇头：“没了。”听到这么说伍坤倒是一脸庆幸，气得她彻底耗光了仅存的一点儿耐心。

赵文熙放下笔，语速极快地说道：“等下去隔壁找人事部总监韩娜领入职登记表，走完入职流程；再去婚纱部量身订工装，然后就可以下班回家换衣服了，你这身打扮不适合出现在公司。你暂时在销售二部我的办公室待着，韩娜会尽快给你安排工位。我今天很忙，就不招呼你了，还有其他疑问吗？”

赵文熙如行云流水一般大气都不带喘地说完这么多，伍坤简直听傻了，不敢相信地眉头紧皱：“我这就算入职了？”

“不然呢？”赵文熙挑眉，把钢笔别在本子上开始往外走，“给你办个欢迎会？”

“那倒不是！”伍坤摆摆手站起来，又是习惯性地挠挠头：“我是说，刚才有个美女跟我说面试可能很难，我还以为……”

美女？原本已经往门口走的赵文熙一听这话立马停住脚步，两眼冒火声色俱厉：“我警告你，‘爱慕’虽然不反对办公室恋情，但你要是敢骚扰女同事，即使你是关系户，我也绝不会放任不管！”

她又瞥了一眼伍坤脑袋上那撮矗立不倒的头发，眼里充满嫌弃。“还有，你以前什么行为习惯都没问题，但是‘爱慕’有‘爱慕’的格调，起码的个人卫生我希望你可以稍微注意一下，没事儿把头洗一洗，OK？”说完她就走了出去，连给对方反应的机会都不留。

不要骚扰女同事，没事儿洗洗头？这女人是把他当成流氓还是邋遢鬼？要不是软肋在老爸手里捏着，小爷早走了好吗！

伍坤气得跳脚，刚走进电梯的赵文熙也不遑多让，一边猛戳电梯按钮，一边拨通了薛一行的电话。

“您可真是给我塞了个极品！”

赵文熙的冲天怨气惹得薛一行大笑不止：“就冲能让你这么抓狂，那小子就有些本事！”

“他邋遢、猥琐、能闯祸我就忍了，招惹女员工算怎么回事？你都不知道早上前台那俩小姑娘让他吓成什么样，站那跟鹌鹑一样话都不敢说。”

薛一行一度憋笑无能：“你确定她俩不是让你给吓得？说实话，全公司上下三四百人谁不怕你？我是你老板有时候都怵得慌！”

一听这话，刚踏进办公室的赵文熙气得抓起桌上的水杯猛灌了两口。

“我觉得他连考察期都混不过去！而且我不信您看不出来，他根本就不想留下，存心作妖就是想跑路。”

“咱都看出来了，你当老伍心里没数？老伍开了口我只能接收，可这小子要真是烂泥扶不上墙，咱也算有个交代了。”

薛一行知道赵文熙的脾气，索性看伍坤自己的造化吧。

刚挂了电话，赵文熙手机还没放下，办公室的门就被人推开了，紧接着一个脑袋就探了进来：“那个赵总啊，我手续办好了哦，去哪儿订衣服来着？”

不用问，能在“爱慕”用这种态度跟赵文熙说话的，不是伍坤还能是谁？他一进门，四下瞅了瞅就大剌剌地一屁股坐在了沙发上。

看他那德行，赵文熙甚至开始反思自己这两年是不是做了什么不地道的事情？“不是让你办了手续就回家吗？”

伍坤还没来得及回话，办公室的门就又被人“砰”的一声推开了。门口瞬间涌进来四五个人，为首的是个40岁上下的干瘦男人，头发不多个子不高，眼窝深陷颧骨高耸。看这来势汹汹的架势，摆明是寻事的！

干瘦男完全不管办公室里有没有旁人，一开口就带着浓郁的火药味，明显没打算给她留脸面：“赵文熙，我顾星明到底怎么得罪你了，你抢我单子上瘾？”

顾星明仗着自己是元老，这些年占着资源最好的业务一部根本不撒手。除了赵文熙时不时撬走几个大单，公司其他超百万的业务基本没有别人的份。

本来职场如战场，各凭本事上位，顾星明也不会跟她闹得太难看，可这事坏就坏在昨天杜家这场婚礼上！

杜家的单子本来赵文熙是挨不着边的，可杜总不知怎么总和顾星明没眼缘，尽管薛一行从中助力，这单子还是僵持许久拿不下来。后来，杜总有天来找薛一行正好碰上赵文熙也在。仨人一起喝了会儿茶，赵文熙居然就哄得杜总留了20万订金。单子被截和，顾星明总觉得是赵文熙为撬单不择手段使了美人计，明里暗里不知跟薛一行告了多少状。

看看抓狂的顾星明，赵文熙悠然坐在沙发上稳如泰山：“顾总，没人教过你进别人办公室前要敲门吗？杜家婚礼都完事儿了，还来兴师问罪啊？”

顾星明已经愤怒到极点，讥笑着就破口大骂：“杜家那单丢了我认栽，谁让我不是个女的，也没有你赵文熙的手段呢！现在连任云飞的单子你也想抢，你也太卑鄙了！为了抢我的单子用这种下三烂的招数，公司利益都不顾了吗？”

听他前半截的话，赵文熙不免有些生气。女的怎么了，什么手段？客户选择合眼缘的婚礼顾问而已，自己拿不下单子怪谁？

可这后半截，她还真听不明白。那个明星任云飞的单子她知道，但从来也没动过心思啊！

“你什么意思？任云飞情况特殊，一直以来也是你们一部在跟进……”

“别给我装！”赵文熙话都没说完，顾星明就一手指着伍坤，“他，是不是你的人？”这愤怒的指控让赵文熙和在一旁看热闹的伍坤都愣了。

赵文熙立刻眼神凌厉地看向伍坤，伍坤则是一脸蒙地看着顾星明，好半天才指着自己说：“有我啥事儿？大叔你是不是搞错啦？我可是刚来的，根本不认识你！”

顾星明不搭理他，掏出手机划了两下就递给赵文熙：“你敢说这不是你让他干的？”看他实在也不像空口说白话，赵文熙蹙着眉头一声不吭地接过手机，只看了一眼就愣了。

手机屏幕上显示着一篇微博的截图，博主名叫“K”，整个微博只有一句话和两张图片：头天报到就遇到明星，耶！

图片第一张是戴着墨镜的任云飞侧面照，明显是在接待区外面拍的，背后墙上“爱慕”婚礼的标志十分明显；第二张是类似的角度，只不过前景加上了伍坤的剪刀手自拍……

“啥东西啊？让我看看！”

伍坤一看赵文熙变了脸色，从沙发上弹起来抓过手机就看，看完就乐了：“这不我刚发的微博嘛？大叔，你关注我了？”

顾星明火冒三丈：“现在全国都要关注你了！我好不容易把人约来签预约单，人坐下还没五分钟，你这一条微博发出去，他的粉丝会这会儿都要炸锅了！”

伍坤这下也傻眼了，赶紧翻口袋找手机出来，一边解锁一边叨叨：“哎呀，我哪知道不能发啊！这就删……”

“伍坤，”赵文熙一脸暴风雨前的平静，“我就问你一句，你入职办完了吗？”

伍坤不明白她为什么问这个，迷迷瞪瞪地点点头：“办完了呀！”见赵文熙瞬间脸色铁青，他赶紧删了微博拿给顾星明看。

顾星明只是瞟了一眼手机，没吭声，他赶紧又把手机递给赵文熙，可赵文熙连个正眼都没给他：“那微博虽然@了任云飞，但侧面照而已，谁敢确定就是本人？更何况，伍坤你也太不了解顾总了，要是事情没解决，他哪有心情先跑来兴师问罪？你第一天报到，很多规矩还没来得及教你，不随意透露客户信息，这就是顾总代我给你上的第一课！”

赵文熙把目光转向顾星明：“顾总，我的人犯错我认。不过，我好歹也是跟你平级的业务总监，你这样领着人冲进我办公室大呼小叫，薛总知道吗？”

薛一行虽和善，却最反感公司内斗。以往遇到部门间争单从来都是各打五十大板，先挑事的反而吃亏。

见赵文熙甩锅给薛一行，顾星明好半天才冷着脸说道：“经纪公司已经在处理热搜，控评说是认错人。可任先生现在对‘爱慕’的专业度十分质疑，如果这单黄了，你要怎么负责？”

“该我负责的我不推脱，薛总怎么处置我都无话可说，要不您让他开了我？”

赵文熙把球又推向薛一行，摆明了是在打太极。看着她那张带笑不笑的脸，顾星明血压噌噌往上蹿，甩下一句“简直无赖”，就带着人气势汹汹地走了。

找麻烦的人一走，伍坤立刻像只苍蝇一样在赵文熙跟前转个不停：“厉害啊！三言两语就把那大叔气走了？不过我真没想到，关键时刻你居然会护着我！其实这事真不能全怪我，我哪能想到在这能碰见以前偶像啊？当然得第一时间发个微博得意一下呗！”

说着他好像想起什么，又掏出手机边摆弄边嘀咕：“看我这脑子，差点儿忘了还有朋友圈……”

一直在揉眉心的赵文熙在此刻只想把他脑袋敲开，看看里面到底塞了什么东西！她正烦着，一阵狂躁的音乐就忽然在办公室炸响，直接吓了她一跳。

“动次打次、砰砰砰砰……”

伍坤看看手机屏幕，磨叽半天才接起电话：“薛叔？哎？你在我爸公司？我哪知道发个微博惹那么大动静啊？”

听这意思，合着薛一行和伍三江也知道了这回事……赵文熙不由得又是一阵头痛，泄露客户隐私这么丢人的破事儿是要搞得人尽皆知吗？

正懊恼着，她就听到伍坤冲着电话那头说道：“行了，您两位消消气，就这样咯！”接着直接挂了电话。

接下来的时间，俩人隔着个办公桌，又成了审犯人的状态。

“谈谈。”赵文熙一脸平静。

话音刚落，伍坤就一抬手打断她的话：“你不用说了，今天这事确实是我的错。赵老大你很够意思，你放心不管是开除还是赔钱，责任我担！”

赵文熙此刻的火气压都压不住："你担责任？如果那单丢了，你打算赔他千八百万？你搞清楚，如果你还没办入职，我一定把你丢出去扛雷，对着顾星明我保的是我自己，绝对不是你！都别藏着掖着，你到底想怎样直接说！"

伍坤本就心里有愧，看人家一个女人都这么坦率，也就不再隐瞒。"说实话，我真不是存心给你找事儿。我本来在英国留学好好的，结果我爸发现我把专业给改了，就把我抓回国了，非让我到你们这儿来历练历练，学策划设计。我估摸着，要是他发现我不是那块料，你们又死活不要我，他也就死心了。"

赵文熙瞬间无语："所以你就故意折腾我，好顺理成章被退货？"

伍坤一脸诚恳："我真不是针对你，如果薛叔是把我扔给刚才那个大叔，那遭殃的就是他了呗！不过，我爸超认可你的业务能力，找到薛叔点名就让你带我，所以……"

赵文熙哭笑不得，合着这事只能怪自己命不好呗？

"你也别太发愁，咱俩完全可以合作得非常愉快。"伍坤笑得贱嗖嗖的，"我这人没什么存在感，你就把我当个透明人，咱井水不犯河水！两个月，哦不，可能都用不了那么久，到时候你跟我爸说我实在不是这块料，然后再把我打发走。到时候你也清净我也自由，完美不？"

听他这混账话，赵文熙一阵沉默，伍坤倒是一下就急了："我说你就别犹豫了！你看，你讨厌我我跟你也不投缘，我不但帮不上忙还会给你添乱。现在我自愿离开，这是向你抛出橄榄枝好吗？再说了，你这部门就你一个人，连个跑腿小弟都没有。你当我老大，让我在这舒舒服服待俩月；我给你跑跑腿儿，你还不用担责，咱这就是双赢啊！"

赵文熙都让他气笑了："不容易，你还知道双赢？"

"哎？"伍坤咂咂嘴一脸不满，"我说你这当老大的怎么还看不起人呢？"

伍坤的建议虽说不着调，但算下来无非就是办公室里多个摆设，赵文熙每天忙得脚不沾地，能看见他的机会恐怕也不多，索性就当两个月时间不顺。赵文熙永远知道什么时候抓住机会，也很明白什么才是对自己有利的选择。"什么'老大'，叫我赵总！"

见约定达成，伍坤也很高兴："知道了，赵老大！"

"叫赵总！"

"好的，老大！"

就从这一刻起，赵文熙和伍坤的"井水不犯河水计划"正式开始！

人生在世总是会做一些让自己后悔的决定，即使精明如赵文熙也是如此。尽管有了上午的"约定"，下午赵文熙一进办公室看见正瘫在沙发上打呼噜的伍坤时，还是十分后悔上午的决定。

这小子倒是已经换过衣服，早上那身花里胡哨的造型换成了有些面熟的西装西裤——他昨天参加杜凯婚礼时的那套。也不知道他在沙发上窝了多久，那价值不菲的手工西装已经起皱，还沾着不少饭粒子！

赵文熙抬脚朝着沙发底座踹了过去，吓得睡到流口水的伍坤翻身起来，见是赵文熙才呼了口气："哎呀你干吗？我刚睡着……"

赵文熙皱着眉头打量他的造型，满眼都是嫌弃："让你回去换衣服，就换成这样？"

一听这话，伍坤立马得意起来："帅吧？正经意大利高定！别看我平时不走这路线，这身战衣我还是很中意的。"

赵文熙此刻只恨自己眼神太好，实在是很难忽略他脚上那双扎眼的荧光绿球鞋，还有那件配色刺眼的花衬衣。但为了以后两个月能安稳度过，赵文熙不得不把伍坤的“紧箍咒”缩小一些，在之前的约定之上加上附属条约：“我觉得我有必要和你重新定个规矩。”

伍坤明显没把她的话当回事，继续舒舒服服躺在沙发上，根本没把自己当外人。

看对方这副德行，赵文熙实在没办法理智地谈事。伍坤倒是也机灵，一看她怒火冲天，赶紧一骨碌从沙发上坐了起来。

好半天，赵文熙才开口：“虽然咱们有约定，你可以游手好闲得过且过。但既然你要开始挣实习工资，那起码的规矩还是要有的，哪怕是面子工程你也得做。”

她语速飞快，伍坤压根儿没听明白：“什么意思？咱不是说好了，我老实待着不捣乱，你也别拿条条框框压我，井水不犯河水？”

“是呀。”赵文熙点点头，“我当然不会用常规的要求来限制你，如果我要故意卡你，你现在就可以回家了。”

伍坤一下就生气了：“那你什么意思？”

“很简单！一，在办公室要坐有坐相站有站相，这是工作区域，你瘫在沙发上像坨淤泥一样，很碍眼。”

“淤泥？”

“二，”赵文熙根本不理他，自顾自地说着，“还是仪容仪表问题，我会给婚纱部打电话让他们加班给你做工装，我不希望再看到这种不伦不类的打扮。这是公司，你的高定西装麻烦你放在家里。”

伍坤整张脸都气得通红，拿手指着赵文熙“你、你、你”了半天都没说出一句囫囵话。

赵文熙也不在意，起身去书架上抽出一本比砖头还厚的硬皮书，抱在怀里走回来，“砰”的一声放在桌子上。

“三，这是公司内刊，里面有‘爱慕’发展史、内部培训资料和很多经典策划案。给你一下午时间通读10遍，对公司有个起码的了解。从第20页到30页是最基础的销售话术，这10页要背会。”

“啥？背会？”

伍坤瞬间就站了起来，这本写着《爱慕之路》四个大字的书活像是本十六开大小的辞典，光看分量都超可怕！

伸手翻开那沉甸甸的全彩铜版纸印刷合订本，伍坤一看到那蚂蚁一样密密麻麻的铅字，脑袋就一阵阵眩晕。

“我又没打算在你们这生根发芽，背这玩意儿干吗？”

他气极，赵文熙却是不紧不慢：“不干吗，给你找点儿事干而已。也可以不背，好走不送！”

“你威胁我？”伍坤一直觉得这女人就是爱钱的工作狂而已，哪想到她还有这么无赖的一面！他中午回家因为任云飞的事情已经被伍三江狠狠训了一顿，要不是因为怕被扣押的证件惨遭“撕票”，他真想直接甩门走人。

生活所迫，伍坤整整一下午都窝在沙发上跟那本《爱慕之路》做斗争，简直比上学的时候听课还困。

最可气的是，这书里很多经典案例的策划师都是赵文熙。不止有她的个人介绍，履历上还显示她在业内得奖无数，一派标准的行业精英风范。看着拍艺术照都没有笑容的女魔头，伍坤忍了又忍才没拿笔往她脸上乱涂乱画。

好不容易熬到六点，他第N次偷瞄一眼赵文熙——已经到下班时间，她怎么还忙得像只八爪鱼？

整整一下午，这无趣的女人不是在敲键盘就是在拿电子画板做效果图，接了几个工作电话，还联系了几位客户。不仅没偷懒，连厕所都没去过……

发现这女人压根没准备下班，伍坤实在坐不住了。“嗨，那个谁，下班了哎！”他自认为主动示好给她台阶下，简直是贴心。可赵文熙没搭理他，完全没有要回话的意思。“喂！你听没听见我说话？”

也许是嫌他烦，赵文熙连头都不抬：“给你的资料背会了？”

伍坤一听这话瞬间得意起来：“这些我都看八百遍了，什么话术，你随意抽查！”话术也就是些模拟销售问答，靠理解也能答上不少，伍坤对自己的脑瓜很有自信。

赵文熙挑眉，眼中满是狡黠：“公司经典案例《相思雨》主色调是什么？”

“啊？”

伍坤简直以为自己听错了，那些话术他一个下午背得烂熟就为了应付抽查，可她怎么问了这么个鬼问题？

见他一脸迷惑，赵文熙指着年刊封面上那个蓝盈盈的婚礼场景笑了笑：“这就是《相思雨》的实景图，你刚才说你看了几遍来着？”

这一刻，伍坤觉得自己就是个傻子，整整一下午把一本破书翻个底朝天，居然被难在封面图片上。

经过一夜，赵文熙本想着伍坤那位公子哥肯定不会再来找不自在。可让她跌破眼镜的是，这瘟神一大早就来了，还带来了他浮夸的老爸——伍三江。

如果说赵文熙心目中最讨厌的男人形象有什么具象标准，那一定就是这样：粗金链子大金表、花里胡哨的缎面衬衣、金光闪闪的皮带扣，再加上一头油腻的中长大波浪，配上黑胖大脸盘，整个人都散发着“爷有钱”的浓郁气质。

打了几年交道，赵文熙还是受不了伍三江身上烟草混合古龙水的刺鼻味道，她轻笑一声：“伍总？哪阵风把你刮来了？”算是打过了招呼。

伍三江倒是挺客气，满脸堆笑活像是等着被孩子班主任批斗的家长：“哎呀赵总，之前的事我听说了，臭小子给您惹那么多麻烦，我这不赶紧来负荆请罪了嘛！”

见赵文熙没搭腔，伍三江立马满脸悔恨地说道：“这事儿也怪我，我来找老薛赶的时候不对，您不在公司，就没来得及跟您当面说。我还想着一定得请您吃个饭，可没承想这臭小子头天上班就给您闯祸，实在是对不住您！”

见多了商业客套，赵文熙背靠沙发不咸不淡地笑着：“伍总，令公子搞砸的不是我的单子，您要赔罪也找错人了吧？顾星明办公室在楼上呢！”

一听这话，伍三江立马一脸讪笑：“赵总这是真生气了不是？全行都知道您赵总的名号，我这也是想让儿子学点儿真本事，这才厚着脸皮求到老薛那儿……”

说到这他故意停顿了一下，神神秘秘看了看门口才接着说：“自己人不来虚的，说真的赵总，我还真有个可以将功补过的法子，肯定能把您那口气给顺过去！”

伍三江说一半藏一半摆明是已经备好了筹码，赵文熙的“小雷达”瞬间启动，脸上却十分淡定：“听伍总这意思，是有好生意照顾我？”

赵文熙这么一说，伍家父子脑袋里同时骂了一句“财迷”。伍坤年轻气盛，满心不屑全挂在脸上，伍三江却一脸神秘笑容，活像只胖狐狸。

“这当然好生意！这可是关乎儿子前途，不下血本交点儿学杂费，怎么能入赵总法眼？”

赵文熙这下彻底来了兴趣：“说来听听。”

“赵总这几天是不是丢了个大单子？主家姓樊？”

赵文熙微微蹙眉：“丢？没有啊！我前几天还见过客户，他们确实还没跟我签单，但也没确定跑单。伍总这么说，是收到了什么风声？”

伍三江咧嘴冷笑：“赵总，我可以告诉你，如果没有我，你那单就丢定了！那家客户对你的方案超满意，拿着你的方案到处找婚礼公司比价格，要不是没有能让他放心人接手，他早就把你甩一边了！”

赵文熙此刻已经在脑子里把之前跟客户的每次会面都过了一遍，真的是只记得那位樊总张口闭嘴“不要考虑费用，只要典礼办好就行”，一次都没提过钱的事儿。

想到这，她脑袋里瞬间一片清明——伍三江是设备供货商，如果他确定樊家这单已经丢了，那就是已经有人截了她的和，而且供货商找的就是三江设备！

“谁接了？”赵文熙不再拐弯抹角单刀直入。

伍三江倒是拿乔起来：“您这么问可就是为难我了！我伍三江也是守规矩的，那人能卖了你，我哪能卖了他？我只能说，你给客户报了300多万，人家比你低一半，你觉得客户会选谁？”

赵文熙的方案自己清楚，利润满打满算不过百万。对方半价，不挣钱做善事？“那个方案，一百来万的话想挣钱不可能！”

伍三江瞬间笑了：“人家设备量砍了一多半，激光灯全息投影全撤；摸不着的地方换绢花，喷绘布展环保材料都不用，明星演艺换成十八线的，费用不就下来了？半价做下来利润都还能有

70万！”

一听这话赵文熙立马怒从心起，这简直是毫无底线地侮辱自己的方案！尽管生气，但她还是迅速冷静下来：“伍总，你说的好生意该不会只是告诉我这个不能指名道姓的消息吧？”

她这话问到了点子上，伍三江咬着后槽牙粗声粗气地说道：“要只是个消息，我也不会说我得放血不是？”

他收起笑容，目光灼灼地看着赵文熙：“咱都是生意人，我就不兜圈子了。只要您好好培养我儿子，我保证这单该你的还是你的，谁也弄不走！”

送走了伍三江，赵文熙一边迅速打开电脑修改樊家回门宴的典礼方案，一边在心里感慨什么叫可怜天下父母心。

设备三江设备全包，鲜花由伍坤姑妈开的花艺工作室负责，成本降到再无可降。能让伍三江这种老江湖这么大放血，伍坤真是不孝顺都对不起那堆真金白银！

只是，撬单的人到底是谁呢？伍三江那只老狐狸，她怎么问都撬不开嘴。说是要守江湖规矩，会以其他公司的名义接活，不让任何人知道这单与三江设备有关。能让他这么三缄其口，这人的身份还真神秘。这个人，有没有可能是来自“爱慕”呢？

想到这赵文熙不由冷笑，如果是自己人抢单子，却没交回公司而是想做私活儿，那这确实是太大胆了！全“爱慕”谁不知道抢赵文熙生意等于要她的命，“赵魔女”发起疯来可不是开玩笑的！

业务为大，赵文熙改好了方案就立马给客户打电话。知道了病根，这次她没在方案上纠缠而是单攻价格，力求一击即中。

“樊总要是觉得稍稍改变规格也能接受，自有简约大方的办法。我也相信会有同行给您更低的价格，可典礼这种事不比其他，没得后悔不能重来，稳妥比什么都重要，不是吗？”

电话那头略一沉吟，便彻底被说服：“我们也想办得稳妥些……方案还是别动了。你来我公司，咱们确定一下合同？我们也不想再为这事儿操心了。”

赵文熙一听这话，悬着的心立马放回了肚子。约好了会面时间，她在准备出门前特意给刚走没一会儿的伍三江发了条微信：已和客户约谈合约，等我消息。

伍三江的消息很快就回了过来：合作愉快。

愉快？赵文熙挑眉，单子谈到这地步签单已是必然，但他伍三江这会怎么可能愉快？

虽说设备都是他自己的，但人员、运输都是费用。更何况，花艺部分大量的花材和花艺师工费也都会是一笔不小的开销。劳民伤财就为自己儿子交学费，值吗？

正打算出门，一脸铁青的伍坤就推门走了进来。他明显刚挨了骂，摆个臭脸往沙发上一瘫也不说话，看起来十分烦躁。

赵文熙这会儿看着他就像是看着一个闪闪发光的金主一样，简直自带美颜滤镜，连对他说话的语气都和善了不少。

“送到楼下了？怎么不跟你父亲多聊会儿呢？咱们15楼有水吧，喝杯咖啡吃点儿东西呗！”

她这态度反差搞得伍坤起了一身鸡皮疙瘩：“啧，我可真佩服你们这些生意人，真是有钱能让磨推鬼啊！赵文熙，你现在那副嘴脸你妈见过吗？”

面对这冷嘲热讽，赵文熙倒是一点儿也没生气：“生意人赚钱天经地义，不挣钱的生意人才叫没道德，我就当你夸我了！”

伍坤不由得翻了个白眼：“我爹刚才说这次他得亏上百万，真的假的？”

赵文熙想了想不置可否：“市值的话差不多，不过我想他应该会想办法降低损失。别管亏多少，你爸这笔学费花得是大手笔，这绝对不假。”

伍坤瞥她一眼一脸没好气：“他心疼得挠心挠肝的，跟我说让我年底之前至少做十个像样的单子，否则别想离开‘爱慕’！”

赵文熙失笑：“这很简单啊！‘爱慕’业务多，现在才六月份，十单根本不是事儿。我最多的时候一天同时开六七场呢！虽然你底子差，但既然得了你爸的好处，我可以委屈委屈自己好好带你。”

“哇，那我可真是谢谢你了！”伍坤话说得客气，语气却是满满的不屑。

赵文熙也没心思再跟他废话：“你要谢就谢你爸去吧，你是真该庆幸有那么个好爹！”

说者无心听者有意，她随口一句却明显刺激到了伍坤，他一下子就从沙发上蹦了起来：“你这什么意思？你是在说我拼爹吗？”

赵文熙一直觉得这小子没脸没皮的，倒是没想到他会对这句话有这么大反应。

“不然呢？难不成你靠才华？”

人，只要不是活得彻底麻木不仁，就总有些不允许别人随意践踏的内心雷区——“拼爹”，就是伍坤的雷区。

看他气得两眼通红，赵文熙一脸无辜：“我说错什么了吗？那不好意思，看在你爸面子上，我要是哪句让你不痛快，我可以向你道歉。不过你闹归闹，现在想走也可以，提前说好哈，学费已交概不退还！”

伍坤气得好半天才咬着后槽牙说道：“你跟我爸还真像，我还没见过哪个女的像你这样！”

赵文熙无所谓地耸耸肩，拎着包就要走。

伍坤见她要走，一下子就急了："你去哪儿？赶紧给我几个客户，应付了老爸咱各走各路，我一天也不想在这儿待！"

赵文熙挑眉："开玩笑，你连起码的业务知识都没有，我会让你去祸害客户？你什么也不懂，人家一辈子一次的重要典礼，就算我肯给你，客户也不敢放心啊！"

伍坤一听这话立马就急了眼："那你意思是我还走不了了呗？"

赵文熙本来已经走到了门口，听他这么说一下子就停下了脚步："你要走我求之不得，你爸付出了高额代价换你学习的机会，你不珍惜没关系，反正是你自己甘心当废柴，浪费的也不是我的钱。你要是想从头开始学我可以教你；想直接祸害客户？在我这儿，不可能！"

伍坤忍了又忍咬牙切齿地说："那你打算怎么教？"

"不是让你看了话术吗？"赵文熙一脸理所当然，"那就是最基础的东西了，背到一句不差再来跟我领新任务。"

她说的是《爱慕之路》里那一百多个销售问答，那些密密匝匝的铅字能让伍坤看半页就睡得不省人事。

"那些是人背的？"伍坤一脸挑衅，"我就不信那鬼东西你全记得住？"

赵文熙直接真笑出了声："你没发现话术文案编辑那栏写的是我名字？"伍坤千算万想也没想到会有这么一出，张口结舌、面红耳赤好半天都反应不过来。

看他那副样子，赵文熙十分愉悦："没别的问题了吧？我现在有事要出去，下午直接去布场，明天有场剪彩活动我要忙一天不来公司。你在这踏实背资料，不要碰我的办公桌！去找韩娜让她赶紧把你的工位安排好，不要再像个尸体一样瘫在我的沙发上，OK？"

她语速一如既往地快，连口大气也不喘地说完一大段话，留下一脸瞠目结舌的伍坤就扭头走出了办公室，连要听对方回话的意思都没有。

伍坤这才发现，自己根本就是被老爸贴钱卖给了赵文熙！跟这女人打交道，事事都让她压一头，现在就连吵架都吵不过她，这感觉糟糕透顶！

在沙发上各种打滚儿之后，伍坤才想起赵文熙刚才说不让他躺沙发。就躺了，怎么着吧？他一边吐槽一边把目光飘向办公桌。不让动是吧？我偏要动！

说上就上，他一个鲤鱼打挺从沙发上蹦了起来，两步蹿到办公桌前，瞬间就感觉踩到了个什么东西——那是个深色笔记本，封面上拜他所赐印上了半个鞋印。

把本子随手扔桌上，他坐进柔软舒适的老板椅，两条大长腿超不客气地搭在办公桌上，看起来十分得意。

“虎姑婆，我在坐你的位置哎！”

感受着跟赵文熙唱反调的快感，他一边放下腿一边在桌面上扫了一眼，不由得在心里感叹：果然是个工作狂！

成堆的资料码得整整齐齐，桌上连个摆件什么的都没有，所有办公用品都是极简风格。除了摆在文件夹旁边的马克笔，这整个桌子就跟赵文熙本人一个样，黑、白、灰三色就能概括——利落有余，毫无活力。

“啥好玩儿的都没有，就这还不让我碰？”伍坤撇撇嘴，一脸嫌弃。他很快就把魔爪伸向了那本笔记本，翻了几页无非是些行程安排之类，看得都快开始犯困的时候，他忽然眼前一亮，嘴角就开始上扬。

翻开的那页上写着赵文熙六月要约见的客户名单！哈，不是不给客户吗？小爷自己挖掘客户不就得了？

他噌一下跳起来，拎着笔记本就扑向了沙发，还没忘了把《爱慕之路》摊在茶几上。对着“销售百问”看了几眼，他自信满满地掏出手机拨了列表上的第一个电话。

当接到客户电话的时候，赵文熙正跟樊总签合同。

打电话的是九月份要办婚礼的一位新郎的妈妈，这位阿姨此刻怒不可遏，一开口就是好一顿训斥。

“小赵你怎么回事？不是讲好了下周我儿子儿媳从澳大利亚回来再谈？怎么忽然要改到明天见面？那个男孩子是谁啊？咋咋呼呼的！我们的典礼交给他可不行！”

赵文熙给训得一头雾水，但从话里还是听出了些端倪，赶紧低头去找自己的包包，一看笔记本不在，心里立马有了数。

樊总还坐在自己面前，她赶紧说着好话把这位王阿姨打发了。还没等她把手机放下，七八条客户消息提醒就争先恐后跳了出来，也都是同样的问题……

信息都还没看完，婚宴部总监谭海洋的电话就打了进来。说是有客户投诉，问为什么让一个愣头青打电话催着签合同，简直莫名其妙！

这小子打电话还真快，连赵文熙还没联系的婚宴客户他都没放过……

赵文熙没有伍坤的联系方式，她略一思忖，立马就把客户发来质问的微信给截了图，直接给伍三江发了过去。

不到十秒，伍三江的电话就打了过来。他显然已经被气懵了，立马就哑着嗓子再三保证一定会妥善地处理这件事，给她一个满意的交代。

他所谓的“妥善”处理，就是直接杀到了“爱慕”。伍坤在看到伍三江杀气腾腾冲进来时还躺在沙发上抖腿，伍三江进门一句话都没说就拿着手里的车钥匙砸了过去。

伍坤只觉得眼前一黑，接着脑门上就冒了血，顺着眼角渗到眼睛里半天都睁不开。

抹了一把脸，伍坤一看到自己满手是血，脾气一下就蹿了起来，喊起自己老子都是连名带姓：“伍三江，你疯了？”

伍三江暴跳如雷，看起来活像个发狂的狮子：“我疯了？你小子是不是不看到我破产不过瘾啊？我是造了什么孽养出你这么个祸害！”

等赵文熙飞速签完合同赶回公司，一进办公室看到的就是伍家父子剑拔弩张的场面。

她转身把门关好，瞅了一眼伍坤冒血的脑门，皱着眉头走到办公桌前，拉开抽屉拿出一包创可贴扔在茶几上。

她一番好意，气急败坏的伍坤却是毫不领情：“装什么好人？别把我当傻子！要不是你告黑状，我能变成这样？”

没等赵文熙说话，一旁的伍三江就已按捺不住：“你祸害人家赵总客户还不知悔改？老子今天非打死你不可！”说着抓起手机就要往他脑袋上招呼。

“够了！”赵文熙忍无可忍，音量不大说的话却不容置疑，“要打儿子回家打，别在我这儿折腾！我联系你是让你把他先弄回去，剩下的事我处理，在我这吵得鸡飞狗跳，是嫌知道的人不够多吗？”

伍三江一听这话，压着火气脸色铁青地盯着伍坤：“没听见赵总的话吗？回去我再收拾你！”

他说着就去拽伍坤的胳膊，可伍坤一把甩开他的手，血红着一双眼睛说道："回去？回哪儿去？破婚庆公司有什么了不起！小爷不陪你们玩儿了！"说着，他就迈开大步，拉开办公室的门就冲了出去，留下一脸震惊的伍三江和冷眼看着这一切的赵文熙。

"他……"伍三江这会儿已经气得连话都说不利索了，"他什么意思？跑了？"

赵文熙冷眼看着他，不发一言……

等到赵文熙把所有被骚扰过的客户都安抚了一遍，已经是晚上八九点了。瘫在椅子上，她心里把伍坤的祖宗八代骂了个遍。拿着话术居然能把客户全惹毛，他到底是怎么做到的？

正生着气，伍三江就发来一条信息：赵总，伍坤有没有回公司？

嗤笑着给回了条"没"，她的眉头却还是微微蹙起。多大了还搞离家出走这一套，真是任性得可笑！

今天早午晚饭都是一口没吃，被忽略太久的胃已经饿得发疼。她一边划着手机，一边准备收拾收拾出去觅食。就这工夫，她的视线就被朋友圈一张图片吸引住了。

那是三部总监孙培文刚发的布场图，一群人正在忙和明天的婚礼布置，配文是"为了明天的完美呈现，我们不辛苦！"。

这厅看起来普通，婚礼规模不大，主题一看就是公司卖价两万八的"天使之约"经典套餐。

对赵文熙来说，这种布场画面一年见上千次没什么稀罕。吸引她目光的是画面角落里正在搬道具的"工作人员"——居然是离家出走的伍坤！这小子怎么会跑去帮孙培文布场？

这问题的答案，别说赵文熙想不通，就连伍坤自己都还没想明白！

当他拿到赵文熙的客户名单刚准备打电话时，一个戴着金丝眼镜看起来很实诚的男人就敲响了办公室的门。见赵文熙不在，那男人挺客气地跟伍坤打了招呼，说自己叫孙培文，是销售三部总监，找赵文熙有事。

这位孙总发现他正拿着赵文熙的笔记本琢磨客户名单，就挺热心教了他半天该怎么打电话，这才笑眯眯地离开。走之前还让他以后有不懂的可以去三部求助，实在是个热心人，比臭石头一样的赵文熙可真是和善多了。

伍坤本想着回头可以跟老爸说，干脆换到三部得了。还没等他把那几十个电话打完，老爹就杀了进来，搞得他直接离家出走！

可离家出走哪是那么容易的事情？现在移动支付方便，身份证件又被老爹收走了，他根本没有带钱包的必要，只在外套口袋里塞了几百块现金备用。

摸摸兜儿，连几百块都不见踪影，应该是掉在办公室了。他浑身上下一毛钱都没有，打给杜凯是无法接通，再想拨出去，手机也没电关机了。

他这才想起来，杜凯那小子要去欧洲度蜜月，这会儿不定在哪国天空翱翔呢，哪能顾得上他？

肚子已经开始咕咕叫，他正纠结何去何从，肩膀就被人拍了一下——正是好心人孙培文。

十分钟后，伍坤就稀里糊涂地上了孙培文的车，到正在布场的酒店，跟六七个工作人员一起领了工作餐，在楼梯间等着酒店电工过来开大电布场。

巧的是，跟他一起拿盒饭的还有个熟面孔，正是他面试的时候见过的那个女孩——安然。

在“爱慕”他认识的人加起来一只手都数清楚了，看到“熟人”还算是高兴。安然看到他也很高兴：“原来他们说的赵总新助理就是你，你真那么会闯祸啊？”

伍坤一听这话，瞬间就把眼睛眯起来，一脸不满：“怎么连你们部门也知道了？”

安然笑得直不起腰：“哪是我们部门啊，是整个公司都知道了好吗？”

伍坤端着盒饭一脸怅然，安然麻利地往台阶上铺好报纸，招呼他坐下：“赶紧将就吃点儿吧，酒店不让咱们布场的在厅里吃东西，只能躲在这里。而且这儿其实也不行，要是被酒店的人发现，要扣布场押金的。”

伍坤坐在冰凉的台阶上，虽然垫着报纸，还是觉得自己特别落魄。他明明饿得要命，手里重油重盐的盒饭却还是难以下咽，没吃几口就没了胃口。

“这也太惨了，我就不明白，一个破婚礼而已需要这么折腾吗？感觉跟低人一等似的……”

安然一听这话，正在扒拉饭菜的筷子瞬间就停了下来：“三部单子小，就是这样的。据说赵总那边伙食挺好的，你还没跟她布过场吗？我听花艺部的妹子说，赵总虽然凶，但她给手下还有工作人员的福利超好！订工作餐都是高标准，加班费和提成算得也多；布场晚了回家不方便，她就统一叫车。大家虽然怕她挑刺儿，可还都愿意干她的活儿！”

见安然一脸认真，伍坤立马傻眼：“你是碰见托儿了吗？就赵文熙那个财迷能这么好心？”

见伍坤完全不信自己的话，安然语速都快了不少：“你去公司一问就知道了，全公司都知道赵总那边福利好，就是工作强度确实大，我听说只要跟过她的人，出去随便找个婚礼公司应聘都是全能人才，可抢手着呢！”

伍坤扒了两口饭一脸揶揄："看不出来你还挺八卦，来了才多大工夫打听这么多事？"

安然不好意思地笑笑："我其实特想跟你换，跟着赵总能学到本事。可惜你来，我就凉了，直接被丢进三部了。"

"哈哈，合着是我抢了你的道儿啊？"伍坤笑起来，"放心，我巴不得赶紧撤！"

油腻的盒饭已经变黏，伍坤吃了不到一半就吃不下了。刚把盒饭扔进塑料袋，孙培文已经在楼梯间门口冒了个头出来，张口就是火急火燎地催促："没吃完的别吃了！押金交了，进场手续也办好了，我现在去找酒店电工接大电，你们赶紧把设备从地库弄上来！"

一瞬间，所有人都叮叮咣咣地收拾、起身，一气呵成，伍坤不由自主地跟着起身，来不及拍拍已经有些麻痹的大腿，就跟着跑出了楼梯间，开始了平生第一次的熬夜布场之旅。

乱糟糟的头发、乌青的眼圈、还没来得及换的衣服、熬通宵导致的两眼通红……

当他干了一晚上活儿，一大早跟着设备部的车回到公司，一进办公室看到的就是这样的赵文熙。

两人这会儿半斤八两，谁看起来都是一副随时能倒在地上睡着的样子。区别只在于，赵文熙的手上此刻拿着个塞着牙刷牙膏毛巾洗面奶的透明小包，身上还挂着她的随身包，不知道是刚来还是要走。

"我去！"伍坤看了眼窗外还黑黢黢的天空，这会儿顶多五点，他哪能想到这会儿居然能在办公室看到赵文熙？"你是就没走还是已经上班了？"

真是人为财死鸟为食亡，这女人这个时段居然还在公司。赵文熙看到他也是一脸意外："你怎么这会儿来了？你爸没去找你？"

伍坤此刻累得简直想往地上跪，两条腿僵硬地就跟不属于自己一样。他一边像个僵尸一样往沙发挪，一边没好气地说："我没见他啊，也没回去。我东西好像掉这儿了……"说着他就好一阵翻腾，连沙发靠背都让他揪了起来。

赵文熙冷着一张脸走回办公桌，从抽屉里掏出几张纸币扔在桌上："找这个呢吧？掉沙发边儿了。"

伍坤看看钱又看看赵文熙，好半天才沉默着拿起来塞进口袋，嘟嘟囔囔地道了个谢。熬夜让他的声音有些嘶哑，听起来倒是十分诚恳："那个，我昨天是不是又给你惹祸了？"

伍坤难得这么心平气和地说话，但忙了一宿的赵文熙此刻连感到欣慰的力气都提不起来。她无力地坐下，感觉自己的四肢都在叫嚣着需要休息。

"拜你所赐，我加班搞了一宿才把几个本来不需要这周出的方案提前赶出来。我现在刷牙洗漱拾掇拾掇就得去会场，完事儿还得滚回来见你约的客户，可真是谢谢你了！"

看伍坤的表情变得有些内疚，她扬起一抹坏笑接着说道："你也不用自责，你爹的赔偿方案我还是满意的，算是他代你受过了。"

"不是吧你，又坑他？"伍坤一下就急眼了，"你就不能换个人坑吗？"

此刻的赵文熙嘴角不由得翘起来："我六月份所有的单子他给我出设备都按供货价六五折。你弄清楚啊，这解决方案是他主动要求的，我可从头到尾都没说什么。我现在是真希望少爷你能长长久久地留下来，你再在我这闯点儿祸，你爸公司以后都得归我！"

一听这话，伍坤那一点点内疚瞬间荡然无存，说起话来都是咬牙切齿："你可真是个不折不扣的奸商！"

赵文熙一脸无所谓："行吧，奸商现在得去挣钱了，你走的话给我把门儿带上。"说完她抓起自己的小包起身就慢吞吞地往外走，看起来疲惫不堪，一副肩上扛了座山的即时感。

经过伍坤身边的时候，她忽然停了下来："你记得开手机，你爸估计已经让你气疯了，他昨晚就知道你跑去跟孙培文布场了，估计是等着你自己回去呢。"

伍坤立马就两眼圆睁："你们怎么会知道我去哪儿了？孙哥告诉你们的？"

赵文熙一听这话倒是愣了："孙哥？你们俩什么时候混这么亲了？说真的，我也很好奇你怎么会跑去他那布场的？"

"人家那才是当领导的风范好吗？不只教我怎么搞电话营销，还很看好我呢！你跟人家好好学学！"

"电话营销？"这话让赵文熙一下子来了精神，"意思是，孙培文教你打电话？"

伍坤看赵文熙那奇怪的表情，心里不由得泛起嘀咕，嘴上却还是十分硬气："对啊！他来办公室找你，看我遇到了瓶颈，二话不说就给我指点了指点。怎么？你还想找孙哥的麻烦？"

看他那副打算护着孙培文的蠢样，赵文熙的白眼都要翻到天上去了。被人卖了还帮人家数钱，这小子怎么会蠢成这个样子？要不是孙培文从中作梗，就算是个只会念话术的愣头青，也不该把几十个客户都得罪成这样！

赵文熙正怒从心起，已经化身孙培文迷弟的伍坤就又得意地说道："我觉得你真应该跟孙哥好好学学，我真的觉得人家谈客户的方法比你那个话术好使多了！"

听了这话，赵文熙原本因为疲惫而显得有些空洞的眼神瞬间就锐利了几分："你觉得我的话术有问题是吧？行，我下午正好有客户要见，你跟我一起去，我让你亲眼看看话术到底有没有用！如果我赢了，你给我当两个月苦力。怎么样，敢赌吗？"

激将法对伍坤永远有效，明知道跟狡猾的赵文熙打交道得留个心眼儿，他还是很没出息地一脚踩进了老鼠夹子，梗着脖子一脸不服气："赌就赌，谁怕谁！可你要是输了呢？"

赵文熙要笑不笑："悉听尊便！我现在要去会场，你要不要一起啊？"

"不去！"

"管饭。"赵文熙一副胜券在握的样子，手里摆弄着手机，不声不响地给伍三江发了条微信：伍坤在我这，勿念。

一听管饭俩字，已经饿昏头的伍坤基本没怎么挣扎就跟了上去。刚一到地库看到赵文熙的白色霸道，他立马没心没肺地怪叫起来："哇！你的车？"

他赞叹不已："看不出来你个头小开这么野的车，该不会还是柴油的吧？"

赵文熙没搭理他的吱哇乱叫，一抬手就把车钥匙丢了过去："华阳广场。"

伍坤一拿到钥匙蹦着高就绕到了驾驶座，一边上车一边东摸西看满眼冒金光。发动车以后研究着仪表盘一阵吱哇乱叫："这车最快能跑多少？"

他把头转向副驾驶，瞬间就愣住了。赵文熙怀抱着自己的包靠在椅背上，眼皮紧闭眉头微蹙，也不知是不是睡着了。此刻的她看起来远没有平时那么棱角分明、生动霸道，瘦小的身躯、低垂的睫毛，整个人看起来柔和了不少。

伍坤眨眨眼睛，开车的兴奋感一下子降低了一半。这女人整宿没睡，也难怪会累成这样，说到底还是他害的。想到这他叹了口气，探身过去想帮她系好安全带。

可他刚一凑过去，赵文熙刚才还紧闭的双眼瞬间就睁开了，吓得他一下子就弹回了座位上。

“呃……你别误会啊！”伍坤莫名紧张起来，“我、我是看你睡着了帮你弄安全带！”

赵文熙也不说话，就那么冷着脸直直地盯着他，看得他心里发毛。好半天，她才一言不发地扣好安全带，恢复刚才的姿态闭上双眼。

一靠近华阳广场，第一眼看到的就是巨大的舞台和漫天的空飘气柱。尽管还没有开始正式的活动流程，却已经聚集了不少被大阵仗吸引来的围观群众。

刚把车停好，一路都闭着眼的赵文熙瞬间像只猫头鹰一样睁开了眼，搂着自己的包就自顾自地下了车，朝着舞台一侧走去。

伍坤看了看她孤独的背影，瞬间有一种奇怪的感觉。不知为什么，他在这一刻忽然有点同情赵文熙。一个女人能靠着自己爬到现在的位置不容易，天知道像这样的高压工作状态她维持了多久。

远处的赵文熙已经到了调音台旁跟工作人员对接，看着她忙忙碌碌的样子，伍坤叹了口气，赶紧锁好车跟了上去。

这场活动是某微商品牌华北总代签约仪式，没有选择在酒店举行活动而是劳民伤财地选择广场这么显眼的场地，就是为扩大影响力。

赵文熙看到伍坤跑过来立马给他派了任务：“去找演艺部的人过来，活动再有半小时就要开始，我现在还没看到舞狮队和开场舞团，落实一下是去换衣服了还是压根儿没到！”

没等伍坤反应过来，她又继续跟旁边执行部的人交代：“找两个人再往侧背景桁架后面加些配重，一会儿风如果变大，怕会连着架子吹倒下来！我设计的时候有预留风口位置，找两把美工刀，如果苗头不对立马划口子，绝对不能出危险……”

赵文熙一回头看见伍坤还一脸蒙地站在那里，脸色瞬间黑下来：“愣着干吗？”

伍坤一脸无辜：“我不认识演艺部的人啊，你让我找谁？”

现场跑来跑去的工作人员足有几十个，大家都忙得要命，根本分不清到底哪个才是演艺部的。

“鼻子下面长着嘴，问啊！”

赵文熙完全没好气，设备部老白立马从机柜上拿了个对讲机递给伍坤：“你去广场西边公司的金杯车那看看，他们如果到了应该会去那边换服装，演艺部总监汉森一早就取走了一个对讲机，你呼他试试。”

紧张的工作氛围让伍坤没机会使性子，他瞥了一眼赵文熙，拿起对讲就往广场另一头跑去。

找到演艺部总监，确认了赵文熙让他落实的情况，伍坤立马跑回调音台复命。可当他靠近赵文熙的时候，却发现那女人正以一种奇怪的姿势坐在椅子上，上半身整个趴在腿上，脑袋也低低地垂着，手里还拿着对讲机说话：“广场上空是飞机航道不能用航拍，一会儿让摇臂机位多拍点儿大景……”

真是古怪！伍坤不由得又在心里吐槽，干吗把自己窝成个虾米一样？就这样还好意思教育别人要站有站相，坐有坐相？

等赵文熙放下对讲机，伍坤才冷冷地开口：“喂，舞狮团和开场舞的人都到了，在车里换了衣服就过来；还有，汉森总监让我把流程单给他，他好安排礼仪。”

他话音刚落，赵文熙就慢悠悠地直起了腰，惨白的脸色和额头上密集的汗珠让她看起来十分憔悴，吓得伍坤一下就愣住了：“没事儿吧你？”

赵文熙没理他，用手按着自己火烧一样难受的胃，强压着想吐的冲动，踉跄了一下才勉强站起来走到调音台前，抓起一张流程单递给伍坤，示意他赶紧给演艺部拿过去。

伍坤接过流程单，眉头已经拧成了一团：“你是胃疼吗？要不要给你买点儿药？”

赵文熙一手按着胃，一手撑着航空箱，强打精神抬眼看了看他：“该干吗干吗去！实在没事做，去跟着设备部给桁架做加固，会场的椅子还得再加两排，记得摆好矿泉水和伴手礼……”

她无力地挥了挥手，然后就又回到了椅子上窝成虾米。

热脸贴了冷屁股，伍坤此刻却一点儿也没觉得难堪，他抓着流程单扭头刚走了两步，回头又看了看明显已经在死撑的赵文熙，转头就风风火火地跑了。

从昨晚开始，赵文熙的胃就已经在闹腾个不停；吃了点儿外卖的麻油馄饨还是不行，一点儿缓和的迹象都没有。她伸手抓起水瓶喝了几口，硬撑着站了起来。活动很快要开始，她还不能倒下，无论如何也得撑到活动结束结了尾款再说。

“给！”

正当赵文熙要去跟音响师沟通流程音乐时，一个喘着大气的声音在她身边响起——是伍坤！他像用汗水洗了个澡一样，手里提着个塑料袋递过来。赵文熙一头雾水地接过，居然是一兜子药。

伍坤抓起赵文熙的水瓶猛灌了两口就指着袋子里的药说道：“不知道吃哪个合适，我就多买了几种，这个见效快但有副作用，应急还行；这个是中成药，副作用不大，见效慢；另一个是护肠胃的，我还买了止痛片……”

赵文熙愣愣地看看药，又看看伍坤还没开口，伍坤就用手背一擦脸上的汗，大咧咧地说道：“千万别太感动，我只是怕你死这儿！”

毒舌小子一句话，就噎得赵文熙硬生生把已经到嘴边的“谢谢”给咽了下去。果然不能对这家伙有任何期待！

伍坤几口喝完了手里的水，还没忘了把空瓶还给赵文熙。看看赵文熙的脸色，他赶紧从机柜旁堆着的矿泉水里拿了一瓶已经被太阳晒暖的递给她。

“赶紧吃药！你交代我的事都搞定了，一切就绪就等开始咯！你有事就对讲呼我，我去帮演艺部妹子们搬水鼓去……”话音未落，人已经跑得没影儿了，看起来还挺忙。

一直在旁边看着的设备部总监老白跟赵文熙打了几年交道，调侃起她来毫不嘴软：“新助理不错嘛！胆子不小，居然敢管你。现在是不是就流行这种‘小狼狗’啊？”

“胡说什么？”赵文熙白他一眼，“赶紧把抽奖软件调好！”

长达两个多小时的活动忙得人四脚朝天，当伍坤拖着两条如同灌了铅的腿爬上车后，这才觉得整个人像被暴揍了一顿，整个人都瘫软在驾驶座上连坐直都费劲。

伍坤正琢磨着自己现在开车算不算疲劳驾驶，车门就被赵文熙从外面拉开了。

“下车！”

见伍坤一脸疑惑，赵文熙有些不耐烦：“你这算疲劳驾驶，我可不想跟你一起死在路上。你不要紧，我下午可还有客户要见呢！”

“你这是吃了药活过来了是吧？”伍坤一开始斗嘴就来了精

神，“要不是你故意使坏折腾我，小爷我怎么会累成这样？”

赵文熙一边一把抢过车钥匙锁好车门，一边扭头往路边走去。

“户外做活动本来就比室内要累得多，要考虑天气、场地，还有接电，哪个环节出事都要命！不能随意用航拍，音响不能太扰民，不能随意放空飘，不能随意撒彩条……最重要的是，在这种公众场合，人数聚集到一定数量就得提前报批，否则就成了非法集会，直接被驱散！”

说到这，她扭头说道：“不过你要是觉得是我故意整你也可以，现在就回去找你爸告状吧，反正该坑他的我也不会手软。”

真是个毒舌奸商！伍坤在心里暗骂着，这会儿已经两点多了，估摸着她现在应该是要去找吃的，他只好挠挠头不再吭声。

不到一分钟，赵文熙定好的网约车就到了。伍坤一上车就睡着了，还没下车就开始大吼大叫：“你带我回公司干吗？不是去吃饭吗？”

赵文熙却根本不理他，一边往公司走一边接电话：“钱总，我到了。好，您直接到贵宾间。”

一直到上了电梯，她才挂断电话，对铁青着一张脸的伍坤说道：“我刚才已经安排工作人员去饭店了呀，你饿了怎么不早说？我还以为你急着要跟我回来见客户呢。”说着就一脸坏笑地按下了15楼和17楼的按钮。

伍坤听了她的话简直气得七窍生烟，万没想到被她这么整一下。以他平时的饭量，一天吃四顿正餐，有时候凌晨一两点还得爬起来吃个夜宵。从昨晚到现在，十来个小时只吃了半盒不甚美味的盒饭，哪够他摄取能量？两个人的电梯里，瞬间就响起了震天响的“咕噜咕噜”声，一听就知道这肠胃的主人早已经饿得要挠墙了。

赵文熙不由得失笑：“我去接待室见客户，你去把平板拿下来，再拿上纸笔，等会见客户尽量做好记录就行。放心，见完客户我管饭。”说到这儿，电梯正好停在15楼。

赵文熙一边往出走一边回头又补一句：“左边第二个抽屉有吃的，你要实在饿得慌可以先垫一垫，顺便帮我拿一点儿。”说完扭头就走。

这难得的示好让伍坤顿时愣住了，她这是在还给她买胃药的人情么？“这家伙，还不算是太没人性嘛！”可等到他拉开那个放着食物的抽屉，刚才的一丝好感就变成了泡影。里面除了半抽屉黑咖啡，能吃的就只剩两盒巧克力，再无其他！

伍坤半眯着眼，看着包装盒上那堆看不懂的外文吞了口唾沫，这才剥开一颗迫不及待丢进嘴里。

只是一瞬间，浓烈的苦涩就猛烈地攻击了他的味蕾——这哪是巧克力，简直是苦瓜！

赵文熙，你这是故意整人是吧？吐掉了让人难以下咽的“苦味炸弹”，伍坤又抓了几个巧克力就气势汹汹地杀向了15楼。

等伍坤“砰”一下推开接待室的门，已经酝酿了一路的质问就瞬间憋了回去。接待室里不只赵文熙，客户已经到了。一对中年夫妻加一对小年轻，看起来是新人和父母一起来了。

祥和的氛围此刻被这气势汹汹的闯入打破，几个人都一脸震惊，吓得伍坤尴尬地干笑了一声，这才把手里的巧克力默默塞进裤子口袋，把平板电脑递给赵文熙，掏出笔和小本子，规规矩矩坐在旁边。

“这是我助理，有点失礼不好意思。”赵文熙云淡风轻一句话安抚了客户，打开平板电脑找到婚礼相册就给准新人递了过去，“你们可以先看看图片找找灵感，看看是想要哪种风格。现在比较主流的西式婚礼、中式婚礼、创意主题婚礼，咱们都可以考虑。”

这话听着耳熟，伍坤立刻就想起来，这几句话就是那一摞话术里的原话，这家伙真的在用那套东西谈客户！

一家人正在一起看图片，新郎妈妈忽然抬头看向赵文熙："这都是你们做过的婚礼吗？看着挺不错，不会是网上下载的吧？"

赵文熙从容回答："您到任何一家婚礼公司看到的都是样本，其中当然也会有一些买样片和在网上下载样片的情况。但我们'爱慕'很注重客户隐私，视频、图片没有客户允许我们绝不会外泄。'爱慕'每年要做几千场典礼，规模、风格、主题迥异，我们没必要替别家打广告啊。"

新郎的妈妈笑容满面："其实，我之前去参加朋友家的婚礼，就觉得你们做得挺好，自家要办事儿这才专门找来的。就那个杜家，你记得吧？"

赵文熙满脸惊喜："那天的中式婚礼您也在？真是太有缘了！"

新郎妈妈一看也是个健谈的老太太："可不有缘嘛！我那天就见你忙来忙去专业又能干，真的觉得合眼缘。我儿子的婚礼就想做成老杜家那个规模，你可得给阿姨优惠啊！我听说他家花了好几百万？"

一听这话，一旁的新郎父亲立马拿胳膊肘杵了她一下，一脸不好意思："赵总，你别理她，妇道人家就是嘴碎！"

"没有没有，阿姨很可爱！"赵文熙摆摆手笑起来，"客户消费了多少我是真的不能说，这是职业操守。但是呀，就冲阿姨这句跟我有缘，我也得给叔叔阿姨最大的优惠呀！毕竟谁的钱也不是大风刮来的，省下的就是赚下的嘛！"

她这每句话都是话术自由组合而成，一会儿工夫，就把这对一看就不差钱的夫妇哄得喜笑颜开。

热情版赵文熙让坐在一旁的伍坤直起鸡皮疙瘩，他简直想揭开她的假面具，看看到底是什么妖怪伪装的，笑容满面轻声细语，根本不像她平时凶巴巴的样子。

他听得难受，那阿姨却像遇到了知音："你这姑娘真的是太会说话了！我们老两口创业不易，熬到现在虽说公司上市了，可毕竟还是得瞻前顾后。儿子结婚不能太寒酸，也不能太出风头。我们也折腾不了几年，随后儿子接班，因为一个婚礼让股东们说闲话就不值当了。我们觉得红火热闹办个典礼就行！"

话说到这，她拿过新郎新娘手里的平板电脑翻了几下，把画面停在一张红彤彤的中式婚礼上递给赵文熙。

"我觉得这种就很大气，看着也喜庆。其他几个中式的感觉也不错，老杜家那个也很好。最好能把这些都综合一下，跟他们都不一样，那就更好了！"

中式婚礼流程复杂，普遍比西式婚礼要价高些。这家人消费水准够高，赵文熙的"小雷达"早已捕捉到了金钱的味道。四个人一进来拿眼一扫，她立马就确定这位话多而强势的阿姨才是最终决定权的持有者，自然要特别注意。

"这几个都是比较高端的中式婚礼设计，阿姨很有眼光啊！"

有了大体方向，赵文熙开始为签单打根基："其实国内的西式婚礼现在很多都是中西合璧，走着西式浪漫婚礼的流程，还得根据国情加上感恩致辞、拜谢父母、家人共同举杯等环节。纯中式婚礼，对于传统孝道的体现会更加纯粹，整体氛围也会更加热闹喜庆……"

"那个……"

没等赵文熙说完，打从进门就没说过话的新娘就忽然开口："我从法国订好了白纱，我跟我老公都比较倾向西式婚礼。"

一句话使新郎父母的笑容都僵在了脸上，气氛变得很尴尬。

久经沙场，赵文熙脸上的尴尬只存在了不到两秒就迅速转变成无比温和的笑容：“哎哟，都怪我没有了解清楚。”

她看着新娘的眼睛说道：“只考虑了叔叔阿姨的喜好，倒是把最重要的新娘子给怠慢了。长辈们喜欢红火热闹，年轻人喜欢纯洁浪漫，这都是很好的想法。咱们现在还有两个多月时间，婚礼风格还可以再商量，等场地定下来也不迟？”

赵文熙这话其实是在点拨新娘，在未来婆家面前有商有量，才不会还没结婚就闹出矛盾。可惜这位新娘根本就不接茬儿，脸色一下就冷了下来：“我的白纱三个月之前就订好了款式，这场婚礼只能做西式！穿着白纱做中式婚礼不是不伦不类吗？”

说到这时她一把挽住新郎的胳膊，边撒娇边摇晃：“我要穿白纱！我连姐妹们的伴娘服都订好了，现在怎么改？让我穿一身松松垮垮的中式礼服我不愿意！而且，咱们之前不是都说好了要做黑白色调的西式婚礼嘛！你没跟叔叔阿姨说吗？”

这话一出，不仅新郎的脸色变得难看，一旁的新郎父母更是面色铁青。明摆着是新郎在中间打了马虎眼，压根儿就没有和父母沟通过这事！

“小小，你这是什么话？又不是办丧事，黑白色算怎么回事儿？”新郎妈妈一下子就急了，根本不顾一旁老公拉她胳膊劝解，说话毫不客气，“我们家一向是比较传统的，你要是想做普通西式婚礼，那是你们年轻人的喜好，我可以勉强依着你。可要是弄什么古怪的黑白色让亲戚朋友看笑话，那我明确告诉你，我不同意！”

清官难断家务事，此刻唯一等着看热闹的只有伍坤。眼前这状况，他倒是很想知道赵文熙会怎么处理。

赵文熙一点也不觉得尴尬，一脸笑意地开口：“中式也好，西式也罢，其实都是为了仪式感服务。不论是哪种，只要用心设计，都会有非常好的效果。毕竟爱情才是主角，对吗？”

这话给了双方一个台阶，此刻还能保持理智的新郎爸爸一下就抓到了这个信号，叹了口气说道：“其实我们长辈怎么都行，毕竟以后过日子的是他们小两口。只要他们满意，我们怎么都好商量。只是这黑白色……赵总，之前有人做过黑白婚礼吗？”

“是有的，但是不多。”赵文熙点点头，“毕竟这种个性的婚礼也不是所有新人都能接受，新娘的想法还是比较特别的。其实，黑白色也可以做得很有格调。”

“真有人弄这么奇怪的婚礼？”新郎妈妈一脸狐疑，“小赵你可不要骗阿姨。婚礼很重要，可不能由着他们年轻人性子来，毕竟宾客还是我们这一辈的朋友居多嘛！”

“可我的朋友也来啊，我不想那么土气有什么错？”这位新娘是真的任性又没眼色，话说得一点余地也不留，让新郎夹在中间左右为难。

眼看新郎妈妈又要急了，赵文熙赶紧打圆场：“都是为了把婚礼办好，一家人哪有什么谁对谁错呢？我倒是有个两全其美的方案，保证让叔叔阿姨还有两位新人都满意。”

这大话吹的，别说客户了，连伍坤都不信。一个中式一个西式，一个火红一个黑白，怎么融合？怎么两全其美？

在所有人注视下，赵文熙淡然地打开平板电脑上的绘图软件，从包里掏出触控笔，一边说话一边开始画草图。

“其实，婚礼不能用纯粹的中式或西式来界定，融入新中国风元素的话，既不像一般中式婚礼那样浓烈，又很有意境和时尚感，正如我们老祖宗讲究的天地和合一般包容。”

不过几分钟时间，赵文熙微微一笑就把平板面向客户。新娘一看到设计图立刻眼前一亮，忍不住惊呼道："这是什么？"

一时间，所有人都把目光投向了赵文熙的设计——那完全就是一幅极具韵味的水墨画！

主背景虽然是LED屏，但周围以竹林造型和层峦叠嶂的水墨山峰装饰掩映，显得十分高雅；白色T台两侧是巨大的荷叶与色调清冷的荷花作为路引；最妙的是，在T台尽头的副仪式区并没有安排常规的求婚亭或花门，而是两棵十分显眼的红梅树，开放式的设计让这一抹嫣红在整个画面中极具视觉冲击力。

新郎父亲端详了半天，脸上满是惊喜；一旁的新郎母亲也觉得十分惊艳："小赵啊，这也是婚礼场景吗？看起来很像一幅画啊！"

"是的，这个设计确实选用了水墨元素。"赵文熙淡淡地笑着，"黑色与白色占主要部分，荷花荷叶选择现在流行的莫兰迪色系，不妖不艳，淡淡的藕荷色做点缀，到时候配合灯光晕染，会有很惊艳的效果。"

她把指尖划向那两棵红梅树："有墨竹，有粉荷，现在独缺的就是色彩。红色的梅花树自然是最好的选择，新娘的主仪式服是白纱，站在红色的梅树下一定会很有韵味。"

这番话，让刁钻难搞的新娘此刻彻底变了风向："配色很好看，而且也是叔叔阿姨喜欢的传统元素！"

"不只如此。"赵文熙用手指在T台位置画了一个圈，"T台这部分，可以选用镜面台撒上人造雪花，营造出踏雪寻梅的效果。只是，如果新娘的婚纱拖尾偏长的话……"

她话音刚落，新娘立马说道："婚纱可以修改，我喜欢你说的效果，很有意境。"

谈到这个状态，签单已经是板上钉钉，趁着客户正头脑发热，赵文熙神奇地从包里掏出预约单和POS机。用专属道具要提前订制的借口，当场就收了50万预约金。

送走了客户，伍坤回到接待室，赵文熙已经悠闲地靠在沙发上闭目养神了。

伍坤一边讪笑一边坐到赵文熙的对面，贱兮兮地调侃她：“怎么着？头脑风暴玩儿脱了，累着了？”

赵文熙一听这话，缓缓地睁开了眼睛，嘴角渐渐扯出一丝笑意：“又不是什么难搞的方案，不至于。就算不用水墨，我也有其他思路可以备选。”

这女人业务能力没得挑刺，伍坤嘲讽不成，忍不住翻了个白眼。

赵文熙倒是不在意，懒洋洋地问：“让你给我拿的吃的呢？”

不提这茬儿还好，一说起这个，伍坤一下就来了脾气：“你还说呢，你这家伙故意整我是吧？”

他一边说一边把巧克力丢过去：“什么鬼东西啊！苦得要命！这哪是人吃的，有本事你……”

话音还没落，他就眼睁睁看着赵文熙拿起一颗巧克力，剥开包装纸就塞进了嘴里。

“我去！”伍坤再三确认这几个巧克力跟自己吃的那个没区别，“你没有味觉的吗？”

赵文熙面无表情地嚼着巧克力说道：“这是纯巧克力，补充能量的。你吃不了，不代表别人吃不了，我哪有那个闲工夫成天坑你？一小时以后还有一波客户来，我现在要去餐厅吃东西，虽然你只是个苦力，但我答应了你要管饭的。公司餐厅还是不错的哦，要不要去呀？”

她这口气两句话就把伍坤气得跳脚：“什么苦力，明明是你故意整我！”

赵文熙此刻差点笑出来："你跑腿的活儿干得马马虎虎，我也证明了话术确实有用，你现在想要赖？"

伍坤一听这话，立马挑高了眉毛嚷："你才玩儿赖呢！你拍着良心说，小爷今天给你忙前忙后的，哪给你拖后腿了？再说了，你搞定这个客户，也不全是靠的话术呀，这不算我输……"

赵文熙懒得跟他辩："这话你自己说得心虚吗？"说完她拎着自己的包站了起来，"去不去？"

"去！让小爷饿到现在，就当你是还了买药的钱！"

蘑菇意面、虾仁炒饭、盐焗虾、黑椒牛排、鸡蛋沙拉、蜂蜜厚多士……

就在赵文熙看哥斯拉怪兽一样惊讶的注视下，饿极的伍坤在把桌上所有的菜品全都尝了一遍，又把魔爪伸向了赵文熙刚喝了两口的蘑菇浓汤。

他倒是真不客气，一边"呼噜呼噜"地喝一边还吐槽："我跟你说……我最烦吃西餐了……还是中国菜好吃！就不能让厨师……开个川菜馆子吗？"

直到吃得杯盘见底，伍坤才心满意足拍着肚皮，边打饱嗝边说："话说你怎么不吃？"

赵文熙看看像是被洗干净的盘子一脸无语："你连我的饭也吃了，我喝过的汤你也没饶了，让我吃什么？没人教过你，别人吃过的东西不能随便拿去吃吗？你还真不把我当外人，就不怕我有传染病？"

"哇，你没吧？"伍坤正在喝水，一听这话立马瞪圆了眼睛，见赵文熙明显只是在调侃他这才放下心来，"我平时跟哥们儿也都这样啊！我不嫌弃他们，他们也不嫌弃我。都是糙汉子，哪有那么多讲究？"

赵文熙简直无力吐槽：“我是不是该谢谢你不嫌弃我？”

“哈！”伍坤倒是乐了起来，“我只是把你当糙汉子！”

赵文熙瞬间没了好脸色：“社交礼仪第一课，别人的餐具、杯子，你再饿再渴也别碰。不是谁都是你哥们儿，也不是谁都得惯着你。除了教你业务还得教你待人接物，你爸这点学费花得也太值了！”

提起伍三江，伍坤的脸色难看了不少：“其实不用你说，我自己也知道我让他很失望。”

赵文熙倒是头一次看见伍坤这么感性，一时之间真不知该说什么。

伍坤叹了口气：“从小到大，他不是忙生意就是忙活动，我只有过年和清明那几天能见他。我也不知道他为什么逼着我跟你学婚礼策划，我根本不是那块料。”

赵文熙轻笑：“哪有人是天生全才？什么都是一点点学的。我现在肯教你还不珍惜，你以为谁都能在我这儿偷师？有点当苦力的自觉好不好？”

一听这话，伍坤瞬间不乐意了：“赵文熙，你别那么得意！小爷愿赌服输，两个月过后爷还是一条好汉！”

没吃几口饭的赵文熙没搭话，一边在服务员拿过来的单子上龙飞凤舞的签字，一边从包包里翻口香糖，见伍坤盯着她就也递过去一片。

伍坤把口香糖往嘴里，说话都有些不清不楚：“反正就两个月时间，我就当参加了个魔鬼夏令营呗……啊，这啥啊？”

伍坤此刻觉得自己的天灵盖儿都快被掀开了，那口香糖一入口就是一阵辛辣的刺激感在口腔里横冲直撞，呛得他眼泪都快出来了。

只是一瞬间，伍坤觉得自己整个人都清醒了，要不是赵文熙先吃了一片，他真的会以为这女人又在故意整他。

“嚼啊，好汉！”赵文熙一脸的淡定，面无表情地嚼着这超强刺激的口香糖，连一丝失态都没有。

听了她的话，伍坤赶紧加快速度猛嚼几下，这才感觉到口腔里的辛辣感一点点消散。

“赵文熙，你成天都吃些什么东西啊？我真怀疑你味觉失灵了，不是超苦巧克力就是超辣口香糖，怪不得你胃难受，你有自虐倾向？”

“超强薄荷提神醒脑，时刻保持最佳状态。”赵文熙面无表情地收拾着自己的包，“当我的苦力，这些东西你以后都会用得着。”

伍坤一脸不屑：“我先提醒你，合理要求我服从，你要是变着法子折腾我那可不行！”

“你想让我怎么折腾你呀？”赵文熙笑得暧昧，“放心，我会是个很好的主人。”说完就起身直接往餐厅门口走去。

“什……什么‘主人’啊？你！”伍坤看了看她的背影，瞬间觉得自己的脸已经红到了耳朵根。这女人，居然调戏他！

手机没电，身上只有几百块，回家又不好意思，还成了赵文熙的苦力，伍坤此刻才觉得自己真的有点儿无家可归的意思。他灰溜溜地进了电梯，正准备按下按钮，忽然灵机一动确定了救星种子选手。

薛一行倒是在办公室，可他看见伍坤第一句话就是：“哟，你不是离家出走了吗？”一下子噎得伍坤一脸尴尬。

“您就别说我了……薛叔，我可是来向您求救的，要是你也不管我，我可就真成了无家可归的苦力了！”接着，他就把跟赵文熙打赌的事跟薛一行说了一遍。

“你跟她打这种赌不是自己往坑里跳吗？”一听完他的话，薛一行瞬间一脸同情，“不过，按你说的情况，能把那么难搞的新娘摆平确实不容易。以你的水平，估计也只有她才有本事把你调教成精英！”

“哎？我怎么觉得你是在骂我啊？”伍坤一脸无语。

薛一行摇着折扇一脸笑意：“我是希望你能脱胎换骨！俩月就俩月吧，到时候能把个精英还给你爸不也挺好？不过你好歹是我交代给她的人，当苦力确实是惨了点儿。”

“可不嘛，她也太不给您面子了！”伍坤一下子就来了劲儿，“您帮我敲打敲打她，让她知道我是您罩着的，也就不敢作威作福了！”

“没问题！”薛一行微微一笑，丢给他一张卡，“这是我在公司酒店的房卡，去把你自己拾掇拾掇，我跟你一起下去，帮你给她立个威！”

伍坤去换衣服的工夫，赵文熙约好的第二波客户已经到了。没看到伍坤的影子，她索性自己一个人往15楼走。刚到电梯口，薛一行和伍坤就从电梯走了出来。

薛一行还是跟平常一样，玄色麻料唐装，千层底布鞋，手里摇着折扇，白白胖胖的脸上永远带着笑意。

相比之下，跟在他身后的伍坤看起来就要奇怪很多，身上一套米白色麻料套装，立领、盘扣，脚上踩着同款布鞋，一看就是穿了薛一行的行头。

“薛总这是要帮他走后门？”赵文熙来回打量他俩，挑眉轻笑，“找救兵都找到薛总那儿去了，这么输不起啊？”

伍坤一脸郁闷：“谁输不起啊？小爷说话算话，找薛叔来就是做个见证，省得有些人公报私仇！”

他还想继续撂狠话，薛一行已经拿扇子敲了敲他的脑门：“话多！”说罢转向赵文熙，“听说刚谈了个大单？”

说起业务，赵文熙瞬间笑得像只刚偷到家禽的狡猾狐狸：“是啊，刚收了50万订金。等专属道具搞定，就可以约时间催第二波款了。”

伍坤不清楚，薛一行却心知肚明。哪有什么专属道具，假山和竹子用KT板就可以搞定，荷花荷叶她前年搞一场晚会的时候就已经定了一批作为舞台装饰，在公司库房里堆了两年，估计尘土都能扫一簸箕了；至于那两棵“很有意境”的红梅树，如果客户记性好点的话就会发现，那不就是一楼大厅里摆在喷水池旁边当装饰的那两棵？

薛一行一脸没好气：“你说的搞定，是把那些老古董从库房弄出来擦擦土吧？”

赵文熙笑得更为得意，邀功似的摇头晃脑，完全不像平时高冷的女强人模样：“这单谈得漂亮吧？成本不高，利润率很客观哟！”

薛一行满脸都是宠溺：“你最厉害，行了吧？”说完，他就转向伍坤，“你呀，有的学呢！”

伍坤满脸不服气：“学什么？她到最后还是没有尊重客户意愿呀！话术里说，一场婚礼最重要的就是新娘的意见，就算父母对婚礼再有想法，基本上也都会迁就新娘。可她呢？忽悠得新娘还得去改礼服，这不是自相矛盾吗？”

“你搞错了一件事。”薛一行打开折扇摇了摇，“新郎父母一般会听从新娘意见这点是不假，整场婚礼中新娘话语权很重要也不假，但今天那个新郎明显是个闷不吭声的老好人，他的父母怎么会想让他找一个各方面都比较强势的女人当妻子呢？”

对伍坤来说，薛一行的话简直就像天书，根本就是有听没有懂。他这会儿满脑子都是输了的后果与不服气，哪有心思来分析什么客户心理？

“傻小子。”薛一行看着他无奈地摇摇头：“文熙看似违背了新娘做西式婚礼的意愿，但其实也算保全了她的婚姻。更何况现在这个方案并没有违背她对于配色的要求，等于让他们各自退一步，求个家庭和睦吧。”

伍坤还没说话，赵文熙就已经满脸笑意地开口：“其实我只是觉得这样做利润率比较漂亮而已。”

“奸商！”伍坤一听到赵文熙扯什么“利润率”他就忍不住吐槽，“我真想扒开你脑袋看看里面是不是有个点钞机。”

薛一行忍不住仰头大笑：“你要有那本事，扒开的时候顺便叫我一起看，我都好奇好几年了！”

“薛总，你怎么也跟着起哄！”赵文熙没好气地瞥他们一眼，一边按下电梯键一边戏谑地对伍坤说：“苦力，你还不赶紧跟着，在这等过年吗？”

伍坤瞬间就生气了，拉着薛一行的袖子告状：“薛叔，你看她！”

薛一行跟赵文熙打了几年交道，从没见过她这么孩子气的一面，心里觉得好笑，脸上却蹙眉安慰伍坤：“年轻人，自求多福吧！”说完就摇着扇子走了。

伍坤简直不敢相信，同盟竟然这么容易就被轻松瓦解。他还没反应过来，赵文熙就已经把包包和电脑一股脑塞到他手里。

“苦力守则第一条，眼勤手勤嘴巴紧，少说话多做事！老老实实帮我挣钱，姐姐亏待不了你！”

她说完就踩着恨天高十分嚣张地走进了电梯，留下傻眼的伍坤好半天反应不过来。

等见完客户回到办公室，赵文熙一进门就把脚上的高跟鞋大剌剌地踢到一边，换上软底拖鞋，这才舒舒服服地把自己陷进沙发里，闭着眼睛对伍坤指手画脚。

帮她把东西收拾妥当，伍坤一脸没好气地走到沙发旁边，他气哼哼地给自己倒了杯水喝。

赵文熙听见动静，慢慢地抬起眼皮，上下一打量他那身可笑的打扮，实在觉得刺眼："喂，把我手机拿过来。"

伍坤却像没听见一样，把脸转个方向继续安稳地喝水，根本不搭理她。

赵文熙一看他这态度，瞬间就笑起来："不理我是吧？要不要我给你爸打电话，告诉他你跟我打赌，输了还不认账，让他来把你这废柴接回家？"

事实证明，赵文熙真的是把打蛇打七寸的手段玩得很溜。她话音未落，伍坤立马像是被套上了金刚箍的孙猴子，老老实实地从她包里翻出手机，又乖乖给她递到手里。

"满意了？"伍坤咬牙切齿，每个字都像是从后槽牙里挤出来的。

赵文熙倒是心情很好的样子，挑眉笑着："凑合！"

赵文熙给婚纱部打完电话没几分钟，就有个女孩带着整套工装工鞋到了门口。她还是保持着瘫在沙发里的样子，打发伍坤去换衣服："去把你那身道袍换下来，没薛总那身肉就别穿他衣服，你不觉得难看？我多给你弄了一套，应该两三天才能好，你先穿这个吧。玩什么不好玩离家出走，也不知道提前收拾行李，真是笨！"

伍坤穿着薛一行的行头，舒服是舒服，丑也是真丑。要不是为了争口气，不愿向别人求救，他早就把兜里的钱拿去买衣服了。

伍坤抱着衣服提着皮鞋，心里莫名有点儿感动。他刚打算道谢，赵文熙就坏笑着说道：“多的那套费用从你实习工资里扣，谢谢你给婚纱部做贡献。”瞬间，那点儿小感动立刻烟消云散。

黑衬衣、黑西裤、黑皮鞋再加深灰色领带，伍坤看着镜子里的自己，简直不敢相信自己有一天会打扮得像是在殡仪馆就职。

赵文熙倒是挺满意，一脸“你总算穿得像个正常人了”的表情气得伍坤直翻白眼。

不过赵文熙的好日子也没维持多久，在伍坤的狂轰滥炸之下，没当成救星的薛一行只能拿介绍大业务做诱饵，逼着赵文熙给伍坤真正实践的机会，早点把十单任务完成。

一夕之间，苦力翻身做主人，伍坤一脸坏笑地坐在对面，看着赵文熙气哼哼地翻着客户信息，给他寻找合适的小白鼠练手。

“喏，就这个吧。”翻腾了足有两个小时，赵文熙终于指着一个预定了20桌酒席的客户信息说道，“这是咱们自家酒店最小的家和厅，他们餐标比较低，婚礼应该不会消费太多，你可以接触看看。”

看着伍坤那一脸兴奋的表情，她不放心地嘱咐道：“必须严格按照程序来！‘爱慕’是拿口碑做出来的品牌，不能因为单子小就糊弄客户听见没？”

伍坤当然满口答应：“放心！我肯定用心策划，让他们终生难忘！”说着就要伸手拿信息表。

“搞砸也会终生难忘！”赵文熙越想越没底，本能地把信息表紧紧攥住。

“嘿，什么意思？舍不得给？”她这反应让伍坤十分不满，他咬牙切齿一用劲就把信息表夺了过去，高高兴兴地把客户信息抄在了小本子上。一边写还一边龇着牙怪笑着，一副小人得志的模样。

事已至此，赵文熙也只能接受眼前的现实。本着对客户负责的态度，她还是在伍坤兴高采烈蹦着高嚷着要去给客户打电话的时候及时出言提醒。

“你是新手，有首单优待，也就是说这一单公司可以不顾利润率标准给你下执行单；但是你给客户报价的时候一定要谨慎，先去财务那边拿一下各项物料的成本表，不要报价太高把客户吓跑……”

伍坤不耐烦地摆摆手：“我以前怎么没看出你这么啰唆？这单子我肯定拿下！”话音未落，人早就跑远了。

让赵文熙崩溃的是，他出了办公室不过两小时，薛一行就一脸严肃地跑了进来，一进门就蹙着眉头问：“伍坤呢？”

紧接着，财务、花艺、设备和演艺部的四位总监就排着队闯了进来，每个人都是一进门就抱怨个不停。听完大家的抱怨，赵文熙这才逐渐搞清楚发生了什么。

伍坤自出了办公室还真是一点儿没闲着，先是跑去财务部要成本价格表，又跑去各个部门缠住总监问东问西，还逼着各总监把报价的具体情况都给他重复一遍，供他录视频！

这小子居然还打电话跟供货商说希望能把成本打折，搞得供货商以为跟“爱慕”的合作出了问题，纷纷打给薛一行问情况，弄得此刻薛一行的手机像中了病毒一样响个不停。

所有人都在告状，还没等赵文熙表态，办公室的门就“砰”的一声被推开，罪魁祸首抱着平板风风火火就冲了进来。

“你们怎么都在这儿？”

赵文熙此刻真的佩服伍坤的心脏承受力，怎么还能好意思问出来？“你挺有效率嘛，一上午干了不少事儿啊！”

她这话听在其他人耳朵里都是挖苦讽刺，听在伍坤耳朵里却变了味。

“还行吧，我刚把客户送走，单子签了哈！”

他从刚才抱回来的文件中翻出一份递给赵文熙：“他们也不需要啥特殊的策划，先交了点预约金签了合同，明天一大早他们就把剩下的钱送过来。”

赵文熙接过文件定睛一看，还真是《爱慕典礼服务合同单》。这张单子是一式三份自复写形式，第一联给财务，第二联给客户，第三联婚礼销售顾问自留做记录。现在这份填好的合同居然三张纸都在，说明他压根儿就没给客户，真不知道他是怎么收的钱。

想到预约金，赵文熙从单子上标示金额的位置一看就瞬间傻眼：“你收了……一百？”什么鬼？现在随便订桌饭的订金都不止一百了吧？

伍坤一听这话立马开始翻兜儿，好半天才从裤子口袋里拽出一张皱巴巴的粉色纸币拍在桌上。“喏，他们给的。其实我是觉得有点少，但现在出门谁还带现金啊？他俩手机也没电了，全身上下只有二百块，总不能连个午饭钱都不给人留吧？”

这话一出，来告状的人们一看赵文熙的脸色，果断作鸟兽散。

外人一走，赵文熙立刻就开始怒吼：“为什么要把各部门总监全都烦一遍，还跟供货商砍价？公司之所以跟供货商签长期合同就是为了相对稳定，你跑去跟人家砍价是疯了吗？”

本以为会被夸奖的伍坤一下就怒了：“婚礼细节那么多，不问清楚点我哪知道该跟客户聊什么？我这客户没什么钱，而且情况特殊，不让供货商给优惠哪行？”

赵文熙已经快被气得没脾气：“那你也不能说半价啊！你以为

菜市场买萝卜呢？”

她不提这还好，一说这个伍坤直接翻白眼：“你坑我爸不也这么坑的？”

赵文熙算是彻底阵亡了：“这样吧，这单子后续我来跟，回头我另给你找小白鼠。”

伍坤直接就生气了：“你少来这套！客户现在很信任我的，这个单子我一定要自己做，你可不要想抢去！”

赵文熙白眼都快翻到天上去了，满脸都是不屑：“就你那小破单子我可看不上！我都纳闷你到底跟客户说了什么，他们居然肯跟你签单？”

伍坤瞬间得意起来，立马把手机掏出来：“我怕我记不住，所以全录下来了，是不是挺机智？”

他话音未落，手机就已经响起了对话声，除了尴尬的寒暄，伍坤的第一个问题居然是“你们打算花多少钱”。

赵文熙立马揉着太阳穴示意他赶紧关掉，伍坤还挺大不乐意：“怎么啦？单刀直入啊！不问清楚预算怎么设计方案？”

赵文熙简直无语：“预算这个东西是要通过沟通来判断，就算要问也得等和客户建立一定信任才可以委婉地问。哪有一来就问人打算花多少钱的？”

伍坤一脸傲娇：“他们挺信任我的呀！我报价他们觉得特实在，说是万万没想到‘爱慕’这么实惠，一个劲儿谢谢我呢！”

实在？实惠？这种关键词直接在赵文熙脑袋里拉响了一级警报。她僵着一张脸小心翼翼地问：“你怎么报的价？”

伍坤挠挠头：“哎呀，我心想反正你说我第一单不挣钱也能干，他们情况也特殊，索性就给报了成本价……”

说到这他见赵文熙的脸色十分难看又赶紧解释：“不过你放

心，除了主持人和甜品台是赠送，剩下的都是收费的！”

赵文熙手里的笔此刻差点被捏断，连嘴唇都有些发白：“你知道一个甜品台成本最低也要两三千吗？哪个主持人会给你白干？”

“他们在成本表上看见有这个项目，我想着那不过就是些小蛋糕小饼干什么的又不值钱；还有主持人，反正只是站那儿说说话也没啥损耗，买萝卜还能送根葱呢，人家情况也特殊，别那么小气嘛！”

赵文熙气得手都在抖：“你该不会把成本表让他们带走了吧？”

“他们想拿一份来着，可是我也只有一份怎么可能让他拿走？他们就是拍了个照片回去跟父母商量去了。”怕赵文熙不信，他赶紧翻出自己那份价格表出来晃了晃，证明自己没说谎。

晴天霹雳，不过如此。赵文熙的不祥预感在现实面前简直小巫见大巫！居然给客户看底价单，小说都不敢这么写好吗？

“哎呀，其实我们后头聊得挺好的，特别感动……”伍坤说着就要继续播放录音，“你要不要听听？”

赵文熙赶紧制止他：“我不想听，我怕我死这儿！你录音客户知道吗？不知道的话你赶紧删了，绝对不能流出去！”

说着，她就两手撑着额头趴在桌子上，脑袋里开始飞速思考对策。按照这小子的说法，赵文熙用脚后跟想都知道单子肯定赔钱，现在只能想办法看能不能把损失降到最小。

伍坤见她一副头顶乌云密布低气压的样子，也开始怀疑自己是不是又闯了什么祸。“其实那厅我看了，音响灯光大屏挺全乎的；至于钱，我跟客户说了，这单我没挣钱，让他别为难我，明天来就是带着全款来。总之这单万无一失，我能搞定，你就放心吧！那个销售话术我真的已经消化得差不多了，今天谈得特别流畅对答如流，一点儿都没卡壳……”

赵文熙一看他那逐渐变得尴尬的表情，眯着眼睛一脸警觉：“你直接说‘但是’，如果单子没问题，合同原件现在应该已经归到财务了。”

伍坤一听这话立马笑得无比谄媚浮夸：“真是冰雪聪明，薛叔真是上辈子积了福报，能有你这么……”

“少废话！”赵文熙实在不想再听他这么毫无灵魂地拍马屁，“你到底又干了什么？”

伍坤笑得满脸谄媚，说话都是轻声细语的：“其实也没啥，主要是后天就要办婚礼，是不是得提前一天布场啊？财务那边跟我说，这单子稍稍有一点儿赔钱，所以没法给我开执行单，需要总监你给我签个字才行……”

“后天？”她看向伍坤的表情变得咬牙切齿，“不是下个月吗？”

见赵文熙铁青着一张脸眼睛简直要喷火，他赶紧两手撑着腮帮子趴在桌上装起了可爱花朵：“都说了是特殊情况嘛，他们真的特别急，所以才改期。赵总，合同都签了，你不会让客户失望的对不对？而且这也是我好不容易谈成的第一单嘛，你就当是给年轻人实践的机会咯！”

说完，他把摊在桌面上的合同又往前推了推，还超“贴心”地从笔筒里抽了根笔轻轻放在赵文熙手边，笑得十分谄媚。

赵文熙可不吃这套，她揉了揉眉心，好半天才冷冷地问道：“赔多少？”

一听这话，伍坤的脸上瞬间就堆起了十分尴尬的笑容，好半天才举起一只手，弯起大拇指，把颤颤巍巍的四根手指对着赵文熙。

赵文熙明知不可能还是不死心：“四百？”

伍坤干笑着摇了摇头，小声地说：“四千。”

赵文熙赶紧抓起合同仔细查看项目内容，一眼看去就忍不住倒抽了一口凉气。

两万的单子，内容包括了厅内所有设备；一个主持人、两个婚礼督导，再加上12个舞蹈演员表演4个节目；照摄像方面一组摇臂，一组斯坦尼康，还是双摄像双照相，全都给标明了超高清；更可怕的是鲜花部分包括12米加高T台两侧鲜花地引，8组鲜花罗马柱，副仪式区全鲜花拱门，括弧里还专门标明“一定要饱满”……

见赵文熙盯着花艺部分看，伍坤赶紧解释道：“哎呀，客户说想加鲜花地引和一个鲜花门，我想着反正我姑说过现在的花材价格不算贵，所以就送他们了……”

话音刚落，合同就已经“啪”地甩在了他脸上，赵文熙指着他的鼻子就骂起来：“说了让你从头开始学你偏不听，首单优待都不够你祸害的，不挣钱就算了还得公司赔钱？你出去打听打听，有没有这么蠢的销售！”

她劈头盖脸一直在骂，根本没发现薛一行已经默默站在门口看着这一切。

“这个字我没法给你签！你去跟客户解释，这种赔钱的单如果我给你签了字，我会觉得很羞耻！”

赵文熙骂得狠，伍坤却是一反常态的乖巧，可当她说不给签字的时候，伍坤一下子瞪圆了眼睛：“赵文熙，连我都知道一旦签了合同就不能轻易反悔。那对新人真的很信任我，我也答应他们一定会把婚礼给办好，你现在让我怎么跟他们开口说不行？”

赵文熙已经不想再跟他争辩：“用嘴说，下跪说，随便你！公司为什么要为你的愚蠢埋单？这单不做你会长个记性；但如果这单做了，我和你都会成为全行笑柄！”

“赵文熙，我今天随你骂，你怎么骂都行！可男人说下的就是写下的，那对新人真的很不容易，我不能出尔反尔让他们失望。只要你肯签字，公司亏多少我补上还不行？”

“这不是谁补的问题是原则问题！”赵文熙此刻软硬不吃，“赔钱单子不能执行！听懂了吗？你不需要跟我服软，没用！”

她态度极为强硬，正当伍坤默默抓起合同不知所措时，薛一行的声音忽然在门口响起：“这个字，我签。”

这下，赵文熙一下子就变了脸色：“薛总？”

薛一行摇着折扇，不疾不徐地开口：“财务陈姐跟我说了情况，我大概猜到你这儿会吵翻天，所以过来看看。”

“薛总，这单没法做。我们又不是慈善机构，为什么要赔钱赚吆喝呢？”

赵文熙知道薛一行会护着伍坤，却没想到竟然护到了赔钱让他玩的地步，忍不住据理力争，“如果这种单子都能执行，那其他销售怎么想？”

薛一行意味深长地笑笑：“文熙，伍坤虽然不着调，但他刚才说了一个很关键的事情，你知道是什么吗？”

“行哥。”赵文熙破天荒地改了称呼，明摆着是要打感情牌，“开公司是为了挣钱，哪怕只是几千块钱都不能开这个先河！”

薛一行跟她打了五年交道，哪会看不出她的心思，他收起折扇目光如炬：“你在逃避问题啊文熙。挣钱没错，赔钱单子没必要做也没错！你凡事以公司利益为先，这一点我很感动。但已经签了合同的单你让伍坤去想办法退掉，这可不是我认识的赵文熙会做的事情！你就没做过不挣钱的单？”

一听这话，赵文熙哑口无言。在她的职场生涯之中，还真做过一个不挣钱的单子。

刚入行的时候，赵文熙接到一个客户，那家新人的父母早亡，家里情况不好，两个人为了不拖累家里，一直拖到快40岁才靠着自己的努力在这个城市安了家，他们对于爱情的执着和坚守让当时的赵文熙十分感动。为了能完成这一单，她连提成和自己的执行费都放弃了，拼尽全力给了他们一个梦想中的完美婚礼。

当时的她就像现在的伍坤一样，想方设法逼着当时的顶头上司顾向南，给这个根本不挣钱的单子签字执行。

赵文熙直到现在还清楚地记着，那时候顾向南一边把签了字的合同扔给她一边说：你记住，下不为例！不会挣钱的销售是最失败的，公司要你有什么用？

想到过去，想到顾向南，赵文熙的心里不由得像针扎一样刺痛。她的脸色瞬间变得苍白，无尽地委屈向自己袭来。为了这个闯祸不断的伍坤，薛一行竟然故意让她想起早已去世三年的未婚夫顾向南！

见她情绪激动，薛一行叹了口气，语气沉重："文熙，你就不问问伍坤，为什么要做这样一个赔钱单子？"

"不管是为了什么，婚期提前到后天，而且是负利润率，我看不出有任何要做的必要。"赵文熙一听这话又蹙起眉头来，冷冷地盯着伍坤，"你知道一场婚礼需要提前准备多少东西吗？光花材从昆明运过来都来不及！"

"可他们没时间了！"伍坤忍无可忍，目光如炬地盯着赵文熙，"我本来不想把他们的隐私到处说，可现在不说不行了。新娘有白血病，已经没多少日子了！婚礼拖了这么多年，也是她不想拖累新郎。新郎知道她的身体已经扛不住了，所以才急着改期……"

说到这儿，他的声音已经开始有些哽咽，眼睛都湿润了起来："我想让他们好好地把这个梦做完！"

赵文熙从来都不是什么感性的人，甚至有时候她自己都觉得自己活得太理智，缺失了很多柔软的情感。

但是，也许是今天的天气阴沉让人容易感性；也许是因为被薛一行勾地想起了往事，她心房外那层坚硬的保护壳，悄无声息地裂开了一个小小的缝隙……

赵文熙此刻眼神凌厉如常，却多了几分说不清道不明的意味，无法理解自己居然会因为伍坤这小子的几句话就有一种心软的感觉。

她揉了揉太阳穴，脑袋里瞬间蹿出一个想法，负隅顽抗的感性没挣扎几下就被理智打倒，这让她觉得心情瞬间好了很多。

“好吧，这单可以做。”她看着伍坤，眼里是不容置疑的冷厉，“不过具体怎么执行你得完全听我的，否则我会把这单所有损失算在伍总头上，我想他会很乐意听我给他解释为什么他下个月的供货结款少了一部分。”

她刚刚说答应的时候，伍坤的心里还是很高兴的，心想原来赵文熙还是有人性的嘛！可当他听完后半截，“奸商”两个字就已经在他的喉咙口一个劲儿打转，要不是他死命掐着自己的大腿，可真就说出口了。

“这要求不过分，我替他答应了！”薛一行站起身来，“文熙啊，你也别太苛责伍坤。他怎么说也是你手下的人，他的业务还不是归到你的业绩里？你就带着他做一单，给他打个样儿！”

赵文熙一听这话瞬间就笑了：“您还是让他带着他那‘负业绩’离我远点儿吧！做完樊家的单子我今年任务就完了，不差他这仨瓜俩枣。全公司三四百号员工，随便找个人也能带他。有我去给他挑刺儿的时间，我还能多做几个单子。”

这话倒是不假。赵文熙全年任务两千万，现在六月初，她的业务额只差二十来万完工。照这样下去，她今年恐怕又要跟往年一样，到年底业绩额百分之二百完成。

这种bug一样的工作能力，她在公司能不招恨才怪！

薛一行眼见一招不行，眼睛一转就又来一招，专打苦情牌。“文熙，你就心疼心疼哥吧！哥这几年身体不好，体重噌噌地涨，这一身不健康的肉压得我是气都喘不过来啊！你不帮他执行，他就得来烦我。你说说，就我这体型去了现场能做什么？”

在伍坤面前，赵文熙实在是不想吐槽这个不着调的老板，之前还嚷着要去打保龄球，这会儿就是一身不健康的肉，连气也喘不过来了？“行吧。伍坤，你先出去，我有事跟薛总谈。”

“签字……”伍坤指了指桌上的合同，磨磨叽叽不肯走。

薛一行瞬间笑出声，他瞥了一眼站在旁边臊眉耷眼的伍坤，没好气地说道：“这小子确实不像话！不过好歹也算是做了件好事，你不觉得他这么据理力争，有点你当年的风范？都是为了守住对客户的承诺啊！”

赵文熙一听这话，知道薛一行是在给台阶下，但她还是冷冷地不说话，无声表达自己的不满。

薛一行知道她的脾气也不跟她计较：“做生意利润至上这没错，可诚信也是很重要的！这小子平时没个正形，现在肯为了客户来跟你求情，说明他本质不坏。这一点还是难能可贵的，不是吗？”

“那您帮他签吧！”赵文熙一脸没好气，语气却已经软了不少。

薛一行无奈地摇摇头：“你呀，什么时候才能格局大一点？”说着，他一把抓过伍坤手里的合同，上下扫了一眼就从桌子上抽了根笔，迅速地签好了字。

伍坤想要伸手接，薛一行却没放手。“你小子，单子给我谈成这个鬼样子字还写那么丑，公司哪个像你这么不着调？别以为有我护着你就可以乱来！你要有赵文熙一成的本事，你爸也不会愁成那样。放着这么能干的师父，怎么连个皮毛也学不会？”训完话，他才把一直捏在手里的合同交给伍坤。

他这番话，明里是骂伍坤不成器，其实是变着法夸了赵文熙。一而再给台阶，她要是再不下，也确实太不像话。“薛总，这么点小事情，其实不应该让您操心的。”

薛一行笑了起来：“你这丫头，这才算是说了句贴心话！伍坤交给你就是你的兵，老让你的小兵越级来找我，那可不是你赵文熙的本事！”

赵文熙这会才算是平静下来，忽然郑重其事地说道：“薛总，我还得问你个事儿。”她看了看拿到合同心满意足的伍坤，立马冷着脸使了个眼色。

“你先出去。”

伍坤求之不得：“那我先去财务部办手续了哈！还得给各部门派单子呢。”说完拿着合同蹦着高就跑了。

赵文熙这才一脸严肃地开口：“薛总，我想知道，一部任云飞那个单子，现在是什么进展？”

薛一行本以为她是要控诉刚才两头和稀泥的事，可赵文熙忽然提起那个单子，还是让他有些意外。说是意外，却也在意料之中。“就知道你早晚会来问我。怎么？对那单子有兴趣？”

赵文熙把自己的兴奋隐藏得很好，见薛一行的表情没什么异样，她才小心翼翼地答话：“我只是觉得如果一部做不成，或许我可以拿下！”

赵文熙的表情，让薛一行瞬间回忆起第一次见她的情景，那还是在六年前的一次人才交流会上，她是十分利落的短发女孩，穿着简单的黑T恤牛仔裤，看起来就像个假小子，眼睛里闪着自信的神采，还带了那么一点侵略性，大大咧咧地对他说：“我觉得我可以胜任这份工作！”

当年勇于推荐自己的女孩现在成为婚礼界有名的“女魔头”，眼中对于“猎物”的贪婪和志在必得一丝一毫都没有改变过！

时隔几年，赵文熙现在的“猎物”看来正是歌手任云飞的婚礼！

尽管赵文熙的话已经说得十分直白，但薛一行并不想在这时候接她的茬儿，不咸不淡地微微一笑：“那单老顾会跟进。”

赵文熙是一等一的人精，哪会听不出薛一行话里的意思？但别人吞不下的肥肉，不争一下实在不是她赵文熙的风格。

“您的顾虑我懂，伍坤之前把任云飞和一部的关系搞成那样，现在我要是插手，等于让老顾抓到把柄。但是如果他拿不下单，没理由有单子不做便宜别家公司吧？”说到这儿，她蹙着眉头一脸担忧，看起来活像个替老板担心的贴心员工。

薛一行让她气得简直是哭笑不得：“你就是个狼崽子！见血就疯，见肉就上，闻着钱味儿你就去了你！我当时怎么就把你给招来了？”

赵文熙这会才算是笑得舒心：“可能是看上我的美貌了？”

“反了你了！我可警告你，没我的允许那单你不许碰！”薛一行气得简直要跳起来拿扇子敲她，“你这丫头现在越来越不好管了，我看也只有伍坤那个‘小魔头’能制得住你！”

赵文熙刚准备回一句什么，办公室的门就忽然发出一声巨响。不用问，每次进门能发出这种动静的只有一个人——伍坤。

“你这熊孩子，那门可是玻璃的，碎了你赔啊？”薛一行见不得他那毛毛躁躁的样子，一看赵文熙的脸色又接近冰点，索性站了起来，“你们忙吧，我先撤。”

下一秒他就被伍坤搂住了胳膊，得亏有体重撑着，不然真会被拽倒。“干吗啊？不是都给你签字了吗？”

伍坤苦着脸好一通哀号：“叔，这回你可得救我！”

也许是让之前的“受害者”赵文熙影响，薛一行现在看到伍坤求救也是心里一慌：“你又干了什么？”

赵文熙看着俩人滑稽的样子，面无表情地打开了电脑开始干活。谁招回来的“瘟神”谁负责到底，薛一行也该认清这小子的真面目了。

伍坤一脸哀怨：“我拿到执行单了，但我不知道该从哪下手啊，薛叔你带我一次？”

一听这话，赵文熙的“小雷达”立马发出了一级警报。她不声不响地把目光从电脑屏幕移向薛一行，果不其然对上了薛一行求救的目光。

赵文熙一脸无奈：“懂了，我来。”

得到她的回应，薛一行几乎是以光速消失的，伍坤好半天都反应不过来。

赵文熙倒是十分淡定，从办公桌后站起来就一把拿过他手里的执行单开始打电话。“前台？我是赵文熙，给我通知花艺、演艺、设备、摄影、婚宴还有网络部总监，十分钟后在会议室开会。”

此刻的赵文熙活像有三头六臂，她一边打电话一边在把合同上的项目一条条进行核对，并找到对应的执行单，用红笔在上面标注着什么。

这种工作状态让伍坤觉得很神奇，似乎在她手里每一秒都能掰成两半用，连喘气的机会都不给自己留。伍坤好歹也跟着孙培文布过场，却完全没有现在这么强的紧迫感。他到这一刻才明白为什么老爸非把他弄到赵文熙手里学本事，这女人狠起来连自己都不放过，这种人不成功简直没道理！

打完电话，赵文熙脚不沾地地领着伍坤往电梯走去。站在电梯里，伍坤还是第一次好好打量了一下这个凶悍的女人。

跟第一次见她一样，灰色系的职业装，短发利落，妆容清淡，她五官清秀长得好看，但那种浑然天成的霸气和成熟，真的让伍坤一度觉得赵文熙跟他不只是三岁的差别。

这女人要是好好打扮一下不也是个大美女嘛？非得把自己搞得像个虎姑婆，不知道怎么想的。这样的女人，哪有人敢追？这辈子也嫁不出去！

等他们进了会议室，电话里提到的几位总监早已等在了那里。

赵文熙自然而然地坐在主位上，顺手往旁边一指，让伍坤坐在自己的旁边，这才摊开本子开始说话。

“不好意思各位，”赵文熙一脸“完全没觉得不好意思”的表情开始了会议，“今天召集大家主要是因为有一单业务客户的婚期临时做了调整，典礼要提前到后天在家和厅举行。时间紧任务急，需要几个部门通力配合。所以我们需要把任务进行拆解，各部门完成自己的环节，确保典礼万无一失。”

一说是家和厅那一单，在场所有总监全变了脸色。

花艺部总监张漫是个40岁左右的寸头男人，一开口就是浓郁的南方调调：“赵总，不是我不配合啊！那个单子的花量可不小，光红玫瑰就得补货几百扎。就算我现在订货，明天也是肯定发不回来的！”

一上来就是个大麻烦，伍坤听得头疼，赵文熙却看着单子连眼皮都没抬：“如果我没记错，上个月一部接的求婚典礼临时加了20

平方米的玫瑰墙，你好像也给办得挺漂亮的。”

她声音凉薄，说到这儿才缓缓抬起头冷冷地看着对方：“这花量你准备全上红玫瑰，不加配花不加叶子？那个厅就那么大点儿，全用玫瑰也用不了几百扎吧？”

一听这话，张漫恨不得抽自己一个大嘴巴。他一“阵亡”，其他几位聚众起义的大旗还没立起来就被彻底镇压，被问到有没有困难的时候统统都把头摇得像拨浪鼓。

“既然大家现在都清楚自己的任务，那就各司其职好好准备吧。”赵文熙又看了一眼本子上画的那些条条框框，“其他人散会，婚宴部和网络部留一下。”

伍坤这辈子还从没参加过这么严肃的会议。氛围压抑，斗智斗勇，简直像一出大戏！

赵文熙刚准备跟网络部总监说话，就看到了一旁的伍坤。“散会了，怎么不走？”她用一根手指划向门口，“没你事儿了，去办公室等我。”

伍坤本想说这单子他应该全程参与，可看看赵文熙的眼神，他还是撇撇嘴走了出去。

“神神秘秘，搞什么鬼？”伍坤总觉得赵文熙在密谋什么，而且好像还不想让自己知道。婚宴部他还知道是做什么的，网络部是干吗的呢？这婚礼跟网络有什么关系？

想来想去没头绪，他索性不想了。反正，以赵文熙那种工作效率，搞定这么个小单子肯定是没问题的。定对细节、确认时间，看着本子上赵文熙给他安排的任务一一完成，他觉得自己从没过得这么充实，人生第一次觉得时间不够用！

经过加班加点的忙碌，婚礼当天凌晨四点，家和厅里已经被装扮成了浪漫唯美的鲜花世界。

对于赵文熙来说，这种“基础款”婚礼早已做了无数次。一开始或许还会感动，到现在她就像流水线工人对着正准备出厂的罐头一样，毫无感觉。

正准备拿对讲机通知设备部再来一次灯光秀，她忽然听到了一阵抽泣声。谁在哭？

她刚要开骂，就见伍坤正在鲜花拱门底下朝着舞台方向拍照。他一边拍一边哭，肩膀一耸一耸哭得挺伤心。

赵文熙简直傻眼，大家都忙得要死，这人在那哭个什么劲儿啊？她几步就走了过去，皱紧眉头质问：“你干吗？”

伍坤赶紧擦干脸上的眼泪，却没有回答赵文熙，而是对着手机说道：“我得去忙了，你好好照顾她。”

赵文熙哪能想到他这个时段居然会跟人视频通话，不由得有点儿尴尬：“新郎？”

伍坤红着眼睛闷闷地说道：“嗯，他不太放心，估计也有些紧张，就想看看现场布置成什么样了，所以我布置完以后跟他视频让他踏实点。哎，他们那么可怜……”

赵文熙叹了口气：“他们不可怜！几个小时以后他们会在这里完成对爱情的承诺，我相信他们是幸福的。哪怕时间短暂，记忆却永远都在！这种幸福是你给他们的，你要记住这一点！”

伍坤没想到赵文熙会忽然跟他说这么感性的话，愣了好久才感叹道：“你真的口才很好，怪不得我爸、薛叔、安然他们都说你很优秀。我觉得，公司的人怕你也是因为你太能干、太强势了。”

他微微翘起嘴角，带着一种欣赏的微笑：“你要是平时也能这么好好说话，也不至于搞得连手下都跑光了吧？”

话题急转，赵文熙一下就变了脸色：“安慰你两句还蹬鼻子上脸了？苦力守则第二条，不许质疑领导！听见没？”

伍坤一看苗头不对，一边开溜一边嘀咕："第一条都不记得是啥了，还第二条？"

凌晨六点，一切就绪；又过了几个小时，宴会厅已经被宾客充斥。也许是因为对于新人的情况知根知底，所有宾客脸上总是带了那么点儿苦涩。

婚礼就快开始，网络部总监李锋领着两个人出现在宴会厅门口。女的外形甜美拿着话筒一看就是记者。跟话筒连着的摄像机，此刻正提在旁边的高个子男人手里。伍坤跟过去的时候，赵文熙已经和他们握手寒暄过了。

"赵总，我就先带他们去采访。"李锋脖子上也挂着相机，招呼着两位记者朝化妆室走去。

看着他们走远，伍坤不由得纳闷："记者？为什么婚礼还要采访啊？"

赵文熙正拿着手机拍摄厅里的布置发微博故事，瞟都没瞟他一眼。"他们是市台的，对这个婚礼背后的故事很感兴趣，所以来采取素材，之后会做专题报道，可能还要采访你。"

伍坤一听她这话，瞬间就明白为什么她之前开会要留下网络部的人，原来打的是这个主意！

"赵文熙，过分了啊！"他的怒火瞬间被点燃，"怪不得你痛痛快快就答应帮我执行，原来是要利用这个机会炒作！"

赵文熙就知道会有这么一出，语气平淡地说道："他们的感情是真的，咱们赔钱给他们做了婚礼也是真的！在新娘生命的最后为她圆梦，这不是你想要的结果吗？为什么不能给公司打个软广告？反正也要赔钱，发挥余热不好吗？"

"你就知道钱！你上辈子是存钱罐吗，许进不许出？在你眼里是不是什么都能拿钱衡量啊？"伍坤一急眼，说话也不好听，语调还越来越高。

赵文熙收起手机：“我让李锋跟新人沟通过，他们同意接受采访。谁不希望在离开这个世界的时候被更多人记得？弘扬正能量有问题吗？”

“更何况，”赵文熙看了看四周，看到正站在附近一脸尴尬的婚宴部总监谭海洋，声音压低了几分，“我记得你答应过我，这场典礼的执行我说了算，没忘吧？”说完，她直接转身向调音台走去。

她一走，在旁边的谭海洋这才缓缓靠近伍坤，一脸同情地说：“跟着她，真是苦了你了！”

伍坤一听这话，立马就像找到了知音：“简直有病，拿人家的伤心事做文章，没人性！”

谭海洋赞同：“真是太没人性了，坑了我好几万的业绩！不过话说回来，能给这小两口省点儿钱，也算积德行善了是吧？”

伍坤一下子没反应过来：“什么意思？”

谭海洋瞅了一眼远处，这才说道：“她跟公司申请，把这场婚宴的费用给免了，就连客户之前交的婚宴订金都退了！你说过不过分？我这劳民伤财的连个业绩也不给！简直是……”

没听他说完，伍坤惨白着一张脸就朝着赵文熙的方向走了过去。怪不得她老在说“赔钱赔钱”什么的，原来是这个原因！那自己刚才那么说，岂不是错怪了她？

第二章　相知

伍坤满心忐忑走到赵文熙跟前，还没想好怎么开口道歉就又被派了活儿。“你赶紧带着督导去化妆室催新人就位！这场没有彩排过，让新人记得在台上一切活动按督导和主持人指引进行。”

这种打仗一样的节奏，伍坤在杜凯的婚礼上感受过了一次，但那时候他只是看客，根本没有亲身体会这种与时间博弈的感觉。

看着赵文熙抓着对讲机有条不紊地跟各部门做最终的确认，他不由得也燃起斗志，飞速地朝着化妆室跑去。

婚礼流程大多千篇一律，赵文熙早就习以为常。

当典礼接近尾声时，新郎用尽全身的力气把孱弱的新娘紧紧抱在怀里，恨不得把她揉进血液，刻进骨骼，永不分离。

伍坤已经不知道自己这是第几次流下泪水，就算被赵文熙痛骂他也忍不住。在这一刻，他看到了爱情最美好的模样，不哭怎么行？

算算时间，家和厅的婚礼已经过去了七十多个小时，电视台的专题报道《绝症新娘的告白》也已经播出了四十几个小时。

赵文熙都不记得这是第几次对着伍坤喊出这句话：“你能不能给我滚出去！”她气得跳脚，伍坤的耳朵却像增加了屏蔽功能，根本就不管她说什么，只顾自己说自己的。自打婚礼结束的那一刻起，他就没有停止对赵文熙的“苍蝇式干扰袭击”。

“老大，我完了，我真的觉得我现在变得好伟大啊！”“我真的是不该哭，眼睛有点肿哎！脸好像也有点肿，上镜都没那么帅了！你说电视台怎么也不知道给加个美颜、滤镜什么的？”

那个有他采访的节目，他一遍又一遍地看，看了还要求讨论、求表扬，360度环绕地不断絮叨着内容重复的评语，大体流程是先感慨婚礼多感人，再感叹自己上镜的表现，然后就落到“当然，你也有功劳，不仅帮忙盯场执行，还做出这么好的宣传策略”这种车轱辘话上……

每次一听到这个，赵文熙的白眼都恨不得翻到天上去。

“你还好意思说？我让你别哭你不听，哭得跟你家里出啥事儿一样！采访让你别忘了再提一遍公司你也不记得。你现在知道夸我了？也不知道当时是谁骂我利用客户婚礼博眼球！”

伍坤哪管她说什么，又一次抓起手机按下了重播键：“啊，好感人啊！”进入无休止的死循环。

赵文熙正考虑要不要趁办公室也没别人，干脆拿鼠标敲死伍坤这烦人精，办公室半透明的门外就多了个人影，“咚咚咚”地敲起了门。

瞥了一眼瘫在沙发上的伍坤那副走火入魔的模样，赵文熙没好气地说了声“进来”，这才停下敲击键盘的手指，看着李锋拿着份文件战战兢兢地走了进来。

“赵总，这是咱们公司官网和官博这两天的数据分析表。”

李锋一边把文件交给赵文熙，一边汇报着情况，看起来十分拘谨。

“‘绝症新娘的告白’这个话题已经在微博挂了两天热搜，现在大众讨论度很高。我们也特意增加了网络平台的广告投放。目前官博粉丝上涨情况已经超过预期，有很多网友留言和私信，询问业务相关问题，我们也一直在跟进。”

赵文熙仔细地翻看着李锋递过来的资料，时不时地还看看手机进行比对，好半天才点点头：“做得不错，记得把资料发一份给薛总。”

没等赵文熙发话，从刚才就竖着耳朵，一直在光明正大“偷听”的伍坤倒是先嚷了起来：“这就完了？不应该有个庆功宴啥的吗？”

看伍坤那副尾巴都要翘上天的得意样，赵文熙不由得一脸鄙视。

“庆功？给谁庆？这单子让你做成什么样你心里没数吗？要不是我给你收拾残局，你觉得你自己能收场？”

伍坤此刻没了压力，哪会忍她？一听这话直接就怼了回去：“要不是我歪打正着接了这个单子，会有现在这么好的广告效果？”

赵文熙正要回嘴，一旁尴尬的李锋就轻轻地咳一声，提升了一下自己的存在感。

她这才停止了跟伍坤的对吵，合上文件夹对李锋说道：“后续有几个事情你注意一下：一，话题里的新帖要时刻关注。我刚才看到歌手任云飞点赞转发了我们的微博，还留言说要以这对新人的爱情故事为题为他们创作新歌。‘任云飞为绝症新娘写歌’现在已经被顶上了新热搜，你关注一下帮他做一些互动。

“第二，网络咨询客户需要及时跟进，对于本地客户统一回复，就说本周六我们会举行主题婚礼秀，效果图还有细节我一个小时后会整理成文件打包发你，到时候官方博客要尽快进行造势预热。”

李锋领了任务离开，橡皮糖一样的伍坤就凑了过来。

“为什么忽然想起办婚礼发布会啊？”他一脸疑惑，一个劲缠着赵文熙问东问西，“什么主题？在哪儿办？客户不来怎么办？”

赵文熙正准备开始画图，这么被他烦着说话自然不客气：“跟你说了你也不懂，到时候该干吗干吗就是了，问那么多？不当菜鸟还想当精英啊？”

“你这么藏着掖着的什么也不告诉我，我啥时候才能成精英？就你这种领导，我还不如去跟着孙培文呢！”

伍坤不依不饶，赵文熙瞬间就笑喷了：“我劝你还是别跟人家那么亲了，这次婚礼秀办完你走路最好躲着他点儿，否则出了什么危险我可概不负责！”

见伍坤听得一头雾水，她冷笑着说道：“我这次搞婚礼秀，就是为了给他个教训！”

尽管伍坤已经习惯赵文熙的腹黑，但当听完赵文熙的整个计划之后，还是忍不住觉得腿软。

关于孙培文上次教他打电话这回事，他已经和薛一行探讨过。薛一行委婉地告诉他不要急于求成，踏踏实实按照销售话术一步步学习。这里面的猫腻，他也就基本看明白了。

孙培文看着老实，却利用伍坤坑了赵文熙一把；赵文熙也不是个善茬儿，憋着坏要回对方个大礼，让他知道知道自己惹错了人！看着赵文熙忙忙碌碌，伍坤忍不住开始吐槽：“你也太自信了吧！你就知道孙培文一定会上钩？万一他不搭理这事儿怎么办？”

赵文熙放下手机就又抓过电脑，一边飞速地敲键盘一边斜了他一眼。

“你懂什么！各部门举办专场婚礼秀做会议营销都是常有的事，不过但凡做活动就会有成本支出，这些支出要从部门营业额中扣除，所以一般谁也不会在自家办会销的时候让其他部门来蹭热度。这次的婚礼秀我肯带他孙培文一起玩，又不让他分摊成本。有益无害，他没有拒绝的理由。”

话说完，赵文熙立马让李锋赶紧去发布婚礼秀推广海报，她自己则直接去见了薛一行。

她先是把之前的微博宣传情况做了汇报，又一本正经地说道：“因为要涉及公司网络推广，所以这场会销规模会是今年最大的一次，到时候给到客户的优惠力度也会是空前的！不过，一部的客户我想就不用来了，如果高端客户觉得就这么简单办一下也挺好，岂不是造成资源浪费？这次，就我们二部和三部忙活吧！”

薛一行对她这种无私的精神十分满意，有了薛一行助攻，原本担心有猫腻的孙培文完全没了顾虑，高高兴兴地接受了邀请。他下令整个部门都动起来，把能约到的客户都集中在婚礼秀那天，争取做到统一签约！

接下来的几天，除了日常工作，赵文熙和伍坤两个人还得忙婚礼秀的事情。两人在办公室安营扎寨，累了就轮流躺沙发休息，饿了就啃面包吃盒饭，完全没了休息日。

伍坤还学着赵文熙准备了一个小包，里面塞满了从酒店保洁大婶那儿坑来的洗漱用具。就连薛一行偶尔来办公室瞅一眼，见到他这么拼命都是满脸惊叹。

时间在忙碌中过得飞快，不知不觉间，让全公司期待许久的夏季婚礼秀就要在一个小时之后精彩呈现。

装饰着紫色丝带的白色座椅分列两侧，龙柳做成的两段式花门上点缀着紫、粉色花朵；白色T台两侧装饰着各色勿忘我，配合染色灯十分具有梦幻气息；舞台上30平方米的LED屏幕被巨大的淡紫色花朵包围，正在展示着本场婚礼秀的主题logo——“勿忘我之约”。

唯美、浪漫、梦幻，足以让每一位到场来宾惊艳！就连忙着招呼客户的孙培文都不得不承认，论婚礼策划的功夫，赵文熙真的是技高一筹。

外行看热闹，内行看门道。客户们根本不知道，那些看起来浪漫唯美的勿忘我装饰，其实就是赵文熙从库房里淘出来的老古董仿真花！那批勿忘我装饰本来是花球形态，用了几年以后损耗严重就被扔在库房无人问津。没想到让赵文熙翻出来，把花球拆散弄成排花，还往龙柳枝子上也点缀了一些，倒是焕发了新生命。

此刻，活动主持人已经拿着麦克风缓步走到司仪台前，慷慨激昂地致开场词。

“尊敬的各位来宾，欢迎来到‘爱慕’主题婚礼发布秀的现场。希望接下来的时间里，在场所有来宾都可以在勿忘我浪漫的气息中感受爱情的甜蜜与芬芳！勿忘我被称为花中情种，它的花色永不减退，它的花容永不凋零，代表着永恒的爱情。那么，在这个由勿忘我组成的世界里会发生怎样浪漫的故事呢？接下来让我们一起欣赏，由爱慕为您精心呈现的主题婚礼——‘勿忘我之约’！”

现场的灯光逐渐暗淡，婚礼秀正式开始。

一阵炫目的灯光秀之后，主持人在浪漫的钢琴伴奏中，声情并茂地引导流程。婚礼秀有条不紊地进行，所有客户的心都沉浸在浪漫的氛围之中。等到一阵仙乐悠悠响起，身穿粉紫色纱裙的新娘就从天而降，坐着藤蔓秋千缓缓降落在副仪式区之上，现场的气氛瞬间达到了顶峰！

正当所有人惊叹不已时，那秋千在龙柳花柱前停留片刻，竟开始缓缓飘向了舞台的方向！

这一切简直就像是个神奇的魔法一样，令所有人惊艳。现场掌声雷动，欢呼声呐喊声甚至将主持人的解说词都压了下去。

看到现场观众的反应，赵文熙原本紧抿着的嘴角这才开始微微上扬。

新人登场已经足够亮眼，接下来就开始走唯美浪漫风。装扮成花精灵的督导送上花朵形状的戒指盒，新人完成了共同封存勿忘我永生花的环节。每一项流程都贴合主题，令人记忆深刻。

婚礼秀在热烈的退场音乐中圆满结束，主持人再次回到台上："刚才的'勿忘我之约'主题婚礼，给大家带来了直击心灵的至美感受。现在，让我们把热烈的掌声，送给本场婚礼秀的策划师——伍坤！"

主持人的话一出，不仅在场所有员工惊呆了，就连伍坤自己都是一脸迷惑。他瞬间把目光投向赵文熙想问下怎么回事，明明是她的创意啊！

他还没开口，一道追光就打在了他身上，大腿上被赵文熙悄悄掐了一把，疼得他噌地就站了起来。

掌声雷动中，原本龇牙咧嘴的他赶紧笑了笑，朝着所有宾客招招手就想坐下。还没等他挨着椅子，来宾中就有一个声音响起："哎？这不是给'绝症新娘'做婚礼的那个策划师吗？"

伍坤顺着声音看去，说话的"客人"竟然是李锋！搞什么？还安排了托儿？

所有宾客都向伍坤投去好奇的眼光，那目光有认可，有赞赏，让他瞬间觉得脸已经红成了猴屁股。

主持人顺势开始补话："看来有朋友认出了我们伍坤啊！没错，他就是在前几天为一对特殊新人打造了浪漫婚礼的策划师。为了完成新人的梦想，他把利润置之度外，不惜损失自己的利益也要为新人服务。让我们把掌声再次送给这位暖心的小哥哥！"

掌声瞬间响起，伍坤此刻恨不得挖个洞钻进去。所幸的是，主持人没有继续"折磨"他，转眼就把话题引开，开始进入一轮热闹非凡的抽奖环节。

活动接近尾声，主持人隆重介绍销售总监赵文熙闪亮登场。

赵文熙带着微笑走向舞台拿起麦克风：“我是来给大家送福利的，刚才看到的主题婚礼道具和装饰，将会成为我们‘爱慕’自营酒店的免费项目回馈客户。也就是说，只要您选择我们顶高超过四米的宴会厅，就可以免费享用‘勿忘我之约’全部流程道具，拥有一场极致浪漫的主题婚礼！”

这话一出，台下瞬间炸了锅。

孙培文的脸色瞬间变得极为难看，现在才明白赵文熙为什么会忽然好心让自己蹭活动……这场婚礼秀从头到尾就是个圈套，而猎物是整个业务三部！

客户不知道内情，全“爱慕”的员工可都心知肚明。除了一部和二部有高层婚宴厅资源，三部业务来源是以二三十桌的小型宴会厅为主，层高都是三米左右。能够顶高超四米，足以搭建秋千轨道的厅一个都没有。

赵文熙这补充条件一出，不只是孙培文傻眼，所有三部婚礼销售人员全都大眼瞪小眼，不知该如何是好。本想着让客户来公司看秀，趁着氛围好能促单，可现在的状况让他们始料未及，别说促进成交了，几乎所有的客户都在缠着婚礼顾问说要改宴会厅！

“赵文熙，你够狠的啊！”接待室里，孙培文隔着桌子质问赵文熙和伍坤，这尴尬的状况，让伍坤简直想立马逃走！

赵文熙揣着明白装糊涂，无辜的表情就连伍坤都有一秒钟相信她真的是出于好意，从头到尾都没打坏主意。“孙总，你怎么把好心当驴肝肺呢？”

“少给我来这一套！”孙培文简直气疯了，“大家都是明白人，不用拐弯抹角！你引我上钩，就是打算黑了我的单子！现在所有客户不是要转到你的厅，就是要让这个什么也不懂的门外汉给策划婚礼。你告诉我你不是存心的？”

一听他这么说，赵文熙瞬间笑了起来："孙总，那你可真是冤枉我了！我的客户本来就没你多，就算想约来撑场面也凑不够数啊！这不才想着跟孙总分享一下我们伍坤的新创意，也好让场子热闹一点？我哪能想到好心办了坏事呀！"

"我呸！"孙培文此刻是已经完全放弃了平时装出来的老好人形象，指着伍坤就开始骂，"你真以为我相信刚才那个策划是这小子弄出来的？他要有那个本事，我头都拧下来给你当凳子坐！"

这话伍坤还真不爱听，尽管创意不是他出的，可是被人当面这么损，忍气吞声可不是他的性格："孙哥，不带你这么看不起人的哈！我就不能进步飞快吗？"

气急败坏的孙培文哪会给他面子？"小子，真不是我看不起你！你去公司上下打听打听，谁不知道你大少爷的光荣事迹？你才来几天，能学会个屁？"

他这话怼得伍坤好半天说不出话来，气呼呼地心想自己之前是不是瞎了？怎么会觉得这货是个好人呢？原本赵文熙设计坑他，伍坤还觉得有些过意不去，果然利益是考验人性的试金石啊！

没等伍坤想出来怎么回话才能不输气场，赵文熙就已经带着淡淡的微笑说道："谁说学不会了？有了孙总从旁指导，他进步可大着呢！比跟着我学快多了！"

这话一出，孙培文立刻就反应过来，她说的是上次他教伍坤电话营销那回事。

心虚使得他脸上原本理直气壮的表情松动了不少，好半天才硬着头皮说道："我不知道你在说什么！你的人怎么轮得到我来指导？你以为我很闲吗？"

"你是挺闲的呀！"伍坤立马接上了他的话，"上次不是你说我按着话术打电话肯定没效果，应该霸气一点儿，这样才能把客户震慑住？孙哥贵人多忘事，小弟我可是把你的教导铭记于心呢！”

“你……”孙培文气得嘴唇都在发抖，话都说不利落。

没有给他继续废话的机会，赵文熙已经笑着站了起来。

“孙总刚才说了句特别对的话，我的人怎么轮得到你来指导？既然你已经闲到来管我二部的闲事，那我就撬光你的业务让你更闲一点！”

说完，她直接就走出了接待室，留下已经彻底傻眼的孙培文瘫在沙发上，好半天动弹不得。

伍坤一见赵文熙出去立马朝孙培文耀武扬威地吐了吐舌头，气得对方险些一口老血喷出来。

他一出门，伍坤就看到赵文熙正往电梯那边走，赶紧小跑着跟了上去。

“过瘾，太过瘾了！简直快、准、狠！打得那伪君子毫无还手之力啊！”

赵文熙一看伍坤那副叽叽喳喳说个不停的样子，立马甩了个白眼：“消停会儿吧！我报我的仇，你激动个什么劲儿？”

伍坤对于赵文熙的冷漠已经十分习惯，根本就不往心里去。

“话说，咱不去谈客户吗？”

赵文熙扭头一脸疑惑：“你有约来的客户？”

伍坤瞬间傻眼：“我没啊！好不容易约了两个，他们这周还没时间，说要下周再说。你不是说让我别管了你搞定吗？一个都没叫来啊？”他看了一眼身后人声鼎沸的接待区一脸着急，“人家都那么忙，咱俩连一个客户都没约来，也太不像话了吧！”

“呵，确实有长进，知道没业务谈着急了？”赵文熙一脸戏谑，“其实这活动没用多少成本，随后整套道具拆下来摆到咱自己厅里照样卖！二部的客户可不能这么拿绢花应付，万一他们有更高要求呢？得考虑客户实际需求嘛！”

伍坤瞬间就明白了她的意思：“你可拉倒吧！我看你是‘利润率综合征’犯了！可你莫名其妙把我弄成什么策划师，万一要是三部那些客户真的都来找我咋办啊？”

赵文熙冷笑道：“你真以为孙培文是吃素的？他这会儿百分百在跟薛总打小报告！他那些零七八碎我本来也就没打算要，只想让他知道踩过界是要付代价的！客户选你，你就接，十单做完你就自由了，这不是好机会吗？客户要是坚持转厅，势必要增加桌数或者餐标，那我当然可以接收，对公司有利无害。”

看伍坤不吭声，她接着说道：“全推你头上是因为反正你再玩一阵也就走了。等你一走，这事儿在薛总那就得翻篇儿，不会让孙培文跟我闹太久。”

一听这话，伍坤更加明白了赵文熙的城府之深。她这一招可真是一石好几鸟啊！

既给了孙培文教训，让他以后不敢随意捣鬼；又给自己的厅打了广告，让客户在选择宴会厅上有了新方向；不仅展示了公司的策划实力，给客户吃了定心丸，连自己的退路都想好了。

电梯已经渐渐从下面升上来，眼看就要到达15楼。

赵文熙看着一脸鄙视的伍坤说道：“职场如战场，我不主动惹人，但也不希望别人踩我的地界！你要是觉得我卑鄙，那也没办法，想走的话我不会拦着。”

电梯门打开，她率先踏了进去，转过身才又说道：“哦，忘了告诉你。你爸真的很担心你，只是拉不下面子找你回去……”

伍坤一听这话，刚才所有的思绪全都抛在了脑后，“我现在还不能回去！可能你说的对，我是菜鸟，但我这半个月真的觉得还挺喜欢这种挑战不断的工作的。反正也答应了做你俩月的苦力，怎么，想赖账把我甩了？”

说到这儿，他一个箭步就踏进了电梯，站在赵文熙的身边，低头俯视着她：“你到现在才教会我一点儿皮毛，想这么容易就贪污我爸学费没那么容易！在你把本事教给我之前，我不会让你清净的！”

不让赵文熙清净的人，又何止一个伍坤？

一进办公室，看到背对着门坐在办公桌前椅子上的薛一行，赵文熙就默默在心里骂了句脏话。

该来的总会来，来了的躲不了。动小心思之前她就想到过或许会有怎样的后果，现在事儿都办完了，除了硬着头皮上，她哪还有退路？

“薛总？”赵文熙满脸都是笑意，一边打发伍坤去泡茶一边笑着说到，“有事儿也不先打个电话，我好去办公室找您啊，还让您专门跑一趟。”

说着，她落落大方地走到薛一行旁边，一只手倚着办公桌的桌面，斜着半坐在桌子上，低眉顺眼地问：“孙总找你了？”

伸手不打笑脸人，就算薛一行听了孙沛文的添油加醋再生气，对着态度良好的赵文熙也不会大发雷霆。

他原本是靠在椅子上微微仰起头，闭着眼睛，手里的扇子有一搭没一搭地在腿上敲着。

一听赵文熙这话，他缓缓睁开眼睛，看了看赵文熙，眼神里是少有的锐利：“赵文熙，你这次真的让我很失望。”

他语气平静，说出的话却每一个字都掷地有声，像某种尖利的武器，瞬间就粉碎了赵文熙早已准备好的淡定笑容。

她垂下了眼，抠着手指，看起来委屈却倔强：“不解释，我错了。”

薛一行一下就来了脾气，语气也严厉了许多：“你这是在给我表演死猪不怕开水烫吗？很多人跟我说你刚愎自用难以相处，但我从来没有说过你吧？你这几年为了公司拼尽全力，让我根本不忍心苛责你！可你知不知道你干了些什么？你居然能把孙培文一个大老爷们儿逼得跟我哭着喊着要辞职！”

“他辞职？”赵文熙的声音开始有些哽咽，目光紧紧地盯着薛一行的眼睛，“那您有没有问问他我为什么不找别人麻烦单找他？他委屈，我就活该被欺负吗？您可以去求证，他的单子我一个都没接，他闹什么？凭什么闹！”

说完，她的眼泪瞬间就夺眶而出，倒是弄得薛一行不知所措，想安慰她又还带着气，实在不知如何是好。

端着茶壶刚进门的伍坤看到这场面，瞬间定在了原地。看了看手足无措的薛一行，又看了看哭得梨花带雨的赵文熙，他立马来了脾气：“薛叔，你不分青红皂白就帮着姓孙的兴师问罪，也太偏听偏信了吧！”

薛一行这会不敢再说赵文熙，可不代表他不敢说伍坤，一见伍坤这满满的“护犊子”口气，他立马就把矛头换了方向：“你还好意思说！让你学本事，别的没学会，挖陷阱坑同事学得挺好！我看你也别在这费劲了，干脆赶紧回家！”

“薛叔，你这话可就扎心了！”

伍坤气哼哼地把茶壶放在茶几上就开始辩解：“赵文熙是凶，可她确实也教会了我一些东西。我现在会打约访电话，也知道典礼怎么执行，虽然在策划方面还差一点，但我一直在努力啊！姓孙的上次拿我当枪使，今天还骂我是啥也学不会的菜鸟！他刚才那么嚣张，跟您一告状就成‘窦娥’啦？”

他越说越生气：“真不要脸！他以为他是‘白莲花’吗？他要

辞职您就直接开了他，我倒是想看看他能装到什么时候！”

见他骂得刹不住车，薛一行赶紧皱着一张脸摆摆手：“给我消停会儿！老孙好歹也是业务部总监，你说开就开？你以为培养一个销售那么容易？”

话说到这，他又看了看还低垂着脑袋抹眼泪的赵文熙，心里更加烦躁：“老孙也不像话！非得没事搞这些小动作，一点心胸都没有！”

见赵文熙没回应，薛一行叹了口气，站起来拍拍她的肩膀，语重心长地说：“这事就这么过去了。你也别怪哥说你，老孙的单子赶紧给他倒腾利索。见好就收，不要一点儿余地都不给自己留！”

说完他起身就往门口走，经过伍坤身边时，还不忘了嘱咐几句：“这都快过了中午饭点儿了，带那倔牛去吃点儿东西，成天忙得没时没晌，也不怕胃穿孔！”

伍坤目送着他出门，转过头再看赵文熙的时候，意料之中已经是一副没事人的样子，平静得就跟刚才哭得可怜兮兮的人不是她一样！

他嗤笑着看着赵文熙一边把自己摔进沙发，一边踢掉脚上的高跟鞋，不由得吐槽起来：“就知道你这家伙哪有那么脆弱？哭哭啼啼的，刚才看得我都快信了！”

“我不那样做这事过不去呗！不过你小子还挺聪明，知道向着我说话，不然我下个收拾的就是你！”

赵文熙一脸疲惫，挑高了眉毛眯着眼，一边揉着肚子一边挥着胳膊指挥伍坤：“帮我拿下药，你上次给我买的那些就放在抽屉里，顺便再给我拿点儿巧克力。”说完她就把胳膊无力地垂在沙发扶手上。

“哇，你怎么一副快死的样子！”

伍坤蹙眉看了看她，虽然嘴上嘀嘀咕咕不情不愿，但还是朝着办公桌走去。熟门熟路地找到装着药的塑料袋，只拿了药就把抽屉关上了。

“给！赶紧吃，咱们走！”

赵文熙缓缓睁开眼睛，看着眼前的递过来的热水和两颗胶囊有气无力地喝了药。她放下杯子又躺回沙发，闭着眼睛朝伍坤伸手：“巧克力呢？快给我，我需要能量！”

下一刻，她惊恐地睁开眼，发现整个人都被伍坤攥着手腕拽了起来。

“你干吗啊？”她显然被吓了一跳，看着伍坤的眼神十分不友好。

伍坤一边抓起车钥匙一边怼她：“你昨晚就啃个面包，喝一肚子黑咖啡，从早上到现在你唯一进了肚子的就是刚才的药，再吃那巧克力你就英年早逝了。”他搀着赵文熙的胳膊就把她从沙发上架起来，“走，去吃饭！”

“我不去！你要是饿了就自己去吧。”赵文熙一脸不耐烦，顺势就要往沙发上倒。

伍坤眼明手快，立马架着她的胳膊把她往门口拖：“你这就叫橡皮胃！薛叔让我带你去吃饭，怕你早晚死于胃穿孔，我总得完成任务吧？”

赵文熙这会儿浑身无力哪是伍坤的对手，气得一边哀号一边跺着脚耍赖：“鞋！你是不是傻？我没穿鞋！”

伍坤彻底发挥了自己手长脚长的优势，一手推着赵文熙不让她接近沙发，一手拉开茶几旁边的小抽屉，瞬间掏出一双一次性拖鞋甩在地上。

赵文熙一阵无语，这家伙到底从保洁阿姨那儿坑了多少东西，怎么连拖鞋都有？

还没等她发飙，脚腕就已经被一只大手抓住，直接塞进了拖鞋里。平底拖鞋绵软的触感让她的脚彻底得到了放松，脚掌断裂一样的痛感瞬间烟消云散。

“老穿那么难受的鞋，你以为你是来走秀的？穿平底鞋能死啊？”毒舌的吐槽让赵文熙刚刚冒出来的一丁点儿感动，瞬间连渣都没剩就直接融入了空气之中。

伍坤无视她愤怒的眼神，扬了扬下巴笑着：“小爷请你吃顿好的去！”

就这样，肠胃难受到随时想干呕的赵文熙，跟着伍坤在一个小胡同里走了一两百米，才停在了一个不起眼的小店门口。

看着招牌上的五个大字，赵文熙简直不敢相信自己的眼睛：“魏大夫推拿”？

专程开着车跑了两条街，还得走着坑洼不平的胡同小路，居然是为了来推拿？杀人要是不犯法，真想锤死他！

伍坤推开玻璃门就往里走：“推拿在楼上，这儿的招牌摆在那里！”

他指指玻璃门里放着的一个白色灯箱广告，上面写着几个暗红色的字——“梅大姐牛肉灌汤包”。

灯箱没插电，玻璃又有点儿糊，从外面不仔细看还真看不太出来。

门脸不怎么样，小店里面倒是干干净净。六七张长条桌分列两边，门的对面是柜台，摆满了各种饮料的格子柜分隔了用餐区和后厨。这会已经接近两点，店里没客人。穿着花色围裙的老板娘看起来四十来岁，此时正趴在柜台上百无聊赖地看着一台老款电视。

她身边，一个看似厨师的男人正抱着个小竹筐在剥蒜。听见有人来，先喊了一声“卖光咯，下午来”，一看见伍坤，男人立马带着一脸局促的笑容站了起来，热情地招呼两人坐下。

“小坤来了！快坐！”

相对于男人的热情，伍坤倒是冷冷淡淡，等到男人从冷藏柜拿出西瓜摆在他和赵文熙跟前，才不情不愿地说了句：“谢谢。”

赵文熙刚想问他是不是跟人家认识，伍坤就已经对着正拿着两瓶可乐、一脸笑意朝他俩走来的老板娘清清楚楚地叫了一声“妈”。

伍坤一句话里的信息量，简直让赵文熙瞬间把胃痛都给忘了，一脸震惊地看着伍坤：“这位是，你妈妈？”

伍坤点点头：“怎么？我俩不像吗？”说完又看了看可乐，对老板娘说道，“她胃不好，别让她喝这个，给她拿个核桃奶吧。”

“好！”老板娘笑得一脸宠溺，放下一瓶可乐在他跟前，就立刻返回柜台又取了瓶核桃奶拿给赵文熙。

“谢谢！”赵文熙低低地道了谢，这才眨着眼睛观察了一下对方。虽然看起来饱经风霜，但这位老板娘笑起来时，那法令纹和眼角的弧度，还真是和伍坤一模一样。

“叫我梅姨就好。”老板娘爽朗地笑起来，看着赵文熙的目光简直带着火花，“姑娘在哪高就呀？今年多大啦？……”

“妈？”没等她说完，伍坤就已经苦着脸嚷了起来，“她就是我同事而已，你千万别想太多，再把人家吓着！”

“你这孩子，我也没说什么啊！”梅姨瞥了他一眼，伸手拿过桌上的瓶起子，把可乐瓶打开，“啪”的一下拍在伍坤跟前，又接着对赵文熙说：“咱别理他！这小子从小就没个正形！”

这娘俩连怼人时的神情都一模一样，看得赵文熙不由觉得有点好笑：“没关系阿姨，我都快习惯了。”

她这话一出，伍坤更觉得解释不清，索性扁着嘴嚷道："妈，我这有阵子没来，你也不关心我，光顾着别人？我从昨晚到现在都还没吃一口正经饭呢！"

他一诉苦，梅姨还没说话，刚才那中年男人一下就蹦了起来："想吃啥？我这就做！"

没等伍坤说话，梅姨就拖了个凳子坐在他俩桌子旁边，朝着中年男人说道："把留的那些精肉馅儿给他包上。水煎包啊，他不爱吃蒸的。再盛两碗牛肉汤来，多点筋肉！"

说着她又把头转向赵文熙："姑娘吃香菜辣椒吗？"见赵文熙点头，她又说道，"两碗都要香菜，一碗不要辣椒。"

中年男人得了指令直接就一头扎进厨房，叮叮咣咣开始忙和。

"臭小子刚说你胃不好，辣椒就别吃了。"梅姨看着赵文熙，满脸都是好奇，"你是他同事啊？那你也在三江设备？"

赵文熙没想到她会这么问，瞬间有点迷惑："不，我在'爱慕'婚礼。伍坤他现在在我的部门，学习婚礼策划和销售。"

"哦。"根本不了解儿子的近况让梅姨看起来有些失落，她转头看看伍坤，好半天才说："我还以为你从国外回来，去你爸公司了呢。"

伍坤摇摇头，一边摇晃可乐瓶，一边抽了抽鼻子："他那破公司我可不去，我在人家大公司学本事，以后才不会像他那样，像个没文化的土大款。"

母子俩聊天，赵文熙无聊地按开手机看时间。伍坤感觉到了她的尴尬，立马耍赖似的嚷道："妈，我都快饿死了你还问东问西，我以后都不敢来看你了。"

看他像小孩一样，梅姨笑了起来："好，我去厨房帮忙，尽快给你上吃的！"说完又对赵文熙笑了笑，这才转身走进厨房。

她一走，伍坤脸上的笑意一点点消散，好半天才眨眨眼睛看着赵文熙：“问吧！你那一脸问号都快掉地板上了！”

赵文熙几口核桃奶下肚，胃里没那么难受了，也就开始八卦起来：“伍三江是你爸，这梅姨是你妈，那刚才那男的……”

“这还猜不出来？真笨！”伍坤一脸满不在乎，说出的话语气却满是伤感，“他是我妈现在的老公……赵文熙，这可是我的大秘密，你可不许说出去！”

热腾腾的肉汤，焦黄滚烫的水煎包，再加上墙上“呼啦啦”直响的两个电风扇……这样充满市井气的环境让赵文熙觉得有些走神，仿佛回到了那生她养她的小县城，爸妈也曾带着她和姐姐，在周末去这样的小店里吃点儿好的开个荤。

那时候食物的香气真的诱人，在以后的很多年，她吃过不少高档昂贵的美食，却再没有找到那份混合着烟火气的味道。

一口热汤下肚，从喉咙一直抚慰到肠胃，只在口中留下一股淳朴的浓香。看着两母子期待的眼神，她笑起来真心实意地说道：“味道很好。”

“算你识货！”伍坤见她称赞，给她往醋碟里夹了个水煎包，十分得意地说着，“我妈做的牛肉汤天下第一好喝！你再尝尝包子，包你喜欢！”

赵文熙也不客气，夹起包子就咬了一口。肉馅鲜美、汤汁浓郁，包子底焦黄香脆，火候刚好，让味蕾得到十分的满足。尽管刚出锅的包子烫嘴皮，还是让人舍不得停下。

不顾优雅的吃相是对厨师最大的赞誉，母子俩看她这么捧场都挺高兴。

梅姨爽朗地笑着：“现在年轻人都爱吃什么西餐、汉堡包，其实还是这些热乎的东西吃进肚里暖胃贴心。”

赵文熙点点头："是啊。喝了点儿汤，这会儿胃里舒服多了。"

"那肯定的！你成天吃的那都是些什么乱七八糟？别人忙你也忙，人家都去吃饭，你给他们花着钱自己却回办公室啃面包，以为自己挺伟大？"

伍坤三句离不了吐槽，正准备继续叨叨，脑袋上就挨了老妈一记脑瓜崩儿。

"你这孩子怎么说话的！"梅姨斜眼瞅着他，"看看人家小赵，跟你差不多大，人家沉沉稳稳的，还是你领导。就你不让人省心！"

"她那是装的！你是没见她骂人的时候跟机关枪似的，突突突突……"

看他那怪腔怪气，梅姨无奈地笑笑："你们吃着，我去给你们拌两个小菜。"说着就转身进了厨房。

她一离开，赵文熙就自在了不少："伍坤，你也是个人才，带我来你妈店里吃饭。"

伍坤眼神停在厨房门口，说话有些心不在焉。"你知道个啥！公司那些西餐偶尔吃还行，天天吃我可受不了。你那个肠胃，喝点热乎的不比吃牛排舒服？而且，我是真想请你吃饭，谢谢你的指导。"

赵文熙笑起来："你没钱才是重点吧？"

一听这话，伍坤眯着眼睛一脸鄙视地看着她："看破不说破这么难吗？我离家出走这么久，身上就那么几百块，给你买药就花了一百多，哪还有什么钱。"

说到这，赵文熙倒是一脸好奇："我就一直很纳闷，你不回去给你爸服软我还能理解。你就没个朋友的吗？你那些小伙伴随便找一个也能接济你了。”

“那不就没意思了？”伍坤自嘲地笑着，“靠老爸和靠朋友本质上没区别啊！我也不知道自己现在抽什么风，就想试试只靠我自己，到底能做到什么地步。”

赵文熙对他少见的感性感到陌生，于是索性不再问什么，埋头喝起汤来。

伍坤倒像是打开了话篓子，彻底开始了提问环节：“赵文熙，我早就想问你了。你以前就是这么争强好胜，这么能干？”

赵文熙倒是没想到他会这么问，错愕了一下，放下手里的筷子认真想了想就忽然笑了起来：“我刚入行的时候就像现在的你一样，有冲劲，但是对前途一片迷茫。你现在闯的祸跟我那时候比简直是小意思。”

见伍坤一脸八卦，她接着说道：“刚入行那年，因为只能接一些小单子，挣不了钱还老被客户气哭。要么半夜三四点给我打骚扰电话；要么就是明明酒店断电，客户却要扣我的余款；还有一回更可恶，典礼开始前新娘悔婚不见了，这也怪我，又是一顿骂……”

似乎是觉得自己吐槽太多，赵文熙眨眨眼睛，把注意力又放在食物上：“总之啊，从那时起，我觉得越是小单子越麻烦！大单虽然也是忙到吐血，可起码回报可观啊！”

“怪不得你成天把‘利润’挂嘴边，合着是那几年被骂怕了！”伍坤笑着，“那一部挺爽的啊？单子不多，来一个就是上百万，比成天做这几万几十万的强多了。”

赵文熙不置可否地摇摇头：“现在市场不景气，百万以上的单子凤毛麟角。你跟着我这些日子，咱们光执行的婚礼加起来也快十个了。虽说以六万、八万、十来万的居多，可加起来业绩还可以吧？你再看一部，从月初到现在就执行了一单，还是劳师动众，带着团队、拉着设备去上海办的，利润率不一定比咱们漂亮。”

“怪不得顾大叔那么恨你，你老抢人家单子……”伍坤坏笑起来。

赵文熙瞬间笑出了声：“拜你所赐，他们这阵都在忙着搞定任云飞，都没心思理我了。”

伍坤瞬间一脸内疚：“那单子是不是黄了啊？”

赵文熙挑了挑眉：“黄了跟咱也没关系，我问过薛总，如果一部搞不定我能不能试试，他让我别打主意。”

“赵文熙，你怎么这么没出息？”伍坤一下子就急眼了，把筷子拍在桌上一脸严肃，“反正都黄了，咱们抢啊倒是！”

难得能这么平和地聊着天吃饭，一个多小时的时间，赵文熙在母子俩投喂下吃了相当于以前三天的餐量。

赵文熙刚打算拿出钱包付账，梅姨就已经把两兜子打包盒塞到她手里，转头又塞给伍坤一份。

“你是小坤的领导，我这巴结你还来不及，哪能要你的钱？阿姨这也没别的，这是自己卤的牛肉，你们俩平时工作忙可不能有一顿没一顿的。要是喜欢这一口儿，阿姨以后再给你做！”

这话弄得赵文熙更是难堪，刚要推脱，伍坤就拦住了她：“说了是请你吃饭，让你拿着你就拿着！”

“你倒是大方！”赵文熙看他就来气，“饭是阿姨的，牛肉也是阿姨的，这也算你请我吃饭啊？”

“这是我妈！有区别吗？”伍坤理所当然，一旁的梅姨和大叔也频频点头。

“你要请我吃饭，拿你自己挣的钱来请。这次的人情，我可只能记在阿姨身上，不能算你的！”

“就是！你这小子，就得有人制住你！”梅姨爽朗地笑了起来，拍了拍伍坤的胳膊，“记得常带小赵过来啊！”

都说三个女人一台戏，两个凑在一起看来也不遑多让。直到上了车，伍坤还嘟囔个不停：“平时看你像个汉子，在我妈跟前装得挺乖巧啊？现在她对你比对我还亲，给你的卤肉比给我的还多。”

“这你也吃醋？你要喜欢我可以卖给你一份。”赵文熙一边系安全带一边说，“我还挺喜欢你妈妈的手艺。”

“那当然了，我妈以前可是正儿八经厨师，从小到大我吃的好吃的可多了！不过我爹不着调，我刚上小学他们就离了。后来她再婚，我只有每次想喝汤的时候才偷偷来找她。”

伍坤想把话说得很轻松，但语气里还是不由得带了几分伤感。

“那我还真得谢谢你，沾了你的光才能有这好口福。”吃饱饭总让人容易困倦，赵文熙已经开始闭目养神，说话也带了几分慵懒，“回公司吧。”

“回公司？”伍坤刚发动车，一听这话立马瞪圆了眼睛，“你打算把牛肉放哪儿啊？我还打算把我那份放你家呢！”

赵文熙倒是忘了这茬儿，一时之间也有些发愁：“可我已经好些天没回家了，冰箱里没东西我也就没开。就算拿回去也还得收拾，好麻烦。”

她看了看后座上扔着的打包盒，眉头都蹙起来：“要不，还回去？”

“亏你想得出来！”伍坤也瞅了瞅后座，“有办法了！回公司！”

等看到伍坤所说的办法，赵文熙瞬间有点傻眼——这家伙居然把牛肉塞进了15楼水吧的冰箱里！他还没忘了把肉藏在最后面，生怕其他同事发现。

赵文熙刚想说什么，伍坤就已经甩上了冰箱的门，拍拍手扭头说道："搞定！"说完架着她的胳膊就回了办公室。

一进门，伍坤就飞速奔到办公桌前各种翻腾，弄得赵文熙一脸纳闷："你干啥？"

"找名片！我让安然打听了，任云飞的经纪人叫钱来来，我记得之前在你桌子上见过他的名片！"

"找他干吗？那瘦干猴儿我跟他打过交道，相当难说话！咱们还是直接联系任云飞吧，他跟我一个小区，我有他电话，大不了直接找上门。"说到这儿，赵文熙恍然大悟，"你该不会以为我是联系不上他吧？要不是薛总拦着，我早就下手了好吗？"

伍坤正在翻箱倒柜，一听这话彻底无语。两人立刻给任云飞打电话，可惜接电话的还真就是"相当难说话"的钱来来。

这位钱哥曾经的陕北腔已经变成了港台腔："我们云飞正在上海准备出道十周年演唱会，哪有时间见你们？上次你们做得那么不专业，那个姓顾的死缠烂打已经很烦了，现在你又来一遍？云飞今天有活动，我现在很忙，就这样！"

说完他就挂断了电话，赵文熙错愕了几秒，想到那家伙的腔调就气得险些把手机捏碎！

等赵文熙考虑要不要再打过去的时候，一旁的伍坤却忽然划拉着手机说道："我查过了，他刚才说的那个活动晚上八点在凯宾举行。现在不到五点，咱们订最近一班飞机赶过去刚好进入尾声！结婚的是任云飞又不是他经纪人，咱拎点儿水果鲜花去酒店堵他，礼多人不怪嘛！"

拎水果鲜花虽然不靠谱，但只要见到面就有希望，赵文熙点点头："打个飞的过去找他，怎么着也得见一面吧！"

说干就干，不到八点半，两人已经出现在任云飞在上海下榻的酒店。看着挡在任云飞房门口的那张凶神恶煞的大馒头脸，伍坤险些没憋住笑——这家伙长得还真像山寨版的薛一行！

他这表情直接引起了馒头脸一阵怒目而视，操起一口港台腔就骂道："你是谁啊？安保呢？有闲杂人员进来了没有看到吗？这也太不专业了吧？"

一听这说话方式，赵文熙立马就知道了馒头脸的身份，但还是不太确定地问出了口："钱哥？"这家伙这两年到底吃了什么，怎么胖得连模样都变了?

见对方眯着眼睛打量自己，赵文熙这才把眼前这个馒头脸和印象里那个瘦干猴儿钱来来联系到一起。

钱来来倒是一下就想起了她，表情十分诧异："赵总？我们不是刚通过电话？你们正好在上海？"

赵文熙掏出机票晃了晃："我们是刚飞过来的！任先生是我们'爱慕'很重要的客人，上次给任先生造成了困扰。作为'爱慕'的一员，我想当面跟任先生道歉。"

她话音刚落，钱来来忽然指着伍坤说道："你？我认得你！上次那个照片就是你拍的吧？你知不知道你给我们惹了多少麻烦？你……"

"够了，钱哥。"

钱来来话还没说完，房门就被打开了，任云飞眼神扫了一眼赵文熙又看看伍坤，淡淡地说道："过去的事，算了。"说完，他就转身走回了房间，钱来来翻了个妖娆的白眼就准备关门。

坐了一两个小时的飞机赶过来就为了见这么一面？一刻也没犹豫，赵文熙拉着伍坤就冲了进去，在房门关闭之前，直接靠着个子娇小的优势挤进了房间！

这可能是赵文熙今年做过最疯狂的事情，一直到进了房间她才发现，伍坤居然没跟进来！

“赵小姐！”钱来来简直已经气疯了，张口就是好一阵咆哮，“看在以前有过交情的面子上，我已经对你很客气了，你死缠烂打到底想干什么？如果是想道歉，那不需要！如果是想挽回业务，那我可以告诉你，不可能！”

赵文熙注视着钱来来的馒头脸，又看了看任云飞，目光哀怨地说道：“任先生，我跟您住同一个小区，我也是您的粉丝。之前我助理伍坤给您惹了麻烦，我一直想找机会当面跟您道歉。前两天在微博上看到你说愿意为‘绝症新娘’写歌，我们真是无地自容。那场婚礼就是伍坤策划的，您还可以不计前嫌，我真的很感动。所以我决定鼓起勇气来面对自己该承担的责任，仅此而已！”

她叹了口气：“可能是我太天真了，以为您可以看在我们专程赶来上海道歉会愿意给我们几分钟时间……”

“你这……你这是道德绑架！”钱来来这会儿已经气得变成了红扑扑的“寿桃脸”，脑袋上不知道糊了多少层定型胶的头发都乱了阵脚。

半天没说话的任云飞却忽然说道：“你……是飞蛾？”

飞蛾？什么鬼？赵文熙让这没头没脑的一句弄了个愣怔，忽然想起她和伍坤两人进酒店的时候好像是有听到楼下那群脑袋上带着小灯、背后扑棱着小翅膀的歌迷一直在喊着“云飞我爱你，飞蛾支持你”。以赵文熙没少办活动的经验来看，“飞蛾”应该就是任云飞歌迷的代称。

“当然！”赵文熙一脸真诚，“你的音乐给了所有‘飞蛾’无上的勇气，就像飞蛾扑火一样，明知粉身碎骨，还是会勇往直前！”

看她那信誓旦旦的样子，任云飞低声笑了起来：“行吧，我接受你的道歉。不过你不说我还真不知道，那场婚礼是你助理策划的。”

想来也是好笑，几分钟前赵文熙他们还在被钱来来刁难，可现在不止起死回生还跳上了新高度——误以为赵文熙是粉丝的任云飞，竟然不顾钱来来的百般阻挠，同意跟两人坐下聊聊。

当任云飞一脸淡然地说出拒绝顾星明的原因之后，两个人都好半天反应不过来。

“歌单？”

赵文熙百思不得其解，歌单在婚礼流程中的重要程度要远远低于其他环节。比如宴会厅布置设计、主持人、婚礼流程……哪个不比歌单重要？

任云飞见他俩都是一脸蒙，歪着脑袋一脸纳闷：“顾总没跟你们说吗？我之前跟他说得很清楚，婚讯我本来是打算在演唱会上宣布的，提前曝光虽然遗憾，但这不是我不想用‘爱慕’的最大原因。而是因为我之前让他播一下婚礼的歌单，他给我的东西简直太普通了！”

“所以，您拒绝顾星明的策划，就是因为……不喜欢‘流行音乐’？”

赵文熙简直快要笑出来了，合着顾星明每次一提起任云飞就暴跳如雷，不只是因为伍坤犯二，而是因为就算没有伍坤，他也一样拿不下任云飞——而且居然是死在最被忽略的歌单上！顾星明现在还没被气死可真是心够大！

“你们叫‘流行音乐’吗？”任云飞微笑着问道，“婚礼我是第一次，什么都不懂。可能我关注的点跟你们不太一样，是不是有点儿矫情？”

“不，怎么会？”赵文熙轻轻摇了摇头，“您是歌手，对音乐这方面肯定敏感。要求高是好事，说明您和我们的目标一致，都是想把这场婚礼做到尽善尽美。”

她话音刚落，伍坤就在一旁插话：“当然敏感啦！云飞哥是学古典乐出身，对细节把控特别好！但是……”

一听伍坤说话拐弯，赵文熙立马就在脑袋里敲响了警钟，没等他说完就掐了他一把，生怕他再说出什么不着调的话。

“但是！”赵文熙接过他的话茬儿，“话说回来，我们公司的婚礼业务量在业界也算数一数二，我们可以根据客户的要求订制专属的音乐感觉。如果您对音乐不满意，我……”

任云飞看起来倒是对伍坤的话来了兴趣，立马抬手打断了赵文熙的解释，看着伍坤说道：“你把话说完，我想听听你要说什么。”

伍坤看了一眼正盯着他摇头的赵文熙，坦坦荡荡地说道：“我以前是你的粉丝，你早期的作品我很喜欢。这不是恭维，我在英国专门把专业从设计转为古典乐，有一部分就是受你的影响。”

见任云飞既没有很开心也没有嫌弃他拍马屁的表情，伍坤接着说道：“但是从2012年开始，你的专辑越出越慢，新歌越来越少，也越来越……怎么说？也不是不好听，你的水准还是在的，但就是少了那么点……摇滚精神，像是没了灵魂。”

赵文熙一听这话，脑袋“嗡”就是一下。这家伙到底想干吗，得罪客户这么好玩儿？

可任云飞却自嘲地笑了起来：“你还真严格！摇滚是我们那一代人的梦，那梦做到现在，我是真的累了！谁能一直当少年？我都几十岁的人了，同期几个兄弟孩子都快上初中了，我……”

任云飞的表情从激动恢复了平静，垂着头，脸上全是看不清道不明的阴霾。

许久，他才站起来走到门口：“说实话，公司不希望我结婚太高调，希望越简单越好，或者干脆隐婚不要仪式。但如果因为这么可笑的原因让我的女人受委屈，那这个事儿就太不‘摇滚’了！两位的道歉我收到了，谢谢你们这么远专程赶来。今天……就这样吧。”

辛辛苦苦跑了一趟，却没想到会是这么个结果。

大明星也是人，也会有普通人会遇到的烦恼。赵文熙倒是真的没想到，原来哪怕是任云飞也要生存在无尽的规则之中，沉沦其中无法逾越！甚至连自己的婚礼，也丝毫做不了主。

逐客令已下，赵文熙和伍坤只能缓缓往门口走。可刚一走到任云飞跟前，伍坤忽然就一把拍上了任云飞的肩膀，郑重地说道：“偶像，想不想来一场超燃超躁的摇滚婚礼？”

在昏暗的网吧里，伍坤一脸无语地看了一眼气得像只河豚的赵文熙，完全不明白这女人的气性怎么这么大。从出了任云飞房间到现在已经过了两个小时，她居然还没消气！

“喂，你能不能消停会儿？我知道我把话说得太满了。”伍坤一边无力地解释，一边把需要用到的软件都下载好。听见一旁的赵文熙把鼠标拍得震天响，又弱弱地加了一句：“我这不是已经跟我同学联系上了嘛？应该可以搞定的……”

“应该？”

赵文熙的眼神瞬间就从电脑屏幕上移到了伍坤脸上，说话简直是从后槽牙缝缝里挤出来一样。

“就是因为你大包大揽，跟人家说什么可以在明早八点之前搞定全套流程音乐还有摇滚婚礼策划案，所以现在咱们才会在这个臭气熏天的破网吧里傻待着，而不是坐上返程的飞机！你现在跟我说，‘应该’可以搞定？”

伍坤已经不知道到底是在解释第几次：“我是真的积累了很多符合任云飞要求的音乐素材！有我自己写的曲，也有国外同学们做的，两三百首曲子给他整出十几段流程音乐那不跟玩儿似的？”

“可你的优盘不在！”赵文熙简直气得跳脚，“你就算有好几千首，现在这不是一首都指望不上吗？还什么摇滚版《婚礼进行曲》、古典钢琴版《欢乐颂》，哪儿呢？”

伍坤被怼得哑口无言，刚准备再解释，他的电脑就忽然发出了收到新邮件的提示音！

“发过来了！”伍坤看着邮件里那巨大的压缩包，瞬间笑得扬眉吐气，“看吧，好几个G呢！你以为我苦哈哈地在英国待着是纯玩儿啊？”

赵文熙看着他那副翘尾巴的德行就来气，一边指派他赶紧把文件下载看能不能用，一边打开自己的云文件库，挑选了几十张符合风格的底图出来，开始设计室内和户外两种风格的设计图。

既然是摇滚主题，那就不能用太粉嫩的颜色，赵文熙在五花八门的色板中，快速选择了黑色作为底色，这才开始把各项素材堆叠上去。

伍坤已经开始有点犯困，看着赵文熙按部就班干活儿，不由得佩服她的无穷精力。

连着加了一星期的班，每天忙得脚不粘地。上午做完婚礼秀下午就开会，晚上直接像打仗一样打飞的赶到上海见客户……

现在已经晚上十一点多，连伍坤这大小伙子都快熬不住，她还能跟个猫头鹰似的瞪着大眼睛画设计图——这根本不是上进，纯粹是拼命！

伍坤拿到素材，等赵文熙的策划案婚礼流程一出来，很快就可以按照流程把音乐排好。

赵文熙正忙着，闲来无事的伍坤就跑去网吧前台订外卖和买饮料。等他拎着两份盖饭和饮料回来的时候，赵文熙的第一张设计图已经搞定了。

室内设计图走宫廷风，黑色底图上暗红色双层异形舞台占据大部分色块；整个设计最亮眼的就是舞台背景中间，一个巨大的英伦风皇冠装饰造型，红金色主体的皇冠上点缀着七颗耀眼的镶钻红宝石；而在皇冠两侧，则各有一只金色翅膀霸气绽开，看起来十分大气豪华。

“先吃点儿东西吧。”伍坤一边把热乎乎的纸杯递给赵文熙一边说，“你速度快，不用这么赶。”

赵文熙皱着眉头打开自己的杯子一看就郁闷了：“不是跟你说要冰咖啡？怎么是牛奶？”

伍坤一脸理所当然：“就你那破胃还想喝冰咖啡？”一边说一边笑着喝自己的冰可乐。

不过，下一秒他就笑不出来了。赵文熙眼明手快，没等伍坤反应过来，手里的可乐就已经被抢走了。

“让你自作主张！”赵文熙此刻就像恶作剧成功的小孩，“我不喝牛奶的好吗？会吐的！”

伍坤斜着眼睛瞥她，满脸都是嫌弃：“也不知道是谁之前那么矫情，喝过的水都不让人碰，现在还抢我的可乐，你就不怕我用过的吸管上有病毒？”

赵文熙没再搭理他，拿了份饭开始大口吃起来，一副着急要把饭吃完赶紧开工的架势。

伍坤知道劝也没用，索性把注意力放在设计图上，一边拆筷子一边问：“这后面为什么都是黑的啊？到时候怎么处理，挂块黑布吗？”

“真业余！”赵文熙一边吃饭一边抽空答疑解惑，“没看见上面我做了星星点点吗？那是星空幕布，暗场的情况下星空幕布可以做背景用。”

她用指尖在舞台上画了个圈说道：“台上装饰主要是中间红色皇冠和两侧金色翅膀来撑场，舞台中间这个圆形台上，我想做一个可以燃烧的‘Rock’金属架。不过这个还需要等他具体定了厅以后才可以确定能不能做，如果顶高不够，烟雾感应器就会让整个厅开始下雨……”

看她说起来没完，伍坤赶紧打断她的话：“我觉得吧，你这个很好。但如果这个设计交给任云飞的话，我认为咱们很有可能真的白跑一趟了。”

赵文熙脸上的表情一下就凉了几分：“你在质疑我的设计？”入行五六年，她从没想过自己有一天会被一只菜鸟质疑策划能力，这不能忍！

她带着赌气的意味解释：“色调大气、舞台立体，就那两个立体翅膀和中间的宝石皇冠，哪怕是外行都能看出来价值不菲。我故意没有做台下的布置，取消T台甚至宴会桌，就是想把现场做成演唱会的形式……”

“设计策划你是专家，可摇滚乐我比你专业。”伍坤眨了眨眼睛，一手指着电脑屏幕，“我只问你一个问题。除了那个你刚才说还不确定能不能用的‘Rock’金属架，你现在设计这东西跟‘摇滚’有没有一点儿关系？”

让伍坤这么一提醒，赵文熙这才意识到，自己犯了一个很大的错误——偏题！

客户要的是“摇滚婚礼”，可赵文熙这么个音痴，怎么可能对摇滚有涉猎？她只想着要高端豪华大气，却忘了客户要求的核心是摇滚！

做设计的人，最怕进入这种怎么想都逃不出思维怪圈的情况，此刻的赵文熙知道，自己这样的状态根本不可能做出让人满意的设计！

看到她失落的表情，伍坤忽然觉得自己好像做错了什么，想安慰又不知该怎么做。想了又想，他忽然灵机一动，忽然开始在键盘上“噼里啪啦”地敲击，又是搜索又是登录，好半天才找出几个视频文件让赵文熙看。

“这是去年五月我还在英国念书的时候，跟几个同学一起跑去美国，参加一场地下性质的小型摇滚音乐节时拍的视频。说实话，我一直到现在都对那个设计记忆深刻。你可以看一看，找找灵感。”

视频中的音乐节看起来舞台不大，但专业度不错，线阵音响占据了舞台两侧几乎所有的空白；舞台前端唯一的装饰就是一个拱桥形状的金属架，上面用堆叠的方式点缀着和平符号、红色爱心、齿轮、吉他和黑胶碟之类的装饰品。

黑人女歌手和着动感的节奏唱着柔软、迷幻又饱含力量的音调。所有人都在跟着音乐舞动，释放热情和呐喊，却完全不是赵文熙想象中那种嘶吼爆裂、时不时还会摔个吉他的疯狂场景。

“这种复古的感觉不错。”赵文熙的脑袋里已经开始有了构想，“齿轮、吉他这些元素可以借鉴，咱们可以直接推户外场！”

此刻的赵文熙就像被打通任督二脉，飞速地创建新的图层。看着她忙忙碌碌，伍坤盯着电脑屏幕看了一会儿满脸带笑也敲起电脑。

赵文熙的整个设计采用live音乐节的形式，在音效设备上做了着重加强，装饰上选择古铜色的齿轮、机械、轴承等元素，复古的质感透露着浓郁的蒸汽朋克气息。

当她把设计图做好，伍坤也是一脸兴奋地把耳机摘下拍在桌面上，扭头对着赵文熙就说：“要不要听我刚写的歌？”

“啊？”赵文熙简直让他弄得一头问号，“写什么歌？”

“婚礼主题曲！”伍坤眉飞色舞十分得意，“忽然灵感迸发，给他写了个曲子，他肯定喜欢！手头没设备，我用模拟器做了管风琴音色。任云飞古典乐科班出身，我觉得他应该会喜欢。”

有了主题曲，有了设计图，赵文熙把摇滚秀和婚礼流程做了融合，接下来就由伍坤从素材库里一段一段找到合适的音乐。

等到天蒙蒙亮，所有资料终于全部打包在一个文件夹，宣告“摇滚婚礼”策划案顺利完工！

再次见到任云飞，就比之前一天顺利很多了。

赵文熙把笔记本电脑拿出来打开策划案，任云飞则一边吃着蔬菜沙拉一边把目光投向电脑屏幕。

当他看到设计图时明显愣了一下，赵文熙赶紧解释道：“我们这次给您的设计是摇滚音乐节的形态，典礼流程都是演唱会和婚礼流程的结合。不过任先生可以放心，具体场地和安保措施我们都会考虑，是可以确保私密性的。”

任云飞笑起来，眼睛里满是亮光：“昨天你们说可以做‘摇滚婚礼’我还有点儿怀疑。现在看来你们还真没吹牛，之前那个顾总给我的都是室内方案，看起来得大同小异，但不是我想要的感觉。”

设计得到认可，赵文熙和伍坤两个人顿时都在心里松了一口气。

“不过，”任云飞话锋一转，“怎么布置我和我未婚妻要求都不是很高，只要有仪式的感觉就行。我还是那个老问题，我想先听听你们给我设计的流程音乐。如果音乐不行，那么我还是得跟两位说抱歉。”

以赵文熙的心理素质，一般不会出现连操作电脑都出问题的状态。但是在网吧沙发上窝了一整晚，她现在整个人都是发虚的。本来要播放列表的第一首开场音乐，她操作鼠标时竟然手一滑把最后一首播了出来。

一瞬间，管风琴铺垫下柔和的钢琴声就回荡在房间里，正是伍坤写的那首婚礼主题曲。

赵文熙赶紧滑动鼠标想把音乐切掉，可任云飞立刻抬手制止了她。

他蹙着眉头认真听着，听到副歌的部分甚至还轻轻在桌面上敲击着手指。赵文熙和伍坤紧盯着他的表情，生怕有变故。

“这是什么曲子？”一曲播完，任云飞目光凌厉地看着赵文熙和伍坤，“这不是已经发表过的歌吧？我以前没听过。”

伍坤看他的表情也猜不出他是啥意思，抬了抬手说：“这是我昨晚写的曲子，手头也没设备，所以就拿模拟器做了一段出来，想说如果你喜欢，或许可以当婚礼主题曲……”

他话音未落，刚才还一脸严肃的任云飞就忽然从沙发上蹦了起来，跑去床头柜边拿了自己的手机过来，划了几下就播了个音频给他听。

虽然曲调不同，但能听出来也是管风琴和钢琴的组合，连曲风都十分相似。

“这是？”伍坤不由得有点傻眼，什么情况？

“这是我最新写的歌！我未婚妻看了那个‘绝症新娘’的报道后很感动，我们都很羡慕那样纯粹的爱情，所以我才决定以他们的故事写首歌……”

任云飞此刻的眼睛在发光，语气也是十足兴奋："你的前奏和副歌都很特别，如果你同意，我能不能把这首曲子进行加工，放进我的演唱会作为彩蛋歌曲？版权归你，署名权归你，条件随便你开！"

"啥？"伍坤哪能想到会有这样的事情，一脸不可置信。

"你真的很有才华！"任云飞现在看到伍坤就像看到一个大宝藏一样，"你的作曲技巧已经很成熟了，虽然在细节上有点小问题，但如果想走音乐这条路是有天赋的啊！"

"啥？"伍坤被以前的偶像这样夸，这会彻底高兴傻了，要不是赵文熙踢了他一脚，他还是一脸傻掉的表情"啥？"个不停。

"任先生也可以听听我们伍坤给你专门做的流行音乐。原创的哦，绝无雷同。"赵文熙很会趁热打铁。

接下来事情的发展简直就是水到渠成，任云飞一首不落地把整个列表里的音乐全听了一遍，就连钱来来催他赶紧出发他都不想走。

"我真的没想到，跟婚礼公司打交道居然还有这么大的惊喜！"任云飞一改之前的高冷平静，满脸都是笑意，"我决定婚礼全权交给你们负责，带合同了吗？"

赵文熙赶紧从包里掏出空白合同和签字笔，简单沟通之后，任云飞就在合同上签好了名字。"钱款我会尽快打进你们账户，不过我就一个要求，这些音乐……"

"都归你！"伍坤没等他说完就抢着说道，"这歌就是给你的婚礼写的，你如果喜欢我当然很高兴！"

各取所需，皆大欢喜。

从上海返回的飞机上，搞定了大单子的两人一系好安全带就陷入了昏迷一样的睡眠状态。

一直等到坐上回公司的出租车，赵文熙才对着一旁打瞌睡的伍坤问出了心里纳闷许久的问题："任云飞看起来很喜欢你啊，为什么不抓住机会追你的梦想去？你不是爱音乐爱到连专业都偷偷改了吗？"

伍坤倒是没想到她会问这个，愣了愣才抓抓脑袋回道："其实我也不知道。如果是半个月之前，有这种机会我肯定义无反顾就抓紧。可是……现在的我，好像跟以前不一样了。"

赵文熙笑起来："有什么不一样？才在我这儿待了几天，觉得自己'菜鸟'变'大神'了？"

"那倒不是！我还是有自知之明的。"伍坤也笑了，"音乐还是我的梦想，学古典乐、学编曲，这都是我一定会完成的事情。但现在，我真的很享受这种每天都能学到新东西的感觉。而且，你们可能觉得很可笑啊……看着自己帮客户完成那么重要的仪式，那种成就感真的是让人欲罢不能，简直太爽了！"

说到这儿，他停下来看看赵文熙："我是不是挺没出息的？"

"当然不是。"赵文熙摇摇头，"每个婚礼策划师其实都会经历这样一个过程。明明知道自己的策划和设计只是商品，却在最终执行时力求完美，把它当作一个作品；等客户拉着你的手对你表示感谢时，你会觉得是你圆了他们一个梦。"

伍坤像是找到知音一样，兴奋地嚷了起来："对对对，就是这样！所以啊，你就让我再感受几天这种成就感吧，现在你休想把我弄走！"

当两人踏进公司大门的那一刻，赵文熙就接到了财务总监打来的电话——来自任云飞的350万预付款已经打进公司账户了！

这个数字可以说是创了"爱慕"成立以来，预约金支付的纪录！

对赵文熙来说，这不只是一个难得的大单，更是狠狠地打了顾星明的脸。而对伍坤来说，这一单的意义就更为重要了。如果说之前的他是“爱慕”最可怕、最出名的“扫把星”，那现在的他真可谓是今时不同往日了。

成了拿下大单的功臣，也展露了自己在音乐编曲方面的才华。考虑到公司的流程音乐模板已经有两三年没有更新换代，薛一行干脆下令，让伍坤给所有销售和设备部涉及音响操作的同事们上小课，趁此机会再把原先的音乐模板进行改进。

有了认可和关注，伍坤自信心大涨，铆足了劲给大家讲解音乐在婚礼之中应该怎么使用，还积极地帮各个销售把成套系的流程音乐扩展到了近三十套，在数量和流畅度上都比以前上了一个大的台阶！

上完课，伍坤用胳膊碰了碰正抱着笔记本往电梯口走的赵文熙，看四下无人才压低了声音说道：“话说，我讲得怎么样？”

赵文熙瞥了他一眼，面无表情地说：“逻辑混乱，语无伦次，抓不住重点，废话又太多。”看着伍坤明显地失落，她又补了句，“不过胜在干货挺多，讲得也算浅显，还是能勉强听一听的。”

“嘁！”伍坤忍不住怼她，“我看别人都听得挺带劲的，就你忙着噼里啪啦摁手机，根本没有好好听我讲什么！而且，想夸我就大大方方地夸，老是绷着一张脸……我嗓子都快讲冒烟了，没功劳也有苦劳吧！”

他话音刚落，一旁的安然就从包里拿出一个粉红色保温杯就递给他：“我这是早上打的水，你要喝吗？”

伍坤刚想接，忽然想到什么就把手又给收了回去，不好意思地说：“还是算了吧，我家老赵说不让我用别人杯子，说这样不卫生而且不礼貌！所以，真不是我嫌弃你，我是怕你嫌弃我！”

赵文熙先一步踏进电梯，回头看见伍坤还站在原地，一脸不耐烦地说道：“走不走啊伍老师？”说来也有趣，她一进电梯，好些原本都在等电梯的员工们都不敢靠近，都不尴不尬地假装聊天，继续等着下一趟。

“走走走！”伍坤一边冲着安然做鬼脸一边挪进电梯，“催催催！好不容易跟人家小美女聊会儿天，你就板着个脸，咋啦？吃醋啊？”他说话就没个正经，赵文熙也懒得理他，拍了一把电梯键就关了门。

刚进办公室，赵文熙连包都还没放下，手机就响了起来——居然是一楼宴会部的前台打来的！

电话里说是有客户在一楼大厅闹事，点名要找赵文熙，大吵大闹弄得很多客人都在围观，让她赶紧下去看看到底是怎么回事。

见赵文熙变了脸色，伍坤也不敢再嬉皮笑脸，赶紧跟着她往一楼赶。

一出电梯，只见一对年轻男女正在跟谭海洋理论，身边还站着一位五六十岁的阿姨正在着急地劝着，可年轻男女这时正在气头上根本听不进去。他们声调越来越高，直喊着让赵文熙出来说清楚。

伍坤一看这状况，立马拽了拽赵文熙的袖子低声问道：“你把人家怎么了？看这样子是来寻仇的啊！要不你还是别过去了吧，小心挨揍！”

赵文熙却像是没听见一样，直接朝着前台走了过去。一看她出现，谭海洋立马就像看到了救星一样：“赵总，您可算来了！这……”

赵文熙没理他，不卑不亢地直接面对那对男女：“我就是赵文熙，你们专程来这里找我，究竟有什么事？”

那男的还没说话，女的就一下子瞪圆了双眼，伸手就一个巴掌扇到了赵文熙脸上！

“原来你就是赵文熙！谁给你的权力卖顾客的个人信息？”

女人一边骂着一边又要动手，看到赵文熙挨打，伍坤立马就冲了上去，要不是谭海洋眼明手快，他就跟那对男女打成一片了。

那女的也不是个见好就收的主儿，闹出这么大动静还不收敛，嘴里胡乱地骂着，简直是个市井泼妇。

一时间，就连酒店外面都开始有路人围观，都想知道发生了什么事情，场面变得无比混乱。

“够了！”赵文熙一声怒吼，吓得所有人都静了下来，伍坤也趁机挣脱了束缚，直奔着那对男女就窜了过去。

“不许动手！”赵文熙赶紧拽住伍坤，对他严肃地摇头，“我们是服务行业，绝对不能打客户！”

伍坤一下就生气了：“有没有搞错啊，我是在帮你！他们明摆着来闹事，你怎么这么怂啊？”

他本想接着骂，可看到赵文熙脸已经开始明显浮肿还有那刺眼的抓痕，他窝着火气摆了摆手，气哼哼地把头扭到一边。

搞定了伍坤，赵文熙转头对闹事的男女说道：“我看这里面应该是有误会，请几位跟我去办公室谈可以吗？”

谁也不愿大庭广众被人指指点点，那女人虽然还是一副浑不懔的样子，但在男人和那阿姨的劝说下，也终于肯跟着赵文熙往电梯口走去。

伍坤见他们准备上电梯，本来想着反正是她自己要作死，干脆就让她自己搞定去吧！

可看着那个瘦小纤细的身影，他又不由得心里不舒服，索性跟了过去，心想着有自己在总不至于让她再受欺负。

到了办公室，那男人先开口了：“我叫宁正，这是我妻子任婷婷和我岳母。我们在牡丹堂定了下个月底的回门宴，订餐的是我岳父任远山！”

他这么一说，赵文熙就想起来了。

“我记得这位任叔叔，我给他打过电话，约他有时间可以来了解一下关于典礼的事情。可是任叔叔说你们小两口虽然已经办过婚礼了，但是人不在本地，他和阿姨又不好直接敲定，所以得等你们回来再说。你是说，任叔叔个人信息被泄露了吗？”

那任婷婷一下子就激动起来：“根本就是你干的！我平时老跟我爸妈说不要随意给别人留信息，我爸这几个月只给你们这儿留了手机号。这阵子他手机各种骚扰电话跟催命似的没完没了，还有别的婚庆公司一直给他打电话，吵得我爸连着好几天睡不好觉，前天直接脑出血进医院了！”

她说着说着就哽咽了起来，那任妈妈也抹起了眼泪：“好在老头子命大，算是把命捡回来了……”

看着眼前这状况，赵文熙的心里瞬间就涌起无尽的愤怒！

在婚礼行业，确实存在很多新人信息被贩卖的情况。婚庆、婚纱、婚戒，甚至房产、旅游、孕婴等行业，都有可能成为这些个人信息的泄露方和购买方，让人防不胜防！

“爱慕”的业务来源以自营酒店和入驻酒店婚礼部为主，自己的业务都多得做不过来，哪还有心思去买信息？

为了保护客人个人隐私，公司还设置了婚礼顾问一体制。客户从头到尾只对一个人，出了问题自然知道该找谁问责。

赵文熙倒是没想到，当初她建议薛一行实行的制度，现在倒成了让她挨一巴掌的原因，还真是讽刺！

“首先，发生这种事，影响了叔叔的心情和健康，我们真的很遗憾和抱歉。其次，我本人确实没有做出这种泄露客户信息的事，我很清楚贩卖个人信息的后果，更何况您是我负责的客户，如果信息泄露，那岂不明显是我干的？虽然这么说可能不委婉，但我赵文熙真的没必要做这么龌龊的事情自贬身价。”

“你那一个电话才值几个钱？”伍坤在一边咬牙切齿地替赵文熙说话，“她光这个月提成就几十万，才不差那点儿！”

伍坤一句话说错，盛怒的任婷婷果然抓住了话柄：“再有钱也不能保证这就不是她做的，我不管你们怎么狡辩，反正我爸现在还在医院躺着，我们的典礼肯定不会在你们这儿办了！退钱，赔偿，公开道歉！”

“叔叔的身体健康最重要。”赵文熙脸上波澜不惊，脑袋里却在疯狂地运转，迅速地制定出合理的解决方案，“这样吧，我在市人民医院心内科有朋友，能帮忙的地方尽管提，一定给叔叔最好的治疗和照顾。”

没等任婷婷再发难，她又接着说道：“‘爱慕’是重视诚信跟合约精神的，尽管现在还没有查清事情原委，但是我可以先给您退还订金。毕竟现在叔叔人在医院，用钱的地方也多，我不会在这种事情上给你们为难。”

对方的态度已经有了不小的缓和，只是任婷婷还是不依不饶：“光退钱就算了？这事儿总得有个说法吧！”

赵文熙笑起来：“如果事情查清楚，真的是我们这边把叔叔的个人信息泄露了出去，那么不用您说，我们自己也会对泄露或倒卖信息的人毫不手软，让他承担法律责任，并且一定会给您一个满意的交代。”

说着，她把名片双手递到任婷婷他们手中：“‘爱慕’大门敞开，我跑不了。名片是我的，你们可以随时找我。我也恳请各位给我三天时间查清事实，还我自己一个清白！”

婚宴名单登记册在酒店前台有专门的婚宴部销售人员看管，除非有客户来交钱登记，否则轻易不会拿出来。

“爱慕”是自营酒店，婚宴部几个销售都是知根知底的人。谭海洋跟薛一行过世的妻子是表姐弟的关系。为人虽然油滑了些，但不至于会允许有人在他眼皮底下搞小动作。如果不是婚宴部的问题，自己又肯定没干过这种烂事儿，那到底会是哪个环节出了纰漏呢？

送走了任婷婷一家，赵文熙沉默着细细回想，坐在她对面的伍坤可是一刻也忍受不了。

“你到底想出来是谁干的了没？那个记信息的本本不是平时就在婚宴部吗？咱们去楼下找那谭海洋，把他们婚宴部的人先过一遍！我就不信就这么几个人能看见表格，信息自己跑了？”

他虽聒噪，但还是提醒了赵文熙：对啊，就那么几个人能看见登记表……她忽然从椅子上弹了起来，朝着门口就走。

伍坤赶紧拉住她：“你干吗去？”

赵文熙冷冷地说道：“你去趟婚宴部，把近一个月的监控视频要来，然后跟谭海洋落实一下最近还有没有其他客户有类似情况，是不是只有咱们的客户出现问题？如果不是，记清楚都是哪些厅出问题，哪些厅没有。明白了吗？”

“嗯。”伍坤蹙着眉点点头，“这么个屎盆子，可绝对不能扣咱们头上。赵文熙，咱俩现在可是相依为命，你‘阵亡’了我咋办？”

赵文熙让气得直翻白眼：“少废话，该干吗干吗去！我先去跟薛总打个招呼，你一定得把我刚说的事给落实了！”

尽管赵文熙有了心理准备，但当她踏进薛一行办公室的时候，还是愣了一下——顾星明和孙培文也在！

看见她，薛一行立马摆了摆手："过来吧，正要找你。"

赵文熙看了顾星明和孙培文一眼，冷着脸说道："薛总，我想跟您谈谈，单独。"

薛一行拿手一指坐在沙发上的顾星明和孙培文，戏谑地说："那你可得排队，这都是要和我单独谈的。"

这话一出，几个人都是一脸尴尬。薛一行笑了笑，站起来推着赵文熙也往沙发走去。

几个人坐在一起却各怀心思，薛一行一边倒腾着桌上的茶具，一边缓缓叹了口气："知道你们来干吗，我先表明我的态度，我对于文熙的职业操守和为人，百分百信任！"

顾星明立马发话："现在已经不是信不信的问题，而是公司声誉问题。虽然目前我这儿的客户还没有发现这个现象，但是万一有了，我该怎么跟客户解释？"

孙培文顺着顾星明的话音就接了下去："我自然是相信小赵的，她怎么可能做出这种拿自己客户资源开玩笑的事呢？只是客户那边，不好交代啊！"

赵文熙冷冷地瞥了他俩一眼就直接把目光转向薛一行："薛总，今天来闹事的客户我先让他们退了单，随后查清楚到底怎么回事我会想办法挽回，不会让公司出现损失。"

薛一行摆了摆手："'爱慕'虽说不差这一单两单，但是信誉很重要！不能一出问题就一味推脱，让客户寒了心。客户动手是他们不对，你能以大局为重我很欣慰。这事你就先自查，既然已经告诉客户三天后给说法，那你这几天就把手头的事放一放！我也想知道，到底是什么人敢做出这种事情来。"

他这话一出，顾星明和孙培文都不由得咽了口唾沫。既然是让赵文熙自查，那就是摆明了不让其他人插手，想在这时候趁火打劫分了她的业务，已经是没什么希望了。

赵文熙回到办公室，伍坤正一脸愁容地看监控视频，一见她回来立马就焦急地问道："怎么样？薛叔相信你吗？"

赵文熙蹙着眉头点点头，把自己深深地陷进沙发里，揉了揉太阳穴才哑着嗓子问："让你办的事，怎么样了？"

"监控视频我弄来了，前台、婚宴部的视频我都拷了一份，可是你确定从这里面能看出谁是内鬼？谭海洋说今天这个闹事的并不是第一个，之前也有其他客户提起过，但客户自己也觉得有可能是在别的地方泄露了信息。这样说起来，光这个月就已经有五六家客户提起这回事了。"

说到这儿他冷笑一声："这里面最邪门的你知道是什么吗？只有二部的客户有这种问题，其他两个部门都没事，你说怪不怪？"

赵文熙一听这话，满脸寒霜地抓过手机巴拉巴拉地打字，直到看到回复才扬起了一个笑脸。

伍坤正纳闷她怎么还能笑得出来，就见她已经抓起包包站了起来，一边往门口走一边说："我要出去一下，下午就不过来了。有人问起来，就说我在家静思己过。明天上午有个客户会过来，他家日子还早，明天见也就是谈个预约。你帮我带他们去厅里转转就行，有问题就给我打电话。"

伍坤简直有点不敢相信自己的耳朵："你意思是明天也不来了？现在这风口浪尖上，你不赶紧想办法证明清白你要去哪儿浪啊？"

"跟你说了，回家静思己过啊！"赵文熙此刻一脸轻松，"反正在公司待着也不招人待见，还不如找个帅哥约会去呢。"

伍坤让她这话给彻底弄懵了，好半天才凑过去拿手背碰碰她的额头：“你也没发烧啊，说什么胡话呢？”

赵文熙一把拍开他的手，一副看神经病的表情：“你才发烧了呢！”

说完她就飘然离去，留下伍坤一个人瘫坐在沙发上好半天反应不过来：“疯了疯了，这是彻底疯了！”

赵文熙一走，伍坤站也不是坐也不是地折腾半天，还是决定去薛一行那探探口风。一进办公室，他就感受到了薛一行生无可恋的眼神。

“你怎么也来了？该不会现在来找我换部门吧？”

“神经！”伍坤大剌剌地瘫在沙发上，整个人跟没骨头似的，话说得倒是硬气，“我是那么没义气的人吗？赵文熙那家伙虽说平时凶了点，又爱钱又古板，还跟我不对付，可她脑袋确实好使，不至于干那么蠢的事！”

薛一行扔给他一瓶罐装奶茶，自己也开了一罐喝着：“真没想到你会替她说话，就这么确定她是无辜的？”

“哇，你这么问可就没良心了啊！”伍坤一脸认真，“我爸要是能有个这么勤勤恳恳帮公司赚钱的员工，晚上做梦都会笑醒！就以她那股子‘以公司利益为己任’的德行，卖信息的人有可能是你，都不会是她！”

薛一行简直无语：“这话说得，我卖自己公司信息玩儿？你小子忠心护主是好事，可你能不能分清楚谁才是给你发工资的人？”

“我又不是为了工资才来的‘爱慕’。”伍坤一脸无所谓，“不过，我工资咋算的？都没人跟我说过！我最近可真没钱了啊！”

“谁让你不回去，拿了我的房卡也不还我。跟你爸一个样，明明心软了，都梗个脖子不低头！”

薛一行没好气地念叨着，掏出了钱包：“公司的业务提成是做完典礼收回余款后跟工资一起结算。你才上了几天班？这个月那点儿实习工资因为那赔钱单子都扣成负数了，加上文熙分给你的执行费估计还能补补亏空。”

他抽出一叠钱数也没数就递给伍坤：“我先给你拿点儿，做婚礼顾问难免有要打车要在外面吃饭的时候，该花的时候就花，回了公司去财务报销。”

伍坤一听这话不由得鼻子一酸，伸手接过钱却只点出五张塞进口袋，剩下的递了回去。“我有点儿就行了，公司有餐厅，你又给了我房卡，我有吃有住花不了多少钱。这五百就当我跟你预支的，等我有了工资就还你。”

“你这孩子！”薛一行本想硬塞给他，可见他一脸执拗也就不再坚持，“那我就不管你了，反正再过阵子你小子就有钱了。文熙那丫头不知道吃错什么药，说去上海追单她只是辅助，把任云飞那单记你名下了。随后执行完了，就算是按最低抽点，你小子也能拿十来万呢。”

一听这话，伍坤吃惊地差点直接蹦上天花板。赵文熙疯了吗？她15%的提成不要，居然算给他？

“薛叔，把她家地址给我，我有事要问她！”伍坤一脸严肃，“上班时间，我得把她抓回来！”

到了赵文熙所在的“兰苑”小区，伍坤莫名觉得自己紧张了起来。

这是个位于城南的高档小区，主推的就是单层面积近两百平的复式户型。连房子带装修加上公摊面积和车库，没个几百上千万就别去售楼中心半日游了。

小区里还有两幢楼刚完工，到处都贴着“买房子，送宝马”的巨幅广告，绿化面积在全市来说都排得上号。

伍坤家在城西别墅区，虽然不至于被这“小富豪”的规格吓到，但他现在是“落难”公子，一身工装让眼明手快的小区保安瞬间就把他隔离在伸缩门外头。

人倒霉起来喝凉水都塞牙，伍坤手机没电联系不上赵文熙。跟那小保安磨叽半天，对方才将信将疑地把电话打到了赵文熙家里。

伍坤抢过听筒就嚷：“赵文熙，赶紧让保安给我开门！”

对面沉默几秒，一说话居然是一个年轻男人的声音，说话也是毫不客气：“你谁啊？找文熙干吗？”

伍坤压根没想到会有这情况，这就比较尴尬了，赵文熙是出了名的灭绝师太单身狗，家里怎么会有个男人？

等他上了楼，赵文熙给他开了门，真正的尴尬才刚刚开始。

“你怎么会知道我家地址？”赵文熙冷脸堵在门口，一点儿让他进门的意思都没有。

屋里有个神秘男人，赵文熙穿个睡裙堵在门口不让他进去，这状况简直让伍坤觉得自己像个跑来捉奸的可怜丈夫！

这想法一出，他瞬间急了，语无伦次地指着赵文熙身后那个怎么看都眼熟的男人，支支吾吾了半天也没说出个所以然。

等赵文熙想直接把门甩上的时候，他这才气急败坏地指着那男人说道：“你是木一峰？”

男人似乎没想到伍坤认识自己，一脸疑惑地看着他：“你认识我？”

“当然认识！”伍坤此刻觉得自己简直就是正义的化身，“你是‘玉时代’的老板！杜凯酒吧开业剪彩的时候我见过你，那天我帮杜凯招呼客人，还跟你和你老婆敬过酒。”

他这么说就是要故意提醒赵文熙，这木一峰不只是对家公司的老板，而且根本就是个有妇之夫！

“他是我助理伍坤，三江设备伍三江的儿子。”赵文熙给木一峰介绍完，瞅了瞅门口无奈地说道，“你到底有什么事？”

“要么，先进来再说吧，堵在门口也不像话。”木一峰知道了伍坤的身份，立马男主人似的把他请了进来。

伍坤闷闷地进了门，看到赵文熙身上穿的吊带睡裙就来气：“你穿的这是什么啊？能不能矜持点儿？这、这露这么多，像什么样子！”

赵文熙没好气地白了他一眼：“我现在是在我自己家，就算我裸奔也不关你的事吧！再说了，一峰好不容易有时间可以帮我整理一下家里，我当然也得帮忙啊，不穿轻便一点儿难不成穿晚礼服吗？”

“你平时那些黑白灰的衣服呢？那些长袖的就挺好看的呀！穿个背心儿晃来晃去，让谁看啊你！”

嘴上怼着，但让赵文熙这么一说伍坤才发现，那“奸夫”木一峰虽然又是西裤又是名牌衬衫穿得光鲜亮丽，但手上还真是抓着副胶皮手套，连衬衫袖子都挽在手肘，明显刚刚还在干活儿。

“你们这是……大扫除？”伍坤看了一眼客厅才发觉，所有家具上都盖着白布。虽然装修精致，但阳光通过巨大的落地窗洒进来，把一屋子飞扬的尘土照得极为明显，就跟很久没住人一样。

“这阵子太忙，我在公司酒店也有房间可以住，家里就一直没怎么打扫。幸亏有一峰，要不然我一个人可干不了。”

话说完，她就转头看着木一峰，那含情脉脉，在伍坤看来十分碍眼。

木一峰原本收到赵文熙约他来家里的微信时还很高兴，但现在有伍坤这么个碍事精，他可是半点儿风花雪月的心思都没有了。

“文熙，我忽然想起公司还有点儿事，既然你助理来了，那我就先……”木一峰有老婆，背着母老虎赴约本就是壮着胆子来的，眼见捞不着好处，现在还不溜等着过年吗？

“那就不送了啊！”伍坤嬉皮笑脸地揭开沙发上的白布，一屁股坐下活像个大爷似的，“赶紧回家陪老婆吧！”

赵文熙狠狠瞪他一眼，这才满脸不舍地对木一峰说：“让你忙活这半天，我都不好意思了，还想着晚上一起吃饭呢……”

木一峰本来都站起来了，一看赵文熙这番留恋，瞬间觉得腿都软了，一双眼睛跟长在赵文熙身上似的：“要不，我吃了饭再走也……”

“呃哼哼……”他话都还没说完，伍坤就忽然超大声地清起了喉咙。木一峰眯着眼睛看了他一眼，简直恨不得把这个大电灯泡给一脚踢碎！

“也……也就来不及了！”跟大喘气似的，木一峰还是拿起了自己的墨镜和车钥匙，颇为绅士地回头对赵文熙说道，“明天，我带你去一家新开的日料馆？”

“好啊，电话联系。”赵文熙笑得温柔，看得伍坤起了一身鸡皮疙瘩。

等她送走木一峰，再回来时已经是一脸怒气冲冲：“你是不是有病？知不知道刚才那样对我朋友很不礼貌！”

伍坤正蹲在客厅沙发边上的小冰箱跟前翻腾有没有喝的，一听这话立马就炸了毛：“我有病？你那是朋友吗？你没看见刚才那个猥琐男俩眼珠子都快扎进你背心儿里面去了？一口一个‘一峰’叫得那么亲，不知道人家有老婆啊？”

他说完还不解气，甩上冰箱门接着说道：“再说了赵文熙，你明知道现在公司里风言风语那么多，你还跟对家公司的老板混在一起，到底什么意思？难不成，卖了客户信息的内鬼真是你？”

“我卖你个头啊！”赵文熙简直无语，没好气地把手里的手套朝着伍坤就丢了过去。实在不能怪她脾气不好，跟这猪头三说话，真的是容易让人想起歹心。

伍坤一脸贱兮兮地躲过手套攻击，看着赵文熙就指挥道：“赶紧换衣服跟我回公司！穿的那是什么玩意儿，跟光膀子有什么区别？”

“我……”赵文熙实在是不知道该说什么好，她一边往二楼走一边不耐烦地摆手，“我今天没打算出门，你自己回去吧。”

“你得回去抓内奸啊！”伍坤一边嚷一边跟着她就上了二楼，“我跟薛叔聊过了，他是信任你的，可是你也不能就这么傻等着啊！再让他们这么瞎传下去，回头假的也成真的了！”

赵文熙不知道从哪拖了个箱子出来，收拾了几件衣服丢进去，又开始翻腾另一个柜子里的包包和丝巾：“我要出远门，这两天就辛苦你了啊。”

一听这话，伍坤立马就急眼了：“现在要出远门？你要跑路啊？你该不会真干了什么吧！”

赵文熙白了他一眼，手头继续收拾：“我是要去参加同学会好吗？一两天就回来了。”

“啥？”伍坤有点傻眼，“你工作都快丢了还有心情参加同学会？”

“母校周年庆啊，很难得的好不好？我以前都没去过同学会，这次一峰他们那届也会去，我们明天出发去成都。”

伍坤简直气炸了：“赵文熙你是不是脑子有问题？现在什么时

候啊，你让个有妇之夫迷得神魂颠倒了？”

赵文熙满不在乎地笑笑：“对啊，我就迷他！人家有钱有能力长得又帅，反正我现在也没打算结婚，就当找个人打发时间咯！怎么？有意见？”

“有意见啊！”伍坤脸都让气红了，两步上前一把抓住赵文熙的胳膊，“他有老婆的，你觉得当第三者挺光荣？你不知道‘玉时代’跟‘爱慕’是死对头？你怎么跟公司交代？”

“不关你的事吧！”赵文熙挣开他的钳制，“我做事一向只对自己交代，对公司我问心无愧！现在公司上上下下都怀疑我，那就让他们怀疑咯！大不了我辞职，离开‘爱慕’我照样是风风火火的赵文熙！”

见伍坤愣住，她又接着说道：“还有，我不知道谁给你的错觉，让你觉得你有资格来管我，要回公司的时候我自然会回去，我想我的行踪还用不着跟你这个助理报告！”

话已至此，伍坤红着眼睛冷笑了一声就一言不发地走出了卧室的门，很快赵文熙就听到了楼下防盗门被重重甩上的声音。

她看着地上还没收拾好的行李叹了口气，这才把行李箱的盖子狠狠地合上，发出和刚才的关门声听起来一样愤恨的声音。

伍坤窝着一肚子火，手机还关着，本想在办公室收拾收拾手头的工作就去跟薛一行辞职做交接，结果刚把手机充上电开了机，顾星明就走了进来。

姓顾的出现在这里，肯定不会有什么好事。伍坤抬头瞥了他一眼就继续整理资料，一点儿要打招呼的意思都没有。

他待理不理，顾星明倒是心情很好的样子，看见他就是满脸笑意：“哟呵，真没想到啊，你这小子看着不怎么样，居然能成为二部最后一个人。你这是收拾东西给我们一部腾地儿吗？”

他这阴阳怪气听得伍坤一脸不耐烦，抬起头冷冷地看着他：“怎么可能腾地儿啊？”

“哟，赵文熙的‘小狼狗’还挺凶，看来你还不知道啊？”顾星明笑得满脸开花儿，语调比平时还要高了八度，“就在刚才，又有二部的客户来公司闹事，而且是带着记者来的！薛总好说歹说才把这事压下去！”

伍坤让他这话说得一愣，刚整理好的一摞文件就脱了手，无力地落在落面上，发出沉闷的声响。

顾星明却说得更起劲儿了：“赵文熙这次是彻底完蛋了，不过没关系，没了她二部的业务也不会停摆。你要是还想在公司待着，以后在我手下就得规矩点儿，我可不像赵文熙那么好说话，什么都护着你！哎呀，我可真是忘了，赵文熙一走你肯定也得跟着走吧？毕竟谁也没有赵总那么会勾三搭四，钩钩手指卖个笑就能拴住男人的心……”

说到这儿，他促狭地笑起来：“不过我可提醒你，黑寡妇可不是谁都能扛得住的！到时候艳福享不了，反倒是送了小命……”

他这话还没说完，伍坤就已经抓起了桌上的烟灰缸，那一脸狠劲儿似乎下一秒那烟灰缸就要招呼到顾星明脸上。

还没等伍坤动手，办公室门就又被一个讨厌的身影推开。人还没进来，话倒是先飘了进来：“顾总，这可就是你的不对了，背地里说女人坏话，可不是君子所为啊！”

竟然是孙培文！他还是那副老好人一样的慈祥笑脸，要不是知道他什么为人，还真是会被他给骗过去。

顾星明自然也知道这孙培文的厉害，见他说话阴阳怪气更是气得牙痒痒，心知这家伙这时候来绝对是想分一杯羹！

"我跟伍坤关起门来说话，孙总在门外偷听，这就是'君子'所为？"

伍坤心知这俩人虽然互不对付，但也都不是什么好玩意儿，索性两个都不搭理，继续自顾自地收拾东西。

孙培文压根儿没搭理顾星明的话，一脸笑眯眯地对着伍坤说道："小伍，怎么就你一个人啊？赵总呢？不过你在也行，我是来交接办公室的。这儿，以后归我了！"

伍坤还没说话，顾星明倒先坐不住了，几乎是立马就跳脚，指着孙培文就急赤白脸地说道："你这话什么意思？"

孙培文倒还是一脸半永久似的温和笑脸："我说得很明白啊！二部现在没人，可客户不能老晾着是吧？既然不能晾着那就得有人接盘！顾总做惯了大单，二部的单子恐怕是入不了您的法眼，所以我只能辛苦一点儿，让我的人加加班……"

实在是听不下去这些无耻的言论，伍坤没等他放完那些好屁就忍不住嚷道："赵文熙还没走呢你们就急着来分家产？再说了，就算赵文熙不干了，二部就没人了？她不在，我就是大当家的！"

这话说得很有气势，连伍坤自己都让自己给震撼了一下，可这话听在顾星明和孙培文耳朵里，简直幼稚得可笑！

"就你？"顾星明似乎笑得脸皮都要皱成一团了，"你还真是没白跟赵文熙，别的没学会，说大话的本事学得一套一套的！她赵文熙还说三天内给客户一个答复呢，现在呢？人都躲了！"

顾星明说话难听，孙培文也不遑多让："小伍啊，人要朝前看。赵总这次惹的是非真的不小，短期内肯定是回不来了。依我看，你还是明哲保身，想好退路比较好！如果你想在业务上更进一步的话，我可以教你啊！"

伍坤这一刻才明白过来，赵文熙为什么会是现在那副冷漠难搞的模样，跟这两个玩意儿斗这么久，佛也会发火！正当他琢磨到底先拿烟灰缸招呼他们哪一位的时候，桌上的手机就响了起来——是赵文熙！

“给我打电话干吗？”伍坤一接电话就是一肚子火，说话也是毫不客气，“你不是约会去了吗？”

那头的赵文熙倒是一派平静：“我之前约的客户临时过去公司了，帮我见。”

“我不见！”伍坤气得咬牙切齿，“业务二部都快散架了，人家都来等着分地盘呢，我还有心思见客户？”

“哟，手挺快的嘛！跟他们说，我‘胡汉三’会回来的，让他们再等两天吧。”赵文熙居然笑起来，“你还在办公室的话就拿我的笔记本电脑下去。能搞定预约最好，看着搞不定就先别给他们报价只谈感觉，等我回公司再约详谈，记清楚了吗？”

“哦。”伍坤刚鬼使神差地答应了，对方就已经挂断了电话，气得他差点儿把手机给扔出去。这死女人，就知道自己一定会答应？

每次一听见赵文熙这种“噼里啪啦”不间断地布置任务，伍坤紧张之余都会觉得特别有主心骨，莫名其妙就会照着她的话执行。

既然她说她会回来，那就一定会回来——赵文熙永远说到做到！

想到这伍坤索性也不整理东西了，收拾好见客户要用的本子、笔，抱着赵文熙的电脑满脸笑意地对着顾星明和孙培文：“两位继续，我得去楼下见客户了！你们二位请便，出去的话给我把门儿带上，谢啦！”

伍坤头也不回地走出办公室，完全不管屋里那俩人气得脸都要青了。此刻的他忽然有一种敌军兵临城下自己一夫当关的感觉。

不过，一进电梯他脑袋忽然反应过来，刚才在跟那两个人说话的时候，有一瞬间觉得不对劲的感觉到底是因为什么。

孙培文那句“我可以教你”，这是第二次听到，那么第一次听的时候……

想到这儿，他不由得愣住了，谁说客户信息只有前台、婚宴部销售和赵文熙才能看到？上次孙培文说要教他电话营销的时候，拿着赵文熙记录的客户信息可是看了又看啊！

伍坤敲了敲自己的脑袋：“真是个猪，怎么把这茬儿给忘了！”

他原本忐忑的心一下放回了肚子里，不由得又开始咒骂赵文熙：“死女人，一点儿小事就自暴自弃跑去给人当小三，还不是要靠小爷来救你？”一边这样想着一边往接待区走，伍坤的“拯救二部”计划彻底开始！

把见完的客户送走，伍坤就开始进行第一步盯梢，躲在公司对面的花坛后面，等看到孙培文把车开出地库，他就赶紧打车跟了上去。

今天的孙培文一看就不是要回家，他先去公司附近的发廊洗了个头，接着就直奔闹市区。

正当伍坤已经开始盘算兜兜里的钱够不够付出租车费的时候，他终于停了下来。伍坤一边付钱一边往窗外看，这一看就不由得有点懵——孙培文的目的地居然是“夜色”！

算算日子，伍坤已经有半个多月没来过这，今天看着那一片群魔乱舞，还真有些恍如隔世的感觉。

为了不被发现，伍坤和孙培文之间还是有些距离的。结果，等他适应了里面的光线，孙培文早就跑得没影儿了。

伍坤东游西逛地到处搜寻孙培文的身影，还没等他找到人，就被人从背后搂住，吓得他赶紧回头看。看清楚抱他的人是谁，他立马一脸无语："要死啊你，吓我一跳！"

杜凯已经喝得不少，站在那儿有些摇摇晃晃，好在身边还有店长小V扶着，倒也不怕跌倒。

"我以为我认错了呢！"杜凯一条胳膊搂住伍坤的脖子，拖着他就往卡座走去，"你小子没事儿闹什么失踪啊？哥儿几个谁都找不见你了，怎么着？跟着美女上司乐不思蜀？"

伍坤心思还在找孙培文上，一边四处瞅一边打哈哈，"思个什么的蜀啊！我现在离家出走呢，日子过得苦哈哈的。"

"玩儿得挺复古啊！"杜凯一边给他塞了瓶啤酒一边打趣，"你也不来投奔兄弟我，我不是你最爱的天使了吗？"

"得了吧！你新家就在我家对门儿，我离家出走再去投奔你？"伍坤看他那没正经的样子就来气，正好小V在身边，伍坤立马就跟他说要去监控室。如果孙培文不在大厅，那想找见他还是直接调监控来得快。

小V领着他到监控室，很快就把视频给调到了孙培文刚进门的时候。

那家伙一进来就走向了包间区，在另一个摄像头之中，他一走到2号包间门口，立马有人给他开了门。

孙培文倒是很警惕的样子，左右看了看才闪身进入包间，之后门就关了，一直快进到实时画面，都没有人出来过。

"包间里的摄像头呢？"伍坤急得拍着桌子问保安，吓得人家直接一激灵。

小V一脸无奈，操着浓郁的广东腔说道："包间就是包起来让客人有隐私的房间咩！怎么会有摄像头？"

这话让伍坤无语，立马从椅子上弹起来，顺着门就跑了出去，找了个能盯着包间区出入口的位置待着，等着孙培文出来，看看他这是跟谁有约！

没等多久，孙培文就一边打着电话一边从包间走了出来，伍坤躲过他的视线，直等他出了大门才赶紧冲到2号包间，可里面空无一人！

他从包间出来，正站在楼道里纳闷这家伙到底是来见谁的，通道尽头的卫生间里就走出一个人来——居然是木一峰！

木一峰正打着电话，看到伍坤也是一愣，挂上电话把手机塞进兜里才打招呼："你……伍坤是吧？咱们下午才见过，好巧啊！你也在这儿玩？"

说着，他忽然想起什么似的："看我这脑子，你说过你跟杜凯是朋友。"

伍坤愣了半天，想了想还是不要问得太直白比较好，索性就顺着他说："杜凯喝多了，刚把他送回去。你呢？约了人？"

"对啊。"木一峰笑起来，"我来这儿见个朋友，晚上还约了你们赵总吃晚饭，现在正准备过去。本来约明天的，可文熙说明天下午还得赶飞机，怕时间来不及。"

这话简直是句句都让伍坤抓狂！这女人，这么着急跟这个家伙吃饭、同行、同学会？

思及此，伍坤一边假惺惺地笑着一边上前抱了抱木一峰说："那就麻烦木总好好照顾我们赵总咯！"

木一峰没想到他会这么热情，尴尬地笑了笑，像只开屏孔雀一样离开了"夜色"。

在他身后，伍坤带着一丝坏笑拿起了手里的东西——木一峰的手机！

当伍坤接到赵文熙的电话时，一接通就听到一阵低声咆哮：

“你是不是偷了木一峰的手机？”

听着那气急败坏的语气，他笑得前仰后合，清了清嗓子才开始装傻充愣：“什么手机啊？我不知道啊！”

“你少给我装！”赵文熙这会正坐在日料店的马桶盖上，听见外面有动静就赶紧压低了声音，“木一峰说他手机不见了，还提到来之前遇见过你，别跟我说跟你没关系！”

“略略略……”伍坤也不管赵文熙根本看不到就吐着舌头做鬼脸，“就是我偷了怎么样，他有证据吗？让他去调监控呗！”

要不是咬着后槽牙，赵文熙早就开始破口大骂了！“伍坤，能不能别胡闹？”

她这一较真儿，伍坤也来了气：“你真没良心！要不是为了给你洗刷罪名，小爷犯得着大半夜跟踪孙培文吗？你就这么护着你那个一峰学长是吧？拿他手机就是想拦着那猥琐男祸害你，想赶着要给人当小三儿是吧？行，想要手机，自己来拿！”

长达二十几秒的空白，诡异的安静让伍坤不由得开始心里发毛。

他看看手机屏幕显示的通话中，又用手指敲了敲通话孔，放软了音调：“喂，你能听见吗？说话啊！你该不会是哭了吧？哎呀，一破手机而已，我给你送过去还不行？我啥也没干，那混蛋手机有密码，我到现在也没打开……”

“830613。”

赵文熙忽然报过来一串数字，倒是弄得伍坤一下子没反应过来：“啥？”

“他老婆生日。”赵文熙倒是一派冷静，“试试看，应该没错。”

伍坤的脑回路已经彻底不够使了，鬼使神差一样拿起木一峰的手机输入赵文熙所说的数字，还真解开了！

“我去！”伍坤瞬间就懵住了，“解开了！你知道他手机密码？”

赵文熙语气中带着轻蔑：“我见过他胳膊上的文身，他今年30岁，那就不会是他生日也不是结婚纪念日，他那么怕老婆，怎么可能把其他人生日文在身上？唯一的可能就是他老婆郑玉的生日。”

“等下，你这是早有预谋啊！”伍坤这才反应过来，“是不是我没下手的话，你就准备自己上了？”

赵文熙一说起这个就来气：“你还好意思说？本来我让他到家里帮我干活儿，多的是机会能得手，结果你小子莫名其妙横插一杠！我实在不想去成都，说约他吃个饭看看有没有机会下手，你个混蛋又偷了他手机！你再多帮我两次，我就真得跟他去参加那该死的同学会了！”

她这话让伍坤哭笑不得：“我以为你让那家伙给洗脑了呢，谁知道你是憋着坏呢？话说，你拿他手机干吗？他跟买卖信息有关？”

他一边说一边翻腾手机：“通话记录没什么，微信聊天也没记录，这老小子删得够干净的啊！”

“他这人做事谨慎，你当他是你啊！”赵文熙没好气地说道，“你打开他微信，找到他们公司财务的号，发一句‘把给爱慕那边的所有信息费汇总表发给我’，对方要是打过来你就接，声音小点儿，只说赶紧发正在谈事不方便，然后立马挂。”

“我去，赵文熙，你是特工出身？”伍坤一边摇头晃脑地感叹一边照办，果然不出赵文熙所料，信息刚一发出去，“财务老李”的电话就打了过来。

他照着赵文熙说的方法做完全套，不出两分钟，一个表格就传了过来。

“发过来了！”伍坤看着那一长串的数字一阵眼晕，“接下来怎么弄？转发？还是截图？”

“笨！”赵文熙赶紧制止他，“你挂了电话，然后用你的手机把表格拍个照，把记录删掉然后关机，把手机放杜凯那儿就行！”

伍坤一边看那表格一边嘟囔：“真麻烦，给他扔了不就得了……哎？真有孙培文！这家伙光这个月就收了好几万，怪不得那么肥呢！”

“蛀虫！”赵文熙气得想骂街，“资料拿到手就行了，我得赶紧想办法甩开那油腻男！”

想要的东西已经到手，赵文熙立马没了继续应付木一峰的心思，找了个理由就要走。等伍坤的车停在日料店门口，正好遇上两人从店里出来。

阴沉了十几个小时的天空此刻正在飘着小雨，虽不至于气温骤降，但还是会让人觉得有些寒凉。木一峰倒挺绅士，脱下自己的薄款西装就披到了赵文熙身上，那老派的深情款款，简直让人恶心得想吐！

赵文熙一脸歉意地峰说道：“真是不好意思，约好了跟你吃饭，公司又临时有事。”

木一峰刚要说话，从车上下来的伍坤就一脸夸张地指着“禾木鱼斋”的牌子嚷道：“哎呀赵总，原来你们是准备吃海鲜日料啊？您海鲜过敏，怎么能拿自己身体开玩笑呢！”

伍坤这一搅和，木一峰还未说出口的话生生咽了回去，只能眼睁睁看着赵文熙和伍坤一起上了车，一阵风似的离去。

“赵文熙，我不明白。”站在往17楼升起的电梯里，伍坤忍不住问出了心里的疑惑，“你怎么想到去找木一峰的？”

赵文熙脸上是一如既往的冷漠，看了看一脸纳闷盯着她的伍坤，她缓缓开口说道："你还记不记得我第一次见你是在哪儿？"

"杜凯那儿啊！"伍坤更纳闷了，"这跟木一峰有什么关系？"

赵文熙冷笑："那天我真的很倒霉，累得要死还被你存心找碴。不过幸运的是，我从'夜色'要走的时候，正好撞上两个熟人，我那天晕头转向没反应过来是谁，后来回去一细想就想起来了。你猜是谁？"

伍坤歪着头想了想，恍然大悟："木一峰和孙培文？"

赵文熙白了他一眼，没好气地说："是孙培文和李玉林！那女人是'玉时代'的财务，我之前跟她打过交道。她很有魅力在行里也挺出名，在木一峰的指示下，跟不少婚礼公司的业务口子都有不寻常的联系！就算我没看到他们，孙培文那些小动作我也早有耳闻，这市场说大不大说小不小，谁做私活儿能瞒得住？"

"之前我爸说有人低价撬你的单，"伍坤一边按住电梯键让赵文熙先出去一边跟上，"会不会也是孙培文干的？"

"应该是吧，不过你爸嘴还挺严，怎么问都不说。"赵文熙打开办公室的门，开了灯把包扔下就瘫进沙发里，满脸都是疲惫，"孙培文其实很小心的，公司监控只能看出他确实每次去拿信息都比我和顾星明花的时间久。可现在就算没有直接证据，'玉时代'给他的这一笔笔信息费，他也根本解释不清。"

"那现在怎么弄？直接报警抓他？"伍坤坐在赵文熙旁边的沙发上，表情倒是难得的严肃。

赵文熙闭着眼睛，手指在沙发垫上有规律地敲击着，过了许久才说道："你发给薛总吧。现在这样，够了。"

赵文熙的反应让伍坤很意外，连他都猜得到这些证据交给薛一行会是什么结果。以赵文熙的性格居然会不下死手，这女人是怎么了？

不管怎样，危机总算是过去了。是非曲直，让薛一行去决定或许也不是坏事。

“赵文熙，你就不谢谢我吗？”伍坤斜瞅着躺在沙发上闭目养神的赵文熙，“要不是小爷我，你就被踢出‘爱慕’了！”

赵文熙好不容易让自己放空，紧绷的脑神经能稍微休息一下，一听这话忍不住就坐直了身体：“你还好意思说，本来我自己能轻轻松松搞定让你搞得这么复杂，姓木的本来要请我吃大餐的，让你闹得我现在还饿着呢！”

话说到这儿，她的肠胃很应景地发出一阵“咕噜噜”的声音，再加上她那一脸郁闷，看得伍坤一阵好笑。

“人家那是日料店，那男的请你吃饭也不先做功课。日料不是海鲜就是生食，吃死你啊！不过你那橡皮胃总算是知道饿了……等着，给你整一顿大餐去！”

赵文熙在日料店门口的时候就纳闷，这会儿更是忍不住问出口：“你怎么知道我不能吃海鲜？”

伍坤一边坏笑一边站起来往门口走：“你猜！”说完就直接出了门，留下赵文熙一个人在办公室里纳闷。

就在赵文熙考虑要不要直接去酒店房间睡觉的时候，伍坤终于端着个托盘回来了。

一看那托盘上的东西，赵文熙立马就一脸嫌弃：“方便面？这就是你说的大餐？”

“怎么了？”伍坤一脸傲娇，“我跟你保证，这是你这辈子吃过最奢华的方便面！”

“方便面还奢华？”尽管不情不愿，赵文熙还是接过了泡面桶。刚掀开盖子，一股浓郁的香气就飘了出来。

伍坤已经拿起叉子开动了，一边呼噜噜地吃面一边催促：“别磨叽赶紧吃，这可是煮熟的，让你欣赏欣赏小爷的手艺！”

“净胡扯，公司里上哪儿煮面去？”赵文熙看了一眼他那狼吞虎咽的吃相，忍不住翻了个白眼，这才拿起叉子伸向泡面。这一叉子下去，她才发现这泡面的秘密。

“牛肉？”赵文熙眉毛都挑了起来，看似普通的泡面里，居然埋着小半桶大块牛肉！那牛肉块块带筋，煮过之后软糯鲜香，瞬间就唤醒了所有的味蕾。

她刚想问他从哪儿搞的牛肉，忽然就想起来梅姨给酱牛肉的那一茬儿：“这是你妈妈上次给的牛肉吧？”

伍坤的面都快吃完了，叉起一块牛肉边嚼边说：“对啊，我上次不是都冻到冰箱里去了嘛，干啃方便面没营养，我就把你那盒拆了。”

赵文熙刚因为美食升腾起来的一点点暖意瞬间就降到了冰点：“要吃吃你自己的，碰我的可不行！”

吃着特制牛肉面，伍坤把手机里的证据通通发给了薛一行。半个小时后，两人就接到了召开全体员工紧急会议的通知。

当他们走进会议室，孙培文立刻就开始调侃赵文熙：“赵总不是在家休息吗？怎么还这么辛苦大晚上赶回来开会？”

赵文熙看了看他那张笑眯眯的好人脸，难得的没回嘴，默默地走到自己的座位上，把手机调成了静音。

坐在他们对面的顾星明也憋不住了：“有些人做了那么丢人的事情还好意思回来，不得不说这脸皮是真厚啊！”

一听这话，赵文熙扯起唇角轻轻一笑，一点儿要接茬儿的意思都没有。她能忍，一旁的伍坤可忍不住，刚要骂人就被赵文熙狠狠地从腿上掐了一把。

赵文熙手小，掐的时候只掐一点点皮肉，瞬间疼得伍坤小火车都在脑袋里鸣笛了，一秒钟不到整个脸都红了起来。

还没等他开始咆哮，会议室就瞬间安静了下来——薛一行来了。

今天的薛一行看起来与往日完全不同，从不离手的扇子也没拿，手里拿着一个文件夹，满脸肃杀之气。

一见薛一行这样，除了赵文熙和伍坤两个心知肚明是怎么回事，其他所有人都是一脸紧张加疑惑。忽然通知包括婚宴、婚礼、婚纱在内的所有销售口开紧急会议不说，现在还是这么紧张的气氛，一定有大事发生。

所有人都在猜测着，难道赵文熙这回是真要完？

薛一行在所有人目光的聚集中把手里的文件夹放在桌上，用锐利的目光扫视了全场："今天临时召集大家开会，主要是要宣布几项人事变动。"

无视所有人猜测的目光，薛一行脸色铁青地继续说道："客户信息泄露事件想必大家都知道了，保护客户信息安全是整个'爱慕'一直在尽全力做的事情。我们不去买别家的信息，也绝不允许自己手头的信息被当成商品来交换利益！这一点，我希望大家可以谨记！"

说到这儿他顿了顿，把目光在赵文熙身上停留了几秒才继续："对于赵文熙总监大家有很多猜测，在公司也有很多传言。但是，这次的信息泄露确实与赵总无关，我希望以后不要再有人因为这些传言对她有质疑……"

"光一句与她无关，我想很难服众啊！"薛一行还没说完，顾星明就忍不住插嘴，说话毫不客气。

"那你就当我独裁吧！"平日里弥勒佛一样的薛一行今天却十

分硬气，盯着顾星明的眼神瞬间就让他心头一颤。

所有人都知道顾星明是公司元老，何曾见过薛总这样说话不留情面？一时间，全场静得可怕。

“我先表明我的立场，我可是百分百相信赵总绝对不会做出这种吃里爬外的事情。”这时的孙培文倒是很会见缝插针，“不过，顾总也是为大家发声嘛！这……”

孙培文这时说风凉话本就是想要个嘴而已，可他没想到的是他还没说完，薛一行就已经转头盯着他冷冷地说道：“你也觉得倒卖客户信息是吃里爬外？”

看着薛一行那陌生的眼神，孙培文心里慌了神，脸上还是堆笑：“当、当然了！我……”

薛一行却不等他说完：“经过慎重考虑，公司现在要做出几项人事上的变动。由赵文熙暂时接管业务三部，如果有人不服从，可以立刻去人事部上交辞职报告，不需要按照以往惯例提前一月报备，我特批！”

这话一出满座皆惊，尤其孙培文！

“薛总，”平日温文尔雅的孙培文此刻一张脸瞬间没了血色，“这什么意思？”

薛一行抓起桌上的文件夹就甩到他面前：“自己看！”

孙培文抖着手翻开文件夹，只看了一眼就是一头冷汗。他抖如筛糠，无力地坐在椅子上，再无话可说。

这变故再看不出门道，在座的几十个人也就真不用去做销售了。唱戏的吃起了瓜，看戏的反倒成了主角，真是精彩得很！

顾星明都吓傻了，刚才还趴在桌上的胳膊瞬间就收了回来，找了个相对乖巧的姿势坐好，再也不吭气。

薛一行揉了揉眉心接着说道：“看来孙总没有意见，那我就接着说。从今天开始，公司所有有可能获取客户信息的岗位一律实行信息交接制度。我在这提醒各位，公司有情法律无情。出卖客户信息什么后果，我希望大家都能心里有数！”

他叹了口气眉头紧皱：“我要说的说完了，韩总，你是还有话要说吗？”

韩娜清清嗓子说道：“为了利于公司改革，婚宴部将进行部分人员调动，会后谭海洋到我这里拿人事调动表，所有涉及交接、调动、辞退等相关内容，今明两天内完成。”

她抬头看了一眼谭海洋，对方显然已经心里有数，一脸严肃地点了点头。

“还有，”她把笔记本“啪”的一下合住，表情比平时的严肃更冷了几分，“我很想知道到底是谁用公司水吧的热水壶煮了泡面？前台跟我汇报的时候我还以为是在开玩笑，这简直是太离谱了！”

韩娜的话刚一说完，赵文熙立马就想起了今晚吃的那碗煮过的方便面，紧接着就一脸杀意地扭头盯着伍坤。

伍坤此刻正在努力扮演路人，眼睛直瞅着天花板。感觉到赵文熙的注视之后，他还眯着眼睛一脸嫌弃，无声地吐槽：“你也吃了。”

赵文熙让他气得半死又没法发作，只能憋着一股气忍着，直到会议结束了两人都回到办公室，这才扔下手里的本子质问他：“拿水吧开水壶煮面，你可真是个人才！”

罪魁祸首倒是一副满不在乎：“你不说我不说，谁知道是我干的？再说了，你还有心思管这些？刚才在会上我就想问，只把那些人辞退了也太便宜他们了吧？尤其那个孙大叔，他那可真是太丧心病狂了！”

说起这个，赵文熙重重地叹了口气：“本来以为薛总会悄悄地辞退他，他在会上这样不给孙培文面子，可见是真的伤心了。”

伍坤直接翻了个白眼：“薛叔心太软，他要是有你一半心狠手辣，‘爱慕’早就称霸全行了！”

两人椅子还没坐热，气急败坏的孙培文就闯了进来。现在的他连“老好人”的样子都懒得装，看着两人的眼神简直要杀人，一进门就骂了起来：“你们这两个！不要以为我不知道是你们使的坏！告诉你们，老子跟你们没完！”

“哎呀，最近这治安是越来越不好了，光天化日的在公司居然还能碰见疯狗，到处乱咬人！你放心，业务三部没了你，在我们赵总英明神武的管理之下，一定会再上一个新台阶的！”

伍坤气人的水准一向都是“王者”级别，说出的话简直句句扎心，气得孙培文直发抖，要不是身高跟伍坤差了一头多早就上来揪住他领子了。

自古以来，吵不过就开始抖黑料诋毁简直是吵架的终极奥义。反正也知道自己不可能再留在“爱慕”，孙培文算是彻底豁出去了，两眼通话地盯着赵文熙就开始骂：“我当然没有赵总的手段高明了！克死顾向南，占了人家的房子，现在还搭上个‘小狼狗’？赵文熙，你这黑寡妇还真是名不虚传啊！”

“你这混蛋胡说什么！”伍坤嘴里说着，心里却已经想到了之前去赵文熙家里的时候，那些盖在家具上的白布，那一看就很久没住人的景象……

伍坤现在才发现，除了在公司的相处，他对赵文熙的过往一无所知，一时之间竟连维护的话都说不出口来。

孙培文看着一脸惨白的赵文熙变本加厉，冷笑着对伍坤说道：“我胡说？她未婚夫顾向南以前是‘爱慕’的副总、顾星明的兄弟，老人儿手谁不知道？三年前，顾向南就死在他和她赵文熙的婚礼上，连戒指都没换得了！人家年轻力壮的小伙子啊，早不死晚不死，跟她一结婚就急性心梗，连医院都没去得了就挂了？这不是黑寡妇克的是什么？”

这话里的信息量太大，伍坤真的是有点儿接受无能。一直以来，他都觉得赵文熙对工作的狂热简直有些病态却一直不知道原因。她从不对客户说“不”，有业务就通宵地干；家也不回，妆也不怎么化；女人喜欢的包包、首饰，在她眼里全是垃圾，统统没有业务单有吸引力……

见伍坤不说话，孙培文促狭地笑了起来：“都是男人，我明白你小年轻血气方刚，给你点甜头你就把持不住，不过有些女人的床可不是那么好上的！有命泡美女，怕你没命享艳福！公司哪个男人见她不是躲着走？就你这傻子不知道……”

他话都没说完，脸上已经挨了重重的一拳，晕头转向地好不容易从地上坐起来，嘴里一股子腥气就返了上来，张口一吐就是一股子血，还有半颗泛黄的牙，腮帮子几乎像火一样烧起来，疼得他话都说不利落。

赵文熙很久没打人，一边揉着拳头一边高高在上地看着地上的孙培文，满脸都是鄙夷：“以前觉得你伪善的样子讨厌，没想到你说实话的样子更讨厌。”

她蹲下身冷笑着拍了拍孙培文的肩膀：“我这人没别的，就是脾气不好睚眦必报，你要是想报仇尽管朝着我来，我奉陪！”

孙培文坐在地上，恨得浑身发抖两眼充血，却拿她无可奈何。

看到这个局面，伍坤脸色铁青心情复杂，把丧家之犬一样的孙培文从地上拽起来，推搡着赶出了办公室。

还没等他问赵文熙到底是什么情况，办公室的门就又响了。一回头的工夫，他就像是被施了定身的法术一样，好半天说不出话。

伍三江也没想到再次见到儿子会这么尴尬，整整用了好几秒才僵硬地笑了笑，干着嗓子说道：“小坤，你在啊？”

其实伍坤心里这知道，一向对他严厉的伍三江现在这个难看的表情就已经是在让步了，但他还是心里憋着口气，梗着脖子好半天才回话：“哦。”

跟赵文熙打了招呼，伍三江尽力和颜悦色地对一脸别扭的伍坤说道：“刚才你薛叔叔跟我说你真的很有长进，也很聪明，如果假以时日，肯定是可以独当一面。”

他从怀里掏出一个信封递给伍坤：“这是昨天收到的信，我找人看了看，说是你学校寄的。你们老师说你和几个同学一起做的音乐获了奖，希望你能一起去伦敦领奖，还问你什么时候回学校……”

伍坤盯了那信封许久才伸手接过默默地看着，那沉默的样子让伍三江想起多年前离婚的时候，当时还年幼的伍坤就是这样一言不发，沉默地看着他们的离婚协议书，连一滴眼泪都没有留。

想到这些，伍三江好像瞬间老了好几岁：“小坤，爸本来以为你是三天打鱼两天晒网，三分钟热度一过去就把音乐又扔下了。你这阵子不在，爸也反思了，既然你是真的喜欢，那么如果你决定回学校，爸就支持你的选择。”

在赵文熙的印象里，伍三江就是个张扬跋扈，说话嗓门奇大，没品位没气质的“土大款”。可近些日子，伍三江的所作所为，倒是让赵文熙对他这个人有了彻底的改观。

对外张扬跋扈，可为了儿子低声下气在所不辞；说话嗓门儿大，可现在为了挽回儿子的心，每句话都说得轻声细语小心翼翼；没品位没气质，可那眼神里对儿子的期待和爱，确实丝毫也假不了。

看着他们俩这好一阵沉默，赵文熙无声地叹了口气：“伍坤，其实我觉得你已经证明了自己，现在回家一点儿也不丢人！学音乐不就是你的梦想吗？现在如愿以偿，应该高兴才是。”

伍坤从未见过这样的赵文熙。她的知性、稳重，有条有理，在这一刻莫名地刺眼；那些听起来处处为他着想的话，也像是嘲笑声，狠狠地打了伍坤一记响亮的耳光。

“你求之不得吧？”他的声音在颤抖，苍白，无力。“你是想把我这麻烦打发走吧？也对，三部现在二十几个人都归你了，你用不着我了！”

赵文熙没想到他会是这个反应，声音平静如水：“我是为你好。每个人都应该在合适的时候做出合适的选择，这样才会让自己开心，不是吗？”

伍三江也是目光炯炯：“对啊儿子，说到底爸还是希望你能开心。”

“开心？”伍坤笑起来，笑得前仰后合，眼底却没有半点儿温度，“是挺开心的！我也玩儿够了……我本来以为，我在这儿是被人需要的呢，看来是我想多了。”

说到这儿，他慢吞吞地把信塞回信封，站起身来对赵文熙鞠了一躬：“多谢赵总这段时间的教导和照顾，我真的学到了很多。我明天来办辞职手续，希望赵总跟新的队友相处愉快，财源广进，步步高升！”

说完他就拎着信封，冷冷地看着伍三江：“走了，回去了，爸！”

“哎哎！”伍三江自然是高兴的，跟赵文熙打了个招呼就三步并两步地跟在伍坤后面，很快就消失了。

赵文熙已经很久没有在这个办公室里，感受此刻一般的安静。久到现在她的耳边仿佛还能听到有人打嗝、溜达、撞坏东西然后被自己骂的声音……

“丁零零……”电话铃声忽然响起，把赵文熙的思绪拉回了现实。她甩了甩头，心想着这不就是各自回到自己该走的路上吗？人人都是过客，挣钱才是根本！

电话是一楼前台打的，说是有位先生找她，貌似是要谈婚礼事宜，是让去15楼还是在一楼大厅见？

赵文熙翻了翻笔记本子上的工作安排，这个时段没有约人。初次见的客户难保不是想看看婚宴厅，她索性让前台给人家先上杯喝的，自己马上就下去。

平板、本子、笔，带好了自己的谈单三大件，赵文熙恢复了往日职场“厉人”的派头，下了电梯就朝大厅西侧的休息区走去。

当她看到那所谓客户的侧脸时，她彻底失去了再往前走的勇气，四肢开始觉得发麻，甚至有些发软。如果不是对方已经站起来朝着自己微笑，她简直不敢相信自己的眼睛……

那男人三十岁出头，高高的个子，黝黑的脸，那熟悉的笑容弧度——那是顾向南啊！早已死去三年的顾向南！

“好久不见啊，赵小姐。”

对方说话了，与记忆中完全不同的声音让赵文熙的理智瞬间恢复，但看着那张脸她还是有些恍惚，不太确认地问：“你是……”

那男人加大了笑容，似乎很满意她这震惊的表情。只是，他这一笑已经让赵文熙彻底松了口气：“你是顾向北。”

被看穿了身份，顾向北似乎显得有点失望，他的眼眸瞬间冷了下来，脸上的笑意也变得轻蔑：“怎么样，刚才有没有一种我哥来找你索命的感觉？”

没等赵文熙说话，薛一行的声音就忽然响了起来：“向南死于心脏病！”

赵文熙回头一看，不知道什么时候，薛一行已经站在了自己身后不远的地方。她的眼神里立刻充满了恳求，像极了看到救星。

薛一行却一下都没有把眼神投向她，而是径直走向了顾向北：“向北，我记得我跟你说过回国先找我！要不是我有事找文熙，还真不知道你小子已经回来了。”

面对薛一行，顾向北刚刚释放出来的些许敌意瞬间就收敛了不少，他给了薛一行一个拥抱，这才笑着说道：“我凌晨下的飞机，回家洗了个澡，稍微休息了一下就赶紧来找你了。怎么样，最近好吗？看着可是又富态了不少啊！”

他这话倒是说得真诚。顾向南生前死后，就数薛一行对顾家照拂最多。相比家里那些不靠谱的亲戚，顾向北倒是更愿意跟薛一行亲近，也是真心把他当大哥看待。

“我这成天闲心不操，可不就剩长肉了？”薛一行笑起来，转头又对着赵文熙，“你去一下16楼，跟三部的人坐下谈谈，刚接手总是有些事情要对接的。”

赵文熙心知这是薛一行在救她，立马点点头转身就要走。

可顾向北哪肯放过她？他几乎是立刻就把矛头指了过去：“我在加拿大都能看到赵总策划的新闻，那个什么‘绝症新娘’，不是挺感人的吗？我还以为赵总现在变得比较有人性了呢！想不到，就是这样对待客户啊！”

不只赵文熙，薛一行听了这话也沉下脸来：“向北，我知道你要结婚了，结婚不应该高兴吗？为什么非要给自己找不痛快？以你现在的身价，完全可以选择任何你喜欢的婚礼策划师，为什么一定要为难文熙？”

顾向北一听这话却笑了起来，再看到赵文熙一脸疑惑地看着薛一行，那笑意就更甚：“哎哟，行哥，看来您没把我的意思转达到吧？我昨天不就跟你说了吗？我的婚礼，一定会交给‘爱慕’来完成，而且，婚礼策划师，我只用她赵文熙！”

他的眼神从这一刻开始死盯着赵文熙：“对我们顾家来说，婚礼从来就不是什么高兴的事情……这一点，赵总应该最清楚了，不是吗？”

此刻的赵文熙觉得整个人都在往下坠，似乎只要松开一口气，就会沉入深不见底的沼泽或深渊。她怀里抱着平板电脑和本子，右手以一个曲折的角度弯回来，在自己的肘关节内侧深深地掐出一道血印，试图用疼痛感来让自己保持清醒，不至于失态。

“我想，我不适合做你婚礼的策划师，如果你是因为讨厌我，所以拿自己的婚礼赌气，我认为这样对你的新娘也很不公平。”

“哦，你误会了！”顾向北一边笑一边从钱夹里掏出支票，“如果你是担心我折腾你半天又不用你，让你白干活儿的话，那你大可以放心。我当年出国家里没钱，要不是行哥看在我哥的份上出了这钱，我顾向北不会有今天！有行哥这层关系，我的婚礼肯定是要交给你们‘爱慕’来做的，订金我都带来了，500万。”

他说着就把支票放在桌面上，戏谑地说道：“有钱不挣，可不是赵总的作风哦！”

赵文熙此刻的思路早已不在线，薛一行看了看她摇摇欲坠的身影，转头对顾向北说：“你认可‘爱慕’，认我这张老脸，我感谢你。可你能不能看在我的面子上，不要做得这么……”

“我这是照顾你生意啊，行哥！”

顾向北夸张地笑起来，言语中满是经年累月积聚的恨意。“当年为了让我哥风风光光结婚，我们家倾尽全力买房买车准备婚礼。可是我哥死了，她死守着那套破房子不撒手，我妈来求了她多少次，说我要去国外念书，如果能把房子转手，她也不用还贷款了，我们也不再提她克死我哥这回事，两边都好过。可她呢？她怎么说的？只有三个字，‘不可能！’”

赵文熙的手在发抖，头痛得要命，平日里一着急就疼的胃此刻也不安生。她心里清楚知道顾向北这次来摆明了就是羞辱自己取乐，根本不会因为薛一行几句话就罢手。

既然避无可避，赵文熙索性坐了下来，努力逼着自己把他当成普通客户对待。“你确定一定要我做策划师？”

顾向北笑起来：“这态度就对了！专业的婚礼策划师不应该挑剔客户，一定要用真诚的服务满足客户所有的合理要求。怎样？我哥以前教我的，我没记错吧？”

看着顾向北挑衅般的笑容，赵文熙尽力让自己显得平静：“那，顾先生希望自己的婚礼是什么样子的呢？”

“草坪、风车、花瓣组成的通道……哎呀，其实我的要求很简单，按照我哥的婚礼风格办就行，只不过好歹那也是三年前的事了，规模上得加大。费用方面你别担心，我太太姓夏，婚礼想要定在夏至那天，也就是四天后。我知道时间赶得比较急，也做好了心理准备，你尽管开价，敢来找你我就不怕被坑！”

这顾向北说话虽然都是笑脸，可说的话句句都带刺，每一根刺都精准地扎在赵文熙的心上，刺得千疮百孔，鲜血淋漓。

为了不想起三年前的场景，赵文熙这些年连草坪婚礼都很少做，除非客户强烈要求，不然她肯定是拼命地推室内婚礼；就算做室内婚礼，也很少使用风车元素，就怕自己触景生情失去理智和仪态。

可这顾向北偏偏就像是个恶魔一样，专挑她心上最柔软的部分扎刀子，丝毫不手软！

有薛一行从旁和稀泥，赵文熙终于还是把时长近一个小时的“沟通”硬撑了下去。

婚期将至，她不能像往常一样将出策划的时间定为一周至十天，可这么大的规模，就算加班加点，量场地看草坪确定电路也都需要时间，所以策划案最早也只能是后天才能出来。

没想到顾向北这会儿倒是很好说话，连连摆手说相信赵文熙的策划能力，方案随便出，后天来看方案，就算改动也不会有什么大的变动。

他这打一巴掌给个甜枣，弄得薛一行和赵文熙两个人心里都没底，直到把顾向北送走，薛一行都还瘫在沙发上大喘气，好半天才捋着胸口说：“这小子现在怎么会变成这样子？”

同样的话杜凯正在对着自己的死党伍坤说。

他此刻觉得自己简直是世界上最悲催的人了，家里鸡飞狗跳没人安慰，好不容易把好友抓出来，对方的脸比他还要丧，一进门就把啤酒当白水的灌，嫌不过瘾似的，又抓起洋酒继续。

这哪像失业啊？简直比失恋还恐怖！

“喂，你小子老实交代！”在伍坤把酒往杯子里倒都对不准杯口的时候，杜凯终于是忍不住了，抢过他手里的酒瓶子，直接连杯子都扔在了一边，“你到底怎么了？离家出走也结束了，自由自在你也有了，这不是皆大欢喜吗？你这情况不对啊！”

伍坤一向酒量还不错，此刻也开始说话有些不清不楚：“皆大欢喜？我觉得只有她一个人欢喜！我这阵子又是帮她跑腿儿，又是帮她谈业务，她可倒好，用完就甩，连句留我的话都没有，你知道她有多过分吗？”

杜凯简直无语："我知道什么啊！你一来就开始往死里灌酒，你那女上司多过分你倒是先告诉我啊是吧？我啥也不知道，你还问问！要不是从小一起长大，我真想把你扔出去！"

他这吐槽伍坤仿佛没听见似的，还一个劲儿在那絮叨："我算是发现了，我就是个皮球！小时候被爸妈嫌弃，长大了被姓赵的嫌弃，我现在还得被你小子嫌弃……"说着就抢过酒瓶子继续，气得杜凯直翻白眼。

更让他生气的是，不知道该不该现在把伍坤这家伙给扔回家睡觉去，店里吧台那边就出了乱子。他倒是有阵子没见有人敢在他这儿闹事了，一招手的工夫，经理小V很快就跑了过来。

"杜总，小事情，不用担心。"小V一边跟杜凯汇报一边眼神朝着吧台那边看过去，"有个客人喝多了，就对旁边的靓女骚扰了几句，结果那女生就一瓶子砸上去了，也是够生猛的！现在那衰仔满脑袋是血吵着要报警，我准备先把他先弄去医院，别影响其他客人。"

杜凯今天难得没喝多，一听这话倒是来了兴趣。喝蒙了以后打架拿瓶子开瓢的他见多了，还是头回见有女的下手这么黑，瞬间就来了兴趣。

"过去看看。"

事实证明，围观群众也没那么好当。两分钟不到，杜凯就急匆匆地返了回来，一边捶伍坤一边嚷："别喝了，你那个过分的赵文熙来了！"

伍坤还没喝醉，可反应已经开始有点儿迟钝，两三秒之后他才意识到杜凯说了什么，一下子就清醒了一半："赵文熙？她来干吗？她知道我在这儿？"

"哈，她知不知道你在这儿我是不知道，反正她这会估计连自己在哪儿都不知道！”杜凯一脸郁闷，“我之前在‘爱慕’见她的时候挺斯文的啊，喝了酒真吓人！你是没看见她把骚扰她的那个男的都打成什么样了……”

他话没说完，伍坤已经“噌”地站了起来，一边往出走一边回头问：“人呢？”

杜凯一见他那反应，反倒是笑了出来：“我就觉得你这小子不对劲，失业搞得跟失恋似的，喜欢上人家了吧？”

“神经病！”伍坤懒得理他，直接抓住小V的胳膊，“带我过去！”

杜凯办公室里有个沙发椅，满脸潮红的赵文熙此刻正趴在上面一个劲儿扯着领子喊热。她眼睛紧闭，发丝凌乱，跟平时一板一眼的高冷形象完全不搭边儿。

伍坤蹲在沙发边上一边观察一边问小V：“她这是……被那混蛋下药啦？”

小V笑起来：“下什么药啊！那个人刚才被她一酒瓶敲头上打得一头血，她还嚷着要给人家回旋踢，我已经打发人送去医院了！”

“噗！”伍坤忍不住笑起来，“小样儿，还挺厉害！”

小V的对讲响了起来，他回了句什么就抬脚想走，走到门口又回头问伍坤：“那人得缝针，估计要想平了这事也得到明天了！她怎么办？你认识他家里人吗？不能让她一直待在这里啊！”

伍坤看了看正睡得十分不安的赵文熙，斜着眼睛满脸嫌弃：“女人，不能喝就不要喝，把自己喝成这个样子，给人找麻烦！”

“你忙你的去吧。”他转头对小V说道，“她，我处理。”

第三章　相爱

屋里就剩俩人，伍坤用手指戳了戳赵文熙的脑门，觉得触感还不错，忍不住多戳了几下，反正她现在也不会还手，还真是解气！

赵文熙被他戳得睡不安稳，蹙着眉头嘟囔：“你……离我远点儿！”

“远你个头，就该把你扔大马路上！”伍坤一边碎碎念一边抱着尸体一样四仰八叉的赵文熙，半天才从“夜色”出来。

伍坤在她包里只找到一些现金、驾照证、身份证和车钥匙。两个人都喝成这样肯定是不能开车的；找代驾？让人家代驾去哪儿啊？他本就喝了酒有点儿腿软，赵文熙再轻也是个八九十斤的大活人。等他把赵文熙塞进出租车，自己身上的汗已经多得像是刚从水里出来一般。

看了看赵文熙倒头就睡的模样，伍坤想了想，摸出了自己的钱包，抽出薛一行给他的那张房卡，心里顿时有了主意。与其把她弄到别的酒店还得担心她是不是安全，还不如扔回公司，起码不会出事。

酒精确实容易促进睡眠，报上地址他也睡着了，等到被司机叫醒就已经到了“爱慕”大门口。

幸亏赵文熙还算不闹腾，把她弄进电梯弄进房间都还顺利，伍坤给她脱了外套和高跟鞋，塞进被子里，这才走进浴室洗了个战斗澡，终于摆脱一身臭汗。

他本以为赵文熙会这么踏实睡着。可等他裹着浴巾从浴室里出来，居然惊恐地发现，刚才还睡得打起小呼噜的赵文熙，此刻正坐在床边死死地盯着他，眼神冰冷得活像要杀人！

“喂，你、你别误会啊！”看着赵文熙那肃杀的表情，伍坤不由得心里发毛。深夜、醉酒、酒店房间，再加上他现在身上那条唯一的遮羞浴巾，这情况任谁看了都会笑容猥琐。

本着敌不动我不动的原则，他一边盯着赵文熙的动向，一边在心里规划如果被追杀的话该怎么逃跑。

可赵文熙却像定住了一样，好半天都没说话。

就在伍坤觉得她是不是有这种睁着眼睛坐床边睡觉的习惯时，那张刚才还杀气十足的脸忽然就变了画风。

她的眉头拧在一块儿高高地向上耸起，眼角往下垂，眯成了无辜的形状，下嘴唇往上一包，眼泪就开始哗哗地往下流——彻头彻尾一个委委屈屈小可怜！

伍坤这下算是彻底傻眼，雷厉风行的赵文熙、跟他斗嘴的赵文熙、疲惫不堪的赵文熙、信心满满的赵文熙，还有签单时全力以赴的赵文熙，他什么样子都见过了，却唯独没有看过现在这样——娇憨、委屈，甚至还有那么一点点……可爱？

他下意识地吞了口唾沫，好半天才反应过来，这家伙的酒品真是不行，简直什么毛病都有！

首先展现出来的就是——哭！

她也不知道哪来那么大委屈，整个人忽然就开始哭得稀里哗啦的，简直毫无形象可言。

“怎么回事啊你？我怎么睡着了还能看见你？”她边哭边用手指着伍坤控诉，“你都祸害我多久了？我上辈子跟你有仇还是欠了你什么？我辛辛苦苦的，好不容易带的你小子能干点儿活儿了，你可倒好！想来就来，想走就走！我又、又成一个人了……”

伍坤听了这话，心里不由得一动，他默默地拿了件浴袍把自己裹上，这才缓缓靠近床边坐下，定定地看着赵文熙：“你不是挺喜欢一个人的吗？我说我要走，你也没有留啊！”

这下可好，他这话一出，赵文熙就立马显示出了恶劣酒品的第二项——话多。

“谁会喜欢一个人啊！你爸来要人，我说我不放吗？还有，之前那个苏、苏珊，说什么奉子成婚……可恶死了，跑得比我都快，比我还小好几岁，都奉子成婚了……我呢？到头来，还是一个人！都嫌弃我……公司的人嫌我碍眼，家里人嫌我不结婚，顾、顾家人更好笑，他们嫌我还活着……嫌我怎么不代替向南去死……都嫌弃我，没人喜欢我，我知道的，我都知道的！”

说到这儿，她就像忽然开了水闸一样，简直是号啕大哭，一边哭还一边嘟囔着不成调的话：“凭什么啊？凭什么就我这么倒霉？呜呜呜……”

哭到半截，她竟然还把自己给呛住了，咳嗽个不停，眼泪鼻涕一起来，热闹非凡！

赵文熙简直是找到了倾诉树洞，一边哭一边用手背在脸上乱抹，哭诉这些年积攒的委屈：“顾向北，他凭什么来找我麻烦？我的车、我的房、我的一切都给了他们，可他们只要向南的房子！除了‘爱慕’，那是我唯一还和向南有关的地方……我真的不能给……”

伍坤哪里处理过这样的情况，笨拙地拿手掌在她背上轻轻地拍着给她顺气，一边顺还得一边哄着：“你、你别哭了啊！我最烦女的哭了！”

这话可算是又捅了马蜂窝，赵文熙立马哭得更大声：“我就知道，你们都烦我，都讨厌我，说我是黑寡妇，说我命硬，说挨着我就要倒霉，我都知道……”

这下可好，她彻底把伍坤的心都哭乱了。不止心乱，他一不小心就被赵文熙抓住了头发，疼得他也开始吱哇乱叫。

好在赵文熙好像是哭累了，已经不再号啕大哭。等伍坤把头发从她的魔爪里救出来的时候，她已经软软地朝着床面躺了下去，甚至连哭红了的眼睛都眯了起来，看似很快就会睡着。

伍坤赶紧放低了声音哄着："赵文熙，你已经做得很好了。他们不喜欢你，那是因为你太优秀，他们都是嫉妒你。"

原本已经快要睡着的赵文熙忽然就睁开了眼睛，醉眼迷蒙地看着伍坤，搂着他的脖子一使劲把他拉向自己，水润的嘴唇低声呢喃："你……想我吗？"

伍坤的脑袋里"嗡"地就是一下，心跳快得无法在胸口安放，像是要从嗓子眼里蹦出来！他嘴唇抖了抖，好半天才找回了自己的声音："什、什么？"

赵文熙的眼里有泪，泪里有亮光，那光倒映着伍坤自己的脸，却映不出她的心。可那距离太近，近到似乎再有不到一毫米，就会吻上她的唇。

伍坤二十多年的人生中有过暗恋、有过明恋，也有过所谓的山盟海誓，却从没有任何一个时刻让他的心跳得如此之快。

他的身体快过思维，甚至快过了灵魂，在赵文熙终于睡着之前，在他终于吻上了赵文熙之前，他听到她贴着自己的耳朵说："我好想你啊，真的好想你……"

伍坤是被手机震动唤醒的，他半睁着眼睛摸到手机一看屏幕，还不到早上九点，打电话的居然是杜凯。这个时段，宿醉小王子杜凯居然能保持清醒，真是奇迹！

刚一接通，杜凯贱兮兮的笑声就从听筒里传了出来："老实交代，昨晚把人家赵老板带哪儿去了？”

这话一出，刚才还迷迷瞪瞪的伍坤一下就从床上坐了起来。

旁边的枕头上有被人躺过的痕迹，空气里也隐隐有着若有若无的酒气，赵文熙却已经不见了！

扯了扯浴袍的领子让自己透了口气，伍坤说不上来此刻到底是失望还是庆幸。他显然忘了电话那头还有个人，被忽略的杜凯自然不乐意，在信号的那头吱哇乱叫起来。

“怎么了？你该不会是把人家给那个啥了吧？”

伍坤没好气地说：“没有。你想啥呢？”

“那抱抱总有吧？”杜凯倒是看热闹不嫌事儿大，好奇心爆裂，什么都想知道。

“也没有！”伍坤没好气地拍了拍脑门，昨晚赵文熙睡着之后就揪着自己的浴袍不撒手，搞得他想走都走不了只能躺在旁边。熬到四点多他眼皮重得实在顶不住就睡着了，连赵文熙什么时候走的都不知道。

吃不到瓜的群众很不甘心：“哇，你行不行啊你？连个亲亲也没有？”

伍坤瞬间就沉默了，他的思绪很乱，满脑子迷茫亟待解决。那个吻，没有情欲，没有缘由,他甚至不知道自己为什么要吻下去，吻了会有什么后果……还有，赵文熙会记得吗？她是因为那个才悄悄离开？她那句“我好想你”，想的又是谁呢？……

他的沉默让杜凯的音调瞬间提高了八度：“哎呀？不说话就是有咯？你完了你，昨天就觉得你不对劲儿！我还以为你是单相思，没想到你小子有两下子啊！怎么样？她有没有什么表示啊？”

伍坤靠在床头，看着昏暗的房间一阵迷茫，好半天才哑着嗓子说道：“她直接睡着了，我醒来她就不见了，表示什么啊？”

“还真是男女都一样！”杜凯一副过来人的口气，“不过你也别难过，人家是去医院了！昨天被她开瓢的那男的脑袋上缝了六针，吵着要报警要赔偿。小V说你家那位早早就过去了，总不能真把事儿闹大吧！”

“现在什么情况？”伍坤一下子就紧张了起来，“那个人喝点儿酒就招惹女人，他还有理啦？”

杜凯笑得十分江湖：“放心吧，你家那位过去直接甩了好几万，那人乐得跟什么似的。说到底，打人终究不占理，能早点儿了事还是好些。”

伍坤本想说别让我逮到那个人，不然见一次打一次！转头想想这么一说又要被杜凯嘲笑就索性不吭声，翻身下床往浴室走。“解决了就行，那就这样吧，我收拾收拾上班去了。”

杜凯又是一阵揶揄：“哟，恋爱了就是不一样了呢，哈哈哈……”没等他笑完，伍坤就挂断了电话，恨恨地把手机扔在洗手台上。

浴室还是昨晚自己用过的样子，洗手台上的牙刷、牙杯、牙膏用了一套，一条毛巾扔在一旁。摸起来还有些湿润，看起来赵文熙只是简单洗漱就离开了。

是怕吵醒自己，然后气氛尴尬？

伍坤一边拆了牙刷的包装一边胡思乱想着，刷到牙都出血了才反应过来，扔下牙刷抓起手边的毛巾就擦掉了唇角的泡沫。

擦完他才反应过来这是赵文熙用过的毛巾，鬼使神差般地又擦了一下。看着镜子里莫名带着笑意的自己，他忽然想到了杜凯的话：是有些不对劲儿了啊！

靠着经年累月形成的超强生物钟，赵文熙七点就醒了，哪怕宿醉也不例外。可意外的是，睁开眼睛看到的是伍坤的脸，这就比较惊悚了。

她知道自己酒品不好，她平时就算再压力大也都很克制。要不是昨天实在是心情极差，她才不会这么放任自己喝醉。等她从床上坐起来，昨晚怎么去的“夜色”，怎么喝的酒，怎么被人搭话，怎么打的人，后来莫名其妙到了这房间以后，怎么抓住伍坤啰里啰嗦抱怨了一堆，她已经全都想起来了……

大致记得过程，她就淡定了不少。看看身上的衣服，她知道伍坤并没有对自己做什么，自己应该也没有对人家做什么吧……

一大早去医院处理昨晚惹出的乱子时，赵文熙的脑袋晕，胃也空，饿得有点儿发疼。这阵子跟着伍坤那一天吃四顿的主儿，进食变得规律了不少，以前几乎隔天就会疼一疼的胃总算是消停了一阵，可现在……

刚搞定了医院的事，韩娜通知她去16楼开会的电话就打了过来。一问召集开会的是薛一行，赵文熙就知道这会的意义所在了。

刚接手三部，那帮子销售有老油条有小新人，各个都有自己的小算盘，短时间内彻底改革几乎是不可能，怎么能维稳，让三部业务不乱码才是重点。有薛一行坐镇，赵文熙的接手或许能变得顺利一些。

三部几个老人手并不好对付，薛一行刚宣布了开会主题，跟着孙培文多年的销售周强就先跳了出来，张口就是一堆质疑。“公司怎么安排我们没异议，可原先孙总跟渠道上各个酒店的关系都处理得很好，现在忽然换人，恐怕会有业务断层……”

他正说着，办公室的门就被推开了。伍坤从外面先探了个脑袋进来，嘿嘿一笑就整个人钻了进来，默默找了个椅子坐在边角上。

他这一进来算是个小插曲，那先行发难的周强接着说道：“不只是渠道维护问题，原先很多订单也都是孙总亲自定对的，现在连交接都没有，我们实在不知道该怎么开始新工作。”

伍坤一听这话就生气了：“没了孙培文你就不会干活儿了？这么喜欢孙总，你咋没跟他一起走啊？”

“伍坤！”薛一行打断了他的话，表情看起来十分严厉，“不许胡说！”

被这么当众呵斥，伍坤刚要回嘴就看到赵文熙冷冷地瞪了他一眼，吐槽的话立马就咽回了肚子里。

面对一屋子人，赵文熙缓缓说道：“我知道大家对于我兼管三部有情绪，烂船也有三千钉，不管孙培文做了什么，他在业务三部也确实有付出，我从没想过抹杀他的功劳。不过，销售部门拿着全司最高的薪资，拥有各种特权，我一直以为能吃这碗饭就都是聪明人，现在看来你们的职场中诉求居然是为了交朋友？不服我没关系，请不要把情绪带到工作中。公司请各位来是解决问题，而不是把问题整理出来等公司解决！”

她环顾全场，话音掷地有声：“我赵文熙这人很简单，你业务能力强，我保你有肉吃；你要放弃公司的平台去追随朋友我也不拦着！愿意跟着我的，轻松舒服我不能保证，但是各位只要足够努力，你们的薪资、福利、分红，我可以保证比以前只多不少！”

这话说得坦诚，销售口业务员哪个不是每天忙得四脚朝天？高付出能换回高回报，这才是根本。跟着赵文熙有肉吃，这也绝对不是她在吹牛！

这一番连哄带吓唬，那二十几个大小销售算是彻底没了声音。赵文熙看了一眼薛一行，薛一行笑了笑挑挑眉毛，看起来还算满意眼前的效果。

“三部当前所有业务延续之前有序进行，周强今天下午建一个群，把三部所有人包括我拉进去。下周三之前，我要收齐所有人第三季度工作计划表。在座各位每天的工作日志下午六点之前全部发到群里，我统一查看。清楚了吗？”

伍坤习以为常，三部所有人听到这种安排工作的方式，都忍不住连呼吸都放缓了一拍，生怕这时候被女魔头抓了典型！

搞定了“和睦”的同事关系，赵文熙颇为满意地散了会，一边跟薛一行说话一边往门口走，看都没看伍坤一眼。

伍坤也不生气，一脸笑意地就凑了上来：“你没事了吧？头疼不疼？我跟你说哦，昨晚……”

没等他说完，赵文熙就冷冷地看着他，眼神锐利得像飞刀一样，说话都是压低了声音咬牙切齿：“能不能闭嘴？”

见伍坤立马委屈地像个小媳妇一样不吭声，一旁的薛一行不由得挑高了眉毛。他这些年光主持的婚礼也一两千场了，见过的年轻男女多到没个数，哪能看不出伍坤的小心思？

这小子摆明是对赵文熙有意思！但看赵文熙的反应又不像是对他有意思。薛一行笑起来，小年轻你追我赶兜兜转转，若是有缘分自然能走到一起，或许也是一件好事。想到这儿，他了然地笑了笑，正打算说些什么，电梯门就已经打开。

“薛总您上去吧，我就一层，走楼梯。”赵文熙跟薛一行说了声就独自走进了安全通道，从头到尾看都没看伍坤一眼。

眼下这情况，伍坤再迟钝也能感觉出来赵文熙对自己的冷漠，心里不免有些失落，但还是苦着脸看了一眼薛一行，赶紧跟了上去。

等他走进办公室，赵文熙已经在拿着电子画板做设计图了。不过，她今天明显有些心不在焉，每一次下笔似乎都不满意，笔触还特别重。

一次次地重画让她眉头皱地更紧，整个人像是有个贴了“生人勿近”字样的超强结界。

说来也奇怪，其他女孩熬夜久了脸色暗沉冒痘油光满面，这位大神明明宿醉，平时作息时间又那么奇葩，连妆都懒得化，看起来却连黑眼圈都没有，还是白白净净的，以前怎么没发现她这么好看呢？

意识到自己在想什么，伍坤不由得打了个寒战。难道自己真的喜欢上赵文熙了？那，赵文熙对自己有没有那个意思呢？

他这一通胡思乱想，眼神就难免空洞了起来，赵文熙被他直勾勾盯了半小时后终于忍无可忍：“你一直盯着我干吗？”

伍坤才算是回了神，随口找了个话题：“哦，我就是纳闷，你昨天到底怎么了？”

赵文熙知道他会提起昨晚的事情，但现在亲耳听到，还是犹豫了半天才说道：“昨天心情不好多喝了两杯失态了，也说了些不合适的话，你当没听过就好。”

“你还记得？”伍坤一听这话瞬间瞪圆了眼睛。

赵文熙点了点头：“怎么喝的，怎么打的人，还有跟你说了些什么，我都记得。”

伍坤一下子就从沙发那儿蹿了起来，走到办公桌前面注视着赵文熙的表情：“你真的全都记得？”

赵文熙一看他那表情心里不由得“咯噔”了一下，这小子看起来不太对劲儿，难不成自己真的说了什么奇怪的话或者做了什么出格的事，然后给忘了？想到这儿，赵文熙一边努力回想昨晚的情况一边说：“大部分我都记得啊！我记得跟你抱怨了很多，也说了一些私事，还扯了你头发，后面我就没印象了，应该是睡着了。”看到伍坤这明显有些失望的表情，她瞬间变了脸色，“该不会是……

我对你做了什么吧？”

伍坤其实已经听明白了，合着这女人能记得整个发酒疯的过程，偏偏是忘记了那个吻，也忘了吻之前的那句话！

他现在也弄不清楚到底对赵文熙是什么感觉，但现在这种剃头挑子一头热的感觉，真的是糟糕透了。看着赵文熙一脸紧张兮兮的表情，他强迫自己露出一个笑容，用她熟悉的欠揍表情说道：“你又哭又闹还抓我头发还不过分？你还想对我做什么？就知道你这女人对本少爷有非分之想！”

赵文熙看着伍坤还是那副欠扁的样子，瞬间就放松了不少。“我跟你说的那些你敢透露出去一句你就完了！”

她本以为伍坤会还嘴，那家伙却两步就绕到她旁边，一把夺了她手里的画笔，架着她的胳膊就把她从椅子上拖了起来。

“你干吗啊？”赵文熙一下就急了，“又发什么疯？”

“我饿疯了！”伍坤一边把她的手机扔进小包里挂在自己肩上，一边从背后两只手握着她的肩膀把她往门的方向推，“昨晚折腾我一宿，赏赐你陪小爷吃顿饭当赔罪！”

赵文熙连骂带挣扎统统不管用，伍坤一只胳膊搂着她的肩膀，直接把人跟绑票似的弄到了公司一楼餐厅包间。

看着服务员一脸震惊的表情，赵文熙一边打掉伍坤搂着她不放的爪子，一边没好气地说道：“我还以为你要请我吃大餐呢！合着还是我结账是吧？”

伍坤一边给她把椅子拉开一边说：“让你陪我吃饭而已，哪会让你结账？我现在又不离家出走了，我有钱！”

赵文熙嗤笑道：“拉倒吧，这顿我请，昨天的事两清。不过全市三星以上酒店，我吃饭基本都免单，只有公司餐厅我签字谭海洋是要从我账上扣钱的，你小子还真会挑！”

伍坤哪能想到还有这一出，抓了抓脑袋立马对着服务员说："小美女，今天你可没看见赵总啊，这单我结账，知道了吗？"

服务员哪知道他俩这是在闹哪一出，这会儿简直想落荒而逃，一边狂点头，一边放下菜单就飞快地闪去准备水壶。

拿着菜单，赵文熙连翻都没翻开就低着头划拉手机，伍坤一看她这状态，立马就伸手把她的手机给顺了过来，屏幕朝下扣在一旁。"吃饭就吃饭，最讨厌吃个饭一直看手机的了。你能不能好好看看菜单？想吃什么随便点！"

赵文熙简直无语，呼了口气蹙起了眉头："公司餐厅的饭，我闭着眼睛都能知道有些什么，哪个菜是什么味道，还用看菜单？你自己想吃什么，点就行了，我一点儿胃口都没有，随便吃点儿就好。"

伍坤倒是笑了起来："开会时那么彪悍，我还以为你要吃人呢！"

赵文熙一听这话却来了气，一边让服务员给她拿点冰块一边吐槽："薛总想让我跟他们搞好关系，可那关系是一天两天能搞好的？如果我现在让步，没等关系搞好，三部的业务就停摆了！"

伍坤点点头把菜单也合上，对服务员说道："别给她拿冰块，喝凉的不好。"

"说实话，你平时真的是太绷着了。你工作能力强，这大家都认可，可是再会给公司挣钱，成天凶巴巴的，那谁能看到你的好？你要是平时也像昨晚睡前那么坦诚，那么可爱，那人缘儿肯定就好多了！"他这话一出，服务员给他倒水的手都抖了一下。

"你胡说什么呢！找抽啊？"赵文熙一口柠檬水差点儿喷出来，看着服务员一脸惊慌的表情，她恨不得立刻扑上去撕了伍坤的嘴！

伍坤这个罪魁祸首却浑然不觉，一脸理所当然的表情说道：“我又没说错！你真的应该多笑一笑，你笑起来真的好看！”

这下可好，赵文熙和服务员两个人都是一脸生无可恋——赵文熙是气，服务员却是怕！听到这么劲爆的话，自己还能不能在这儿干下去啊？

看着服务员落荒而逃，赵文熙忍了又忍才没把柠檬水直接泼到伍坤的脸：“你说话那么不清不楚，很容易让人误会！”

伍坤倒是一脸不以为然：“我关心你啊！你要是嫌我没说清楚，那一会儿她进来了我再跟她解释解释？”

尽管给顾向北干活儿实在令人心烦，但赵文熙还是尽快搞定了设计图，把报价单和流程方案PPT打包在一起，完成了整个方案。

设计图以白色、绿色为基调，着重体现风车元素，呈现梦幻童话般的视觉效果——与三年前她和顾向南的婚礼异曲同工，但是更为繁复。

大大小小各色风车装饰遍布全场，体现在花艺、椅背装饰、甜品台等各个方面；尤其是主背景设计的大型风车造型，用各种风车形状进行叠加，使得整个婚礼主题十分突出。

伍坤现在虽说还称不上内行，但看着设计图上呈现的效果，还是觉得十分亮眼：“这个图很好看啊！效果图看起来很梦幻，可是工作量有点儿大吧？那么多地方要用风车，时间这么赶，感觉不太好实现啊！要不干脆把风车量往下减？拿鲜花凑？”

赵文熙其实也在发愁这个问题，风车婚礼是她三年前的创意，当时光大大小小的风车就用了近两千个，作为背景的大型风车向婚礼道具厂直接订制，其他的实在市面上找不到合适的，只能买了心仪颜色的彩纸，整个执行部齐上阵还整整折了好几天才完工。

赵文熙叹了口气：“顾向北是冲着我来的，他恨不得把三年前那场重现一次，量太少过不了关的。我这也是自作自受。我自己当年的矫情，现在成了折磨我的大麻烦。”

“女孩子对婚礼有幻想很正常！”伍坤目光炯炯，说话也是掷地有声，“赵文熙，你没做错什么！而且，他不是要看你难堪？那就让他好好亮瞎眼！”

他翻出手机一边划拉一边说：“杜凯好像有个哥们儿家里是开玩具厂的，这种塑料制品或许他能帮上忙。你也赶紧联系道具厂，看能不能加班赶工。”

他这难得的靠谱让赵文熙瞬间没了话，一时之间竟真的觉得踏实不少。

“愣什么啊？都几点了，今晚还想不想睡了？”伍坤一边跟杜凯唠嗑一边还能顾上支使赵文熙。不过他这话暧昧不明，电话那头的杜凯直接变成了“尖叫鸡”：“出息了啊伍坤，我还以为就你那钢铁直男的德行，至少得单身到40岁呢！”

伍坤把手机拿远点儿：“你能不能正经点儿？我这还加着班呢！赶紧给我联系人去！”

对赵文熙他们来说，一两千个风车算是很多，可对玩具厂来说不算什么大订单。杜凯那哥们儿也是个浑不懔，根本懒得管家里的生意，一开始一听这活儿都懒得接。

不过，幸亏有个杜凯在中间发光发热，不出十分钟，伍坤就已经跟玩具厂那位少爷谈妥了风车的事。

他这儿给力，赵文熙也没闲着。合作的婚礼道具厂是多年的关系，一说要定做几组大型风车，立马就是满口答应。虽然说是在典礼当天的凌晨才能把道具送过来，但好歹也算是解决了大麻烦。

尽管这厂子还算靠谱，赵文熙还是跟花艺部打好了招呼，一旦大型道具到不了，备选方案就是用PVC板制作一些大号的风车。质感虽然没有道具厂出的精致，但是效果还是可以的。

解决了风车，剩下的鲜花、设备、照摄像和甜品等也基本落实。赵文熙挨着个儿的给各部门总监联系，很快就搞定了所有的物料和人员，只要合同一签，立刻就全部到位。

不到晚上九点，所有的准备工作已经完成。伍坤开始吵着要一起出去晚饭，赵文熙刚准备关掉电脑，手机就响了起来，居然是老妈在给她发视频邀请！

一看这情况，伍坤直接就冷下了一张脸，气呼呼地走到她对面隔着办公桌坐下，开始百无聊赖地玩手机。

赵文熙无奈地摇摇头，接通了视频。画面里老爸老妈都在，中间还坐着个小孩儿，正是她四岁的小外甥浩浩。

“熙熙呀！能看见我们吗？”

赵文熙上次和老妈通话已经是半个多月前的事情，那天是老妈的生日，她却弄得老妈很不高兴。这次在视频里看到，总觉得心里多了几分愧疚，不由得就努力加大了嘴角的弧度，笑着说道：“能，姐回去了？”

老妈摆了摆手，挺虔诚地盯着手机，时不时还调一下手机的位置。

“没有，她这两天单位忙，把浩浩带过来让我看几天。浩浩，叫姨姨！”

小孩子可没那么听话，不仅不肯叫，还一个劲儿要抓手机玩，弄得老两口哭笑不得。

赵文熙看着手机里的画面，心里不由得软了一块，柔声说着：“浩浩，你不喜欢姨姨了呀？怎么不理我？”

浩浩还是不说话，老妈一边摸着孩子的小脸一边接过了话茬儿：“熙熙，我还是得跟你说上次的事情。李阿姨家的那个小虎，我真的觉得你可以考虑一下……”

她这话刚出口，赵文熙就被一声巨响吓了一跳。她抬头一看才发现，刚才还缠着她要去吃饭的伍坤，竟然“不小心”把自己的手机给摔在了办公桌面上，“砰”的一声，吓得视频里的老爸都一个劲儿问：“怎么啦？没事吧？”

赵文熙瞪了伍坤一眼，赶紧对着手机说道：“没事没事，桌面上东西翻了。爸妈，我过阵子就回去看你们啊，这会儿还忙着呢，先不聊了啊！”

爸妈哪会不知道她的小心思？可隔着这么远，想见一面都费劲，也只能这样了。

挂了视频，赵文熙还没对伍坤发难，伍坤倒已经一脸调侃地说道：“怎么？家里催你回去相亲啊？”

赵文熙自然是一脸的没好气：“关你什么事！”

伍坤倒像是挺受伤，蹙着眉头说道：“小熙熙，你也考虑考虑我呗！”

看着赵文熙冰冷的眼神，伍坤瞬间庆幸自己刚才的语气就像是开玩笑一样，或许才不显得尴尬。

其实，他也不知道自己想赵文熙有什么反应，自己对赵文熙这一点点好感，又会不会得到回报呢？

迅速地调整了脸上的表情，他以戏谑代替了伤感：“哇，你不是吧认真了？我开玩笑的，你不会真以为我喜欢你吧？”

赵文熙一听这话，冰冷的表情倒是有了缓和，一边关掉电脑一边说道：“是开玩笑就好。”

她这话跟刀子似的，瞬间就在伍坤心上划了一道深深的口子，鲜血淋漓，脸上却只能是笑容。

玩笑不好笑，关门、走人、吃饭、各自回酒店房间，两个人都再没笑过。

赵文熙见惯了客户，很懂得察言观色那一套。从中午到晚上，伍坤的反应都很反常。尤其是那个“玩笑”之后，他强颜欢笑的表情，明显得让赵文熙想不发现都难。

难道，这个小男生真的喜欢上自己了吗？真是麻烦……

现在的自己，早就已经变成了钢筋铁骨石头心，除了工作还能让她有存在感，其他……她不想，也不愿意去想。

签合同的时间很快就到了，约好了是十点碰面，顾向北九点半就已经到了一楼大厅。赵文熙让前台请他到办公室，他二话不说就上来了，甚至不等赵文熙讲解设计方案，就一个劲儿催着问在合同的哪个位置签字，整个签约过程顺利无比。

“赵总，合同我签了，可如果我到婚礼现场还有什么要加的项目，还可以协调是吧？”

顾向北这话说得客气，但还是让赵文熙心里瞬间就没了底。可毕竟客户是玉帝，顾向北这一个单子直接签了近八百万，就算是到时候真提出再加项目，她赵文熙也只能是全力以赴。

赵文熙想了想，决定还是最好不要接他的话：“因为时间太紧迫，所以现在的规模已经是我们在签约之前就提前落实物料之后才敢承揽，可如果您临时要加的项目过多，到时恐怕时间是真的来不及，有心无力。”

“这个你放心。”顾向北笑起来，“我自己的婚礼，我肯定想尽善尽美，你这个方案我是喜欢的，只是回头到了现场，可能会有一些小细节需要调整，不过肯定不会是太过分的那种。”

话都说到这份儿上了，难得顾向北今天不为难，赵文熙只好点了点头：“好吧。典礼后天举行，因为涉及的鲜花和物料比较多，我们会在明天加紧布场。后天上午十点之前，您要是有任何想要修改的细节都可以告诉我，我尽量处理。”

顾向北点点头：“那我去财务那边补余款。”

起身送走顾向北，赵文熙的眉头就再也没有放松过，她回想着刚才谈单时的种种细节，总觉得有种不对劲的感觉，但是细想又毫无头绪。

但是……太顺利了，顺利到了反常的地步。以顾向北之前表现出来的那副样子来看，他不可能就这么轻轻松松地把一个几百万的业务交给自己，这里面肯定有问题！

赵文熙逐行地定对了合同上的每一个细节，结果还是一样毫无异样。她这才长长呼出一口气，把自己深深地陷进沙发里，感觉血液从头顶缓缓流向了四肢，谈判时那种麻木感终于有了些许缓解。

现在的她就像是处于黑暗之中一样，知道有危险却不知道危险在哪里、何时会出现，简直令人抓狂！

尽管千万个不乐意，时间还是推着人往前走，令人崩溃的布场日终于到了。不论婚礼大小，布场日总是让人特别忙碌，就算赵文熙这种身经百战的主儿，也忙得脚不离地一刻不得清闲。

绿油油的草坪上奔忙着几十名工作人员，他们有的来自“爱慕”本司，也有的来自供货商，现在都在加紧赶工。

伍坤一上午都在和执行部的同事一起组装风车，每一个小风车都需要手工组装到配套的杆子上才行。几个人弄得手都红了才装了二百来个，没装好的风车还有好几箱。在这种机械的组装之中，所有人都陷入一种死去活来的境界，两眼无神如行尸走肉。

直到中午放饭，伍坤才像回了魂一样，拿了两份盒饭奔着正在Truss架跟前盯着全场的赵文熙。

赵文熙正抓着对讲机训话：“执行部，提醒你们的人挂灯串的时候能不能小心一点儿？这些树很贵，弄坏一棵要赔好几万！还有草坪，别把乱七八糟的包装纸和物料垃圾弄进草皮里，到时候很不好清扫，你们要一点一点拣出来吗？”

刚放下对讲，她又对着设备部调音响的工作人员说道：“今天谁调大屏？人呢？”

对方一看她那一脸严肃，擦了一把脑门上的汗战战兢兢地回话：“赵总，今天是我们总监亲自调大屏和灯光，可顾总那边今天在凯瑟酒店有典礼，规模还挺大，非得缠着我们头儿过去，估计得到两点才能完工，头儿说了，只要那边典礼一结束就立马赶过来！”

又是顾星明！顾向北是他们家亲戚，现在明知道这边布场忙不过来，还故意来这一套，简直卑鄙得可笑！

赵文熙手里的对讲机都让她捏得“咯吱”作响，吓得那音响师脸皱巴地跟倭瓜似的，连大气都不敢喘。

伍坤一手拿着盒饭一手抓着赵文熙的胳膊把她拉出调音台说：“先吃饭，吃饱饭骂人更有劲儿！”

伍坤这横插一杠，音响师算是松了口气，巴不得“女魔头”赶紧走人。赵文熙立马皱起眉头：“吃什么吃？没看还有多少活儿没安排吗？”

“你不吃别人也要吃，活儿再多也不差这半小时吃饭时间。”伍坤哪管她这一套，直接就搂上了她的肩膀，强迫她跟自己走。

“我没胃口！”赵文熙简直说罢就挣脱了伍坤的束缚，转身就要往回走。

伍坤见她要跑，立马就揪住了她的领子把她扯了回来：“管你有没有胃口！赵文熙，你的人缘就是这么被你自己败坏掉的！现在哪个人也都没闲着，大家都在拼尽全力！你这么火急火燎催得他们连个喘气的时间都没有，你觉得合适吗？你是这场的策划师、主心骨，你绝对不能乱了阵脚！”

一听这话，原本还在拼命挣扎的赵文熙瞬间安静下来，好半天才闷声开口：“我也不知道我到底是怎么了……”

伍坤被她说得心里一动，拉开车门让她坐进去，看着她的眼睛认认真真地说道：“这一仗你才不是一个人，咱们无论如何都得撑下去！”

男女之间有没有爱情火花，任何语言都有可能骗人，唯有动了心的眼神，根本藏不住半点儿秘密。

看他眸光流转，那一眼看过来浓烈的情意，哪怕只是一瞬间，也让人无法忽略。如果之前赵文熙还可以骗自己，伍坤那种种的小暧昧也许只是开玩笑，可现在就算她再迟钝，伍坤那晶亮的眼眸中传递的情感，都让她心里为之一动，整个人都僵硬了起来。

这不可以！绝对不可以！且不说现在的她根本不想跟任何人有牵绊，就算是真的妥协了，遵从家里的意思找个人嫁了，那个人，千算万算也不会是伍坤啊！

所幸的是，或许伍坤感受到了她的尴尬，立刻就撇开了眼神，把还留着余温的盒饭塞进她手里，催促着她吃饭。

赵文熙眨了眨眼，赶走那些不应该存在的柔软情绪，把饭盒打开摆在腿面上，闷不吭声地吃了起来。

还没吃几口，她像是想到什么一样，十分麻利地就掏出了手机。刚解开手机屏幕，她的手机就被从背后伸过来的大手给抢走了，不由得蹙起眉头：“你干吗？手机还我！”

“偏不给！”伍坤一边把手机塞在口袋一边闷头吃饭，“吃饭的时候不许玩手机。”

赵文熙立马急了：“你说我就得听？谁是谁助理啊？赶紧给

我，我得看一下天气预报！”

伍坤连头都没抬：“这几天的天气预报我都看了，今天高温，明天多云，没有降雨也没说有风。放心吃你的饭！”

他这话一出，赵文熙倒是愣住了。草坪婚礼最怕就是天气问题，不只是需要婚礼当天好天气，哪怕婚礼的前一两天有雨，都会让草皮变得泥泞，很影响婚礼的效果。

一般像这种事，她都会在婚礼前一周开始盯着天气预报，一旦觉得有隐患好及时跟客户进行沟通。

可这次，伍坤竟然比她快一步！

伍坤接下来的话，就更让她刮目相看了：“也不能大意，这个季节阵雨多，今天这么热，难保不会下雨。今天早上从公司过来时，我从餐厅借了一大卷一米多宽的保鲜膜，设备部也带了防水膜，万一有特殊情况，咱们把典礼要用的草坪那儿铺一下，起码不会和稀泥。”

伍坤原先是多么不靠谱的人，现在花这么多心思在这场婚礼上，着实让赵文熙不敢去想。她挤出一个笑容，微微点点头说道：“谢谢。你想得很周到。”

伍坤却没有像平时一样那么得意，只是尴尬地笑笑：“应该的。”

什么是应该？什么又是不应该？赵文熙没问，也不知道该怎么问起。现在的这种说不清的感觉让她不舒服，尤其是当伍坤看着她的时候，原先单纯如白纸的眼神，现在总是多了些说不清道不明的东西，让人不安。

好在现场的一切都还算顺利。吃完饭没一会儿，设备部总监就赶来了，三下五除二调试好了大屏灯光和音响，就开始对着流程单开始安排流程音乐。

有伍坤这“歌单小能手”在一旁帮忙，这项工作也很快就完成了。

而因为是赵文熙的场子，各个部门包括供货商的工作人员都没人敢偷懒，软装部分包括几组迎宾墙、签到台、提琴区和最重要的主仪式区都很快完成了基本的布置工作。

三点钟，花艺部的车就早早到了现场，他们先是支上了一个超大的遮阳伞棚，防止太阳晒干花材；又在伞棚下面铺开一大张塑料膜布垫着，防止花瓣、叶子之类的垃圾掉在草坪上；然后就开始一桶一桶地把成扎的鲜花、泡好的花泥还有各种瓶瓶罐罐的花器往塑料布上搬。

做好了准备工作，十几名穿着印有“爱慕花艺”字样工作衣的大小花工，就已经各自拿起花材，井然有序地开始了漫长的工作，

下午一直到晚上都是花艺部的主场，但其他人也是清闲不得。每个人手里都拿着一大兜子大小风车，往所有的花艺和装饰部分添加风车装饰，以确保婚礼主题的统一。

伍坤这会儿已经成了革命一块砖，哪里需要往哪搬。他先是帮着执行部摆好了那几百把藤椅；然后又帮着把签到区的长条桌摆好，用大头针把桌布固定地整整齐齐；音响灯光大屏设备搭建好之后，那一大堆空着的航空箱也不能堆在草地上压坏草坪，他和设备部几个年轻后生费了九牛二虎之力，才把那几十个航空箱挨个儿抬到远离婚礼区域的场地管理员办公室。

等他手里托着两组迎宾区花艺，粗声粗气地问在一旁对着执行单确认花艺数量的赵文熙“这些放哪儿”时，他整个人都像是刚洗了个澡一样，连头发都在不停地往下滴着汗。

赵文熙觉得自己一定是出了什么问题，自己的心似乎有什么不一样了。

以往看着这种所有人拼了命赶工的情况，她都会觉得习以为常。可今天，她看着那一个个带着疲惫、带着汗水的脸庞，竟然会不由得红了眼眶！

为了确保夜间还能正常工作，设备部在六七点的时候就往Truss架上吊了几个照明灯，就连缠绕在周围树上的灯串也亮了起来，看起来倒是多了几分浪漫的感觉。

工作人员已经走了很多，设备部留了两个人守夜，剩下的人就赶去其他场地干活儿了；执行部不到下午五点就干完了自己的活儿，分批离开了场地。

等到了晚上九点，还在现场坚守阵地的，基本上就只剩下了赵文熙、伍坤，还有花艺部的几个花工。

赵文熙这会儿还保持着那种箭在弦上的紧迫感，她每隔半小时就问一次道具厂那边的经理，那几组大型道具到底什么时候能送到。

在赵文熙第N次打电话，又第N次冷着脸失望挂了电话之后，伍坤终于忍不住伸手把她从仪式区给拖到了帐篷跟前。

这是他自己带来的双人帐篷，支起来的时候还被花艺部几个小姐姐笑了半天，说他搞什么小浪漫，这会儿天一黑，倒是谁也想在他的帐篷里歇会儿。

好不容易等到轮班休息的花艺小姐姐从帐篷里出来，伍坤赶紧把赵文熙给塞了进去，自己则盘着腿坐在她对面。见她挣扎着想要站起来，还胳膊一伸就按着她的肩膀把她生生给按了回去。

“你干什么啊？我这会儿一头事儿呢！”赵文熙烦得要命，整个人都处于暴走状态，恨不得顺着信号把那道具厂经理给掐死，哪有闲心跟他在这儿玩住帐篷过家家？

“赵文熙，你这次真的太紧绷了！”伍坤盯着她的眼睛，表情是十足的严肃，“你以前忙起来也很暴躁，但是都没有这次这么慌乱。你的心乱了你知道吗？这样下去，熬不到明天执行婚礼你就昏过去了！”

让她这么一说，赵文熙这才彻底意识到，自己又一次陷入了对于明天的恐惧之中，带着这样恐惧的情绪，她根本没有办法理智地工作！

想到这里，她颓然地把脸深深地埋在膝盖上，双臂环绕着小腿，试图让自己尽快地平静下来，也努力把已经涌上眼眶的眼泪给硬生生地憋了回去。

或许几秒钟，或许有一两分钟，就在她的眉头越皱越紧的时候，头顶上忽然感受到一只手在温柔地抚摸着她的发丝。

那手很大，大得让她想起小时候爸爸妈妈在她考试得到百分之后，那摸摸头的夸奖；那手也很暖，但那温度又不会让她觉得燥热……

就在她即将要沉溺于这种温柔的安慰之中的前一刻，她终于让理智回到了意识之中，她微微抬起头，那动作很慢，慢到给予她安慰的手还可以在短暂停顿之后才悄然离开。

抬起头，她看到的就是伍坤那说不清道不明的眼眸。她听见他说：“文熙，别紧张，放松。”

她想跟他说谢谢，可嘴张了张却终于还是什么都没说出口。心跳莫名开始变快，这让她不知道到底该说什么、该做什么，就这么傻傻地对视着，旁若无人。

“哎呀呀，我就知道！”

终于还是伍坤打破了这奇妙的沉默，他一边从地上跳起来一边拍着裤子：“最讨厌草坪了，到处都是虫子！讨厌！”

看他一脸嫌弃，原本绷劲了脑神经的赵文熙忍不住嗤笑起来：

“谁让你坐地上的？”

说着，她拍了拍身旁的位置，抬头看着伍坤说道：“知道带着帐篷，不知道自己坐？活该你被虫虫咬！”

或许是她说“虫虫”的时候口气太可爱，或许是帐篷太小，装不下这几乎要溢出来的情绪，伍坤一边假装嫌弃地坐下，一边就悄悄红了脸，甚至尴尬地咳嗽了几声。

为了缓解尴尬，伍坤一边挥手驱赶着两人身边乱飞的蚊虫，一边装作无意地问：“其实我一直想问你啊，为什么一定要草坪和风车呢？你喜欢荷兰？”

赵文熙这会儿倒是平静了不少，平静到伍坤甚至都以为她不想要回答这个问题的时候，她才揉了揉鼻头摇头说道：“荷兰虽然是风车出名，但是我更喜欢丹麦的风车。从小到大，我都很喜欢安徒生的童话故事，也一直对那里的风车情有独钟。丹麦的海上风车园你知道吗？有了风车，怎么可以在室内？小美人鱼在海里会变泡沫，所以就干脆给她漂亮的草坪啊……是不是很矫情？”

“哪有？”伍坤笑了起来，“每个女孩子都会有这种童话公主梦，可能你是她们里面执行力最强的了吧。”

这下赵文熙也跟着笑起来：“早知道我当初的矫情会让现在的我受这个罪，我就直接选旅行结婚了！”

“我当你不知道后悔呢！”伍坤调侃着，紧接着调侃中又带了几分真心，“其实知道后悔就是好事啊，起码会让你知道人总是要朝前看的，未来比过去重要。不管是亲情友情还是爱情，只有把你的心打开，你才能感受到别人对你的爱！”

他这话一出，赵文熙的笑容就渐渐地变成了哀伤：“我的过去一塌糊涂，未来……就连我自己也看不到。或许几年后，我还是像现在这样终日忙碌；或许我会妥协，回老家随便找个人嫁掉，稀里糊涂过一辈子，但是什么爱不爱的，对我来说没有任何意义！”

“怎么会没有意义？”伍坤一改调侃的语气一脸认真，“你很优秀，你也很有魅力。如果我跟你说，你会有很美好的未来，你会被人爱，会被人呵护，你怎么看？”

伍坤类似告白的问话，让赵文熙瞬间就慌了神，一时之间真的不知道该怎么回答才好。好在手机铃声及时响起，总算是让气氛可以有一个比较舒服的转折，让两个人都不至于尴尬下去。

电话是婚礼道具厂打来的，按照赵文熙的设计加班加点做出来的大型风车道具此刻已经顺利出厂，正从高速出发，预计三个小时以后就可以运到场地这里来。

赵文熙的心瞬间就放回了肚子里，高兴地连眉眼都柔和了不少。

“背景风车，终于搞定了！”

她飞速地从帐篷里起身，踩着高跟鞋深一脚浅一脚地走到花艺部所在的伞棚那儿，拍了拍手说道：“好消息！背景道具现在已经在路上了，你们做完收尾工作就可以回去休息了！”

尽管加班有费用，但是在此刻听到能回家的消息，还是让花艺部留下的几个女孩都忍不住欢呼了一声。

“这边比较偏，你们不要单独走！公司的车已经回去了，我现在给你们叫个商务车，找两个男孩跟你们一起坐车，你们自己商量好路线，务必保证每个人都能安全到家。”

她抓起对讲开始召唤设备部留下的人，转身走回了帐篷跟前。

“一会儿车过来，你跟设备部那个男孩把花艺部那些女孩都安全送回家，现在已经十点了，让她们自己坐车我不放心。”

伍坤闻言站了起来，给她腾了位置坐下才问道：“那你呢？不走？”

赵文熙轻笑："背景道具一点多才能送过来，我不盯着组装好确认效果哪能走？你跟设备部那个男孩把她们送了以后也就可以回去休息了。这边虽然是户外，可毕竟是滑草场，周围僻静，留一两个人看设备也就够了。"

网约车很快就来了，花艺部几个姑娘已经把伞棚收好，刚才的工作区域也彻底恢复了原状。除了留下看设备的人，其他人都跟赵文熙打了招呼就上车离开。

他们一走，偌大的草坪上就只剩下了赵文熙和一个设备部的男孩。虽说也算是有个伴儿，可是赵文熙"女魔头"的名声在外，有她在跟前，那男孩也别扭。

赵文熙索性走回了帐篷，那男孩如释重负，在调音台那堆了几个椅子躺着就开始和女朋友视频。

"幸亏还有个帐篷。"赵文熙一边嘀咕着一边把帐篷的拉链拉上。停车场离场地有一段距离，走来走去太耗费体力。有了帐篷，她起码可以让自己的脚放松一会儿，也不至于受蚊虫侵扰。

独立的小空间虽然让人身体舒适，却不免开始有了别的烦恼。过了一会儿，各种虫鸣声，还有风吹过树影的声音，就开始慢慢让赵文熙感到害怕。

时间一分一秒过去，正当赵文熙有些睡意的时候，帐篷边就真的出现了一个黑影——有人在向她靠近！

赵文熙赶紧抓紧了手里的手机，抖着身体坐了起来。那忽然出现的人影居然真的停在帐篷跟前，下一刻就把手伸向了帐篷拉链！

就在赵文熙准备把手机砸下去的时候，伍坤的脸就出现在她的视野中。一见是他，赵文熙总算是松了口气，可刚才恐惧的颤抖还是没有停下来。

"吓到你了？"伍坤也没想到她的脸会那么苍白，一边跪在防潮垫上一边用手摸摸她的头顶，“我应该先说话提醒你的，别怕，没事的。”

赵文熙总算是安心了不少，气息也渐渐平静了下来。“你怎么又回来了？不是让你回去休息了吗？他们呢，都回去了吗？”

伍坤点点头：“他们都回去了，都累得够呛，让他们吃个消夜他们也都不肯去，大家都各回各家了。”

赵文熙往一侧让了让给他腾开地方坐下：“你呢？不累啊？今天看你也是忙前忙后的。”

“荒山野岭的，你在这儿我怎么安心啊？笨！”伍坤白了她一眼，把手里拿着的袋子打开，掏出里面热腾腾的八宝粥，还有两样小菜，“赶紧吃吧。一整天你也没吃几口，都不知道你是怎么活下来的。”

赵文熙看了看那粥又看了看伍坤递过来的勺子，沉默几秒才扯出一个笑容，开玩笑似的说道：“你还挺会巴结上司！不过我这人活得很糙的，没那么娇气。”说着就拿起粥吃起来，“多少钱？记得跟我报销。”

“我不巴结你巴结谁？既然巴结了还要什么报销？”

伍坤知道她在故意逃避，不由苦涩地笑了笑：“而且，我觉得你不糙啊，你对同事其实挺细心的，就是对自己不够好。”

温热的食物滑过食道，让胃口妥协，却不够融化冰冷的心。赵文熙蹙了蹙眉头，想说什么，但终究没开口，闷闷地继续吃着食物。

伍坤看她也没有要说话的意思，直接就从帐篷口钻了出去，蹲在门口说：“我在便利店给你买了双拖鞋，你出来的时候换上，你那高跟鞋给人家草坪踩了多少个坑了都？你吃好就睡会儿，不然明天又是半死不活的。我就在外面，车来了我喊你，三点之前别出来乱跑！手机给我，省得你瞎折腾不睡觉！”

赵文熙听他那口气跟管家婆似的，一点儿也不像是要跟她商量，终于忍不住说道：“你小子过分了啊！要求这么多，倒像是我当你助理了呢！”

“你习惯就好！”伍坤嗤笑起来，一边抢过她的手机一边说，“你这家伙总不听话爱钻牛角尖，给你下命令比哄着你好使多了！”

凌晨三点半，道具厂赶制的大型风车终于送到了。经过一个多小时的搭建，一个几乎是神还原丹麦海上风车园的场景，就在这绿油油的草坪上呈现。

“真没想到，跟设计图一模一样！”

伍坤一边惊叹一边看向赵文熙，看她那嘴角淡淡的微笑，说明她对眼前的这最终效果还是十分满意的。

“三叶风车真的很美！”赵文熙目不转睛地看着那些已经在微风之中旋转的风车，眼里满是伍坤从未见过的神采。她像是说给伍坤，又像是说给自己听，“只要有风，它们就可以永远转动，那么美好，那么有活力……”

她这话明显是想起了顾向南，伍坤脸上的笑容瞬间僵硬，直到消散。

他不是可以藏住心事的人，只要确定了心意，也就不会藏着掖着。他想离赵文熙近一点，可他每近一步，赵文熙就会装作没事发生似的往后退两步。现在，中间还夹着个最难搞的已故未婚夫，他简直毫无胜算。

他勉强撑起一个笑容，拍了拍赵文熙的肩膀：“去休息吧。”

赵文熙怎会看不出他的失落？但人总是趋吉避凶怕麻烦的动

物，有些不合时宜的感情，不开始或许就是最好的结果。可惜，有的麻烦，却不是她想躲就能躲得了的。

一大早，甜品台已经布置好，各式各样的主题小点心精致而美味，早早就赶到现场的提琴组已经开始演奏，十点左右就有宾客陆续前来，整个场地逐渐热闹了起来。

大屏已经开始滚动播放新人电子相册，音响也在播放着轻柔的音乐。看着婚纱照上那张与顾向南一般无二的脸，赵文熙总觉得心口堵着些什么，一早上都处于低气压之中，吓得工作人员都是战战兢兢，没一个敢招惹她。

这些人里可不包括伍坤，八点开始，他就拿着豆浆和面包追在赵文熙身后逼着她吃下去；她刚要训斥迟到了几分钟的督导小妹，就被伍坤连拉带拽地拖去调音台确认婚礼流程；她检查布场效果，那家伙又忽然冒出来拿过她的手机帮着拍好了现场效果图，还一个劲儿问她要不要发个微博或者朋友圈……

他这般上蹿下跳，赵文熙气得跳脚却又说不出什么，倒是让一帮干活儿的同事如获大赦，有什么事都让伍坤代为请示，俨然把他当成救命稻草。

赵文熙一上午忙忙碌碌的同时还得躲着顾家人，顾向北去接亲还没到场，他的父母倒是很早就到了，由顾星明陪着在迎宾区接待到场宾客。

但是躲得了和尚躲不了庙，顾向北和新娘终于到了现场。新娘穿着迎宾服跟亲友拍了几张合照之后就去休息间换婚纱了。没等赵文熙硬着头皮去沟通流程，顾向北就已经打发伴郎来找她了。

顾家父母对赵文熙始终冷脸相待，但顾向北今天倒是很平和，定对流程的过程十分顺畅，让赵文熙松了口气。

正当她准备离开时，顾向北却忽然发话了：“赵总这典礼是给我做得不错，但是好像少了点儿惊喜啊！”

他这话被别人听到会丈二和尚摸不着头脑，但赵文熙一听就立马反应过来他的意思。三年前，为了给她和顾向南的婚礼制造惊喜，古灵精怪的顾向北居然穿着一身十分夸张的美人鱼衣服出现，逗得所有人都哈哈大笑。他忽然提起这个是什么意思？

见她一脸戒备，顾向北笑了起来：“想必赵总是贵人多忘事，把那个‘惊喜’给忘了。幸好我已经给你准备好了。”说着，他接过伴郎递给他的一个袋子，一脸笑意地递给了赵文熙。

“曾经我给你的‘惊喜’，今天希望你能给我还回来。怎么样？公平吧？”

一直在不远处看着这一切的伍坤立马走了过来，一把抢过那袋子就伸手进去检查。

“假发、比基尼、鱼尾巴？东西还挺齐的哈！怎么着？顾先生，喜欢cosplay你怎么不自己穿啊？故意整人是不是？”

顾向北倒是笑了起来，眼睛死死地盯着赵文熙：“我就故意让她出丑，有问题吗？”

他看着赵文熙凝重而愤怒的神情，笑得更加开心：“赵总，我找你办婚礼唯一的要求就是按照我哥的婚礼办，当时你也没异议啊！签合同的时候你也说了，只要我对细节有要求，你都会尽量完成，我现在连服装都给你备好了，你这是收了钱就反悔了？”

“你！”伍坤刚要发飙，赵文熙就拦住了他。她直面顾向北挑衅的眼睛，沉声说道：“顾先生，我要负责现场执行，可能没办法……”

“以赵总的业务能力，各个环节早就安排好了吧？再说了，只要你换好衣服来迎宾区站一会儿，到交换信物的环节送一下戒指就好，也不耽误你执行啊！”

这时，来观礼的薛一行缓缓走了过来，一手搭着顾向北的肩膀说道："向北，不要强人所难！"

顾向北笑起来："行哥，你这可就是太护短了啊！这行头当年我穿的时候她赵文熙可是笑得前仰后合的，现在轮到她还我人情就成了强人所难？"

薛一行叹了口气，刚要再劝和，赵文熙已经冷着脸说道；"是不是我穿这个，你就能满意？"

顾向北挑了挑眉，一脸不置可否："我就这么个要求，这都做不到？我真怀疑'爱慕'的服务水准，我也有不少媒体的朋友，要不要给你们免费做个宣传？"

照办就是颜面扫地，不照办他就搞事情，还真是卑鄙！赵文熙一咬牙就拿过了伍坤手里的纸袋，直面顾向北："好，我穿！"

"我替她！"伍坤一把就把纸袋抢了过去，一脸笑意地看着赵文熙，"就你那一板一眼的性格，哪能搞得起气氛来？这点儿小事，当然是助理来就行了！"

"我让她还我人情，你替她算怎么回事儿？"顾向北明显不接受伍坤的说法，一脸促狭地开始揶揄赵文熙，"没看出来，赵总魅力不小啊！还有人上赶着替你丢人现眼呢？"

"说什么呢你！"伍坤气出手奇快，一把就揪住了顾向北的领子，眼里的怒火看起来就像是下一刻就要拳头伺候，吓得赵文熙和薛一行赶紧把他拉了回来。

正当闹得不可开交的时候，原本在迎宾的顾家父母就过来了。顾妈妈一看就知道发生了什么事，立马对着顾向北说道："原本你说让她给你操办婚礼我们就不同意，现在连人喜的日子，也要闹得这么晦气吗？"

她把目光转向赵文熙："赵小姐，这场典礼算是我们还了薛总的人情，可不代表我们忘了当年的事。我恳求你，可以放过我们顾家吗？”这话虽然不带脏字，但也是变相地打赵文熙的脸。

周围的人越来越多，赵文熙瞬间觉得像是挨了狠狠的一耳光一样，眼泪止不住地往下掉，任凭她怎么想控制都控制不了。

那顾妈妈却丝毫没有任何怜悯，而是淡然地笑了起来：“你哭什么？你的眼泪值钱吗？我们可没办法陪你哭，我们顾家的眼泪，三年前就流光了！”

她说话声音不大，却字字都扎心，周围的人们很多都参加过顾向南的婚礼，亲眼看见过当时的情景。他们认出了赵文熙，这会儿全都是冷眼相对，指指点点，窃窃私语。

一时之间，赵文熙成了众矢之的，她仿佛在人群中被扒光了衣服一样，把血淋淋的心摊在阳光下供人们取笑、唾骂……

薛一行终究是看不下去了，拍着赵文熙的肩膀低声说道：“你先去休息一下，这边我来处理。”

他话音刚落，赵文熙就低着头走出了人们的包围，向着音控台走去。伍坤赶紧跟了上去，他不懂这女人到底怎么想的，明明是挺强势的人，被客户欺负不敢反抗，被仇家羞辱都不敢放声哭！成天过的什么日子啊这是？

伍坤忍不住叹了口气：“赵文熙啊赵文熙，你可真是让我长见识了。凶起来是真凶，怂起来也是真怂！你接单子之前就知道那家伙没安好心，现在还一个人在这儿憋屈，你这样不是正合了那个姓顾的心意？”

见赵文熙一点要停的意思都没有，他又接着说道：“你要不要直接回家？我送你回去，反正这边有薛叔叔看着，也出不了什么大问题。”

赵文熙听他这么说很快就擦干眼泪抬起头，神色已经平静如往常，跟刚才那哭得隐忍的样子简直判若两人。

见她拿起流程单，伍坤瞬间火了："你不会是还想执行吧？地球离了你不转了吗？就算没有人，他顾向北该结婚还是结婚，一点儿事儿都不会耽误！"

"我的业务，我不执行谁执行？"赵文熙直视着他的眼睛，"不是你说的吗？我是策划师，是主心骨，绝对不能乱了阵脚？"

"你什么时候这么听我的？"伍坤简直无语，"我反悔了成吗？我不想看着你被那人欺负行不行？你怎么这么轴呢你？我真的是疯了才会喜欢上你！"

他这话一出，两个人都愣住了。尽管这几天有些察觉伍坤对她好像有些不一样了，但是突然到来的表白，足够让赵文熙震惊。她实在没想到，这家伙居然会这么大刺刺地说出来！

伍坤也懵了，他虽然没打算藏着掖着，但还真没想过在这样的情境之下，在自己刚刚确定自己的心意时对她说出喜欢，这真的是有些不合时宜！

"我……"他想说些什么，但终究还是不知道如何开口。

赵文熙用手揉了一下眉心，淡漠地笑着："有些玩笑，是不可以跟上司开的。刚才的话，我就当没听过。"

伍坤看着她冷漠的脸，懊恼地抓着自己的头发，简直恨不得给自己一巴掌。

难道，真的像是杜凯说的那样，得先把自己变成她喜欢的样子慢慢渗透，才有可能抓住她的心？可是，伍坤本就是不按常理出牌的性子，就算装乖又能装几天？那样如果成功，她喜欢的是原本的自己，还是伪装出来的假象呢？

小小插曲阻挡不了婚礼进行，不知不觉，婚礼已经进行到了交换信物的环节，主持人用浑厚磁性的声音说着串词："一对有缘人的爱情需要两个人共同相守，需要各位亲友的诚挚祝福，还需要有象征着承诺的指环来见证。小小的圆环没有终点，预示着一对新人爱情的圆满！朋友们，让我们欢迎美丽的天使，来为一对新人送上他们爱的信物，有请！”

赵文熙用对讲机说道：“督导拿好戒指登台，音响师做准备。”就在她看着督导面带微笑准备登台的时候，那放着丝绒戒指盒的托盘就被一只大手抢了过去——居然是伍坤！更恐怖的是，他竟然穿着那套美人鱼衣服！

他脸上带着个开场表演时演员用的蝴蝶面具，头上戴着夸张的红色大波浪及腰假发，上身是光着膀子穿个刷成金色的贝壳比基尼，下面是挂满了镭射亮片的海蓝色鱼尾裙，妖娆的打扮加上他一米八几的大个儿……这是什么诡异的画面！

赵文熙瞬间就觉得浑身的血液都在往脑子里冲，这人好歹是个富二代，怎么会完全不知道什么叫丢人啊？

现场所有人都傻眼了，就连主持人都愣住了。等伍坤笑嘻嘻地端着托盘上了台，站在顾向北和新娘跟前，主持人才从瞠目结舌之中反应过来要接话：“我们今天的戒指小天使打扮得非常……别致！看起来是童话之中的小美人鱼也忍不住要来为一对新人献上祝福，让我们为这条美人鱼的勇气而欢呼吧！”

新娘不知道发生了什么，一看伍坤那副滑稽的样子就笑了出来，连带着很多观礼者也笑了起来，气氛倒是没有那么尴尬。

顾向北却几乎是在一瞬间就冷下了脸，要不是场合特殊，估计他早就冲过去一拳把伍坤打下台了。

伍坤倒像是根本不在意别人的眼光，一把抢过主持人的话筒就说道：“今天，我很荣幸可以应新郎顾向北先生的要求，以特殊的方式给一对新人送‘惊喜’。美人鱼的故事大家都听过吧？虽然结局不太好，却唯美而浪漫。有了美人鱼的祝福，一对新人一定可以婚姻美满、长长久久！”

谁不知道美人鱼故事的结局是人鱼变泡沫，简直是要多惨有多惨？他这话一出，主持人头上的冷汗“唰”地就下来了，赶紧去抢话筒。

伍坤闪身躲过主持人抢夺话筒的手，接着说道：“‘惊喜’已经奉上，我要完成我的使命了。在此，我希望在场所有喜欢童话、向往爱情的女孩，都能够打开心房放眼未来，找到自己的幸福！”

主持人此刻简直连嘴唇都在哆嗦了，主持这么多年他什么场面都见过了，还真没见过这么砸场子的！

伍坤甩手把话筒还给主持人，就看到主持人狠狠地瞪了他一眼，他倒是也不在乎，视线越过人群，直直地看向观礼区一侧的赵文熙原先站的位置——那里已经空空如也。伍坤立马就慌了神，把托盘扔给一脸蒙的督导就朝着赵文熙刚才在的方向追了过去。

幸亏赵文熙穿着高跟鞋跑不快，在伍坤发现她的时候，她还在往停车场走的路上，神色十分冷峻，伍坤叫了她几声她也不搭理，而是加快了脚步往前走。

她看起来很生气，高跟鞋的鞋跟扎在泥土里差点儿让她摔倒她也不管，索性甩掉鞋子光着脚走。伍坤伸手拉住她的胳膊不让她继续走，就被她一下子甩开了手。

“你在气什么啊？”伍坤一把扯掉自己脸上的面具还有那可笑的假发，“那家伙不是要让你还他‘人情’，现在还了啊！你不谢谢我还生我的气？”

赵文熙险些气绝：“我可真是谢谢你了，谢谢你让我丢人丢到极限！”

伍坤扯了扯身上贝壳比基尼的肩带又弹了回去，咧嘴就笑了起来："哎哟，穿这鬼东西上台的是我又不是你，你丢什么人？再说了，我喜欢你，为了你丢人也值得！"

赵文熙拳头都握了起来，简直恨不得一拳打爆他的头！"拜托你不要再说这些莫名其妙的话了，耍我很好玩吗？你才认识我多久，不知道我是出了名的黑寡妇吗？你当是小孩子过家家啊！你再这样发神经，就趁早离开，我不想再看见你！"

她这话一出，伍坤一下就来了气，一把就捏住了她的左脸，低吼道："你怎么这么多问题啊？我说了我喜欢你，你当我开玩笑是吧？赵文熙，小爷我还没这么为了哪个女的这么上心呢！我才不管你是什么人，我喜欢你，你就是我的人！我没死，哪轮得到你当寡妇？"

赵文熙瞬间没了继续和他理论的心思，转身就要走。没走两步整个人就腾了空，紧接着就是一阵头晕目眩，等反应过来的时候，已经被伍坤扛在肩膀上朝着停车场走去。

赵文熙简直不敢相信到底发生了什么，脸一下子就红了起来，一边挣扎一边吼到："你是不是疯了？放我下来！"

伍坤倒是根本不在意她的又踢又打，径直往车跟前走，痞子似的说道："哄着你还真是不行，小爷这就把你扛回去，让你看看我是不是认真的！"

回公司的路上，赵文熙一直与薛一行视频通话直到典礼结束，丝毫不想搭理一旁正在开车的伍坤。

眼看着典礼顺利结束，手机屏幕熄灭，反射出来的影子是自己头发凌乱嘴唇红肿的样子，赵文熙简直想就地刨个坑把自己埋了。

她也不知道没完成典礼和稀里糊涂被这么个臭小子轻薄，哪个更让她更沮丧。事情怎么会发展成现在这个样子？赵文熙一直到现在都还是想不通。

几分钟前，在被伍坤直接扛着丢进副驾驶座时，她还可以又踢又打地反抗着。

这几年为了缓解自己严重的失眠问题，她根本不允许自己有空闲的时段，业余时间把搏击、泰拳、跆拳道通通练了一遍，消耗体力对睡眠没什么大帮助，现在可算是派上了用场。

此刻，伍坤的脸已经成了调色盘，青一块，紫一块，没一处好皮肉，这都是赵文熙的手笔。他倒是也不在意，等到了目的地，他立马翻身下车拉开副驾驶座的门，把给赵文熙带的拖鞋给她套在脚上，这才扶着车门等她下车。

昏暗的光线在伍坤的脸上都留下深沉的阴影，那目光却是灼人的，烧得赵文熙不敢直视。她沉默不语地下了车，踩着便利店里的塑胶拖鞋也实在走不出平日里高冷的步伐，只能慢吞吞地低着头往电梯口走去，沉默得让跟在她身后的伍坤一阵阵心虚。

他们两个各怀心事，滑草场那边也并不太平。气急败坏的顾向北在休息室里砸烂了所有能砸的一切，手在流血他也毫不在意，整个人活像一头发疯的野兽。

“明明是大喜的日子，你这么暴躁，就不怕新娘子看出来？”

所有人都能感受到顾向北的愤怒没有人敢靠近，除了薛一行。见他进来，顾向北脸上的表情瞬息万变，好半天才声音嘶哑地问道：“看出什么？”

“看出你的秘密。”薛一行笑起来，无视他那股生人勿近的气场，直接走到他面前，直视着他的眼睛，“你藏了三年的秘密！”

薛一行的话让顾向北脸上青一阵白一阵，愤怒被慌乱取代：“我不懂你在说什么！”。

见他还是这么不坦诚，薛一行笑着摇了摇头：“别装了！你老哥我这些年主持的婚礼没一千也有八百，喜欢一个人根本藏不住！你这场因爱生恨的大戏是不是也唱得太久了一点儿？”

“因爱生恨”四个字一出，顾向北的脸一下子就没了血色，好半天才结结巴巴地辩解着：“什么‘因爱生恨’，你……”

薛一行接着说道：“三年前那场婚礼我一见你看文熙的眼神，就知道你的心思！只是后来向南一走，文熙伤心欲绝，跟你们顾家的关系又闹成那样，我实在不想事情变得更复杂，所以才睁一只眼闭一只眼。我以为时间久了你能放下，可你偏要回来跟她纠缠不清！你看她的眼神，还有新娘身上那种和她神似的感觉……你真的以为藏得住？”

薛一行这话就像压垮骆驼的最后一根稻草，在这一刻顾向北坚硬的外壳全部被击碎，像是把血淋淋的内心摊在阳光下，丝毫没了伪装。

似乎过了很久，他才自嘲地笑了笑，笑得眼泪直流：“我哥在的时候，我真的希望他们能幸福，可我哥走了！我虽然知道这么想很卑劣，但我幻想过没了向南她或许能看到我……可是，她只要房子，一眼都没有看过我……一眼都没有！”

“可她给了你她所有的身家！”薛一行正色道，声音平淡如水，却像一道道天雷炸响在顾向北的心上，“那套房子里有她和向南的回忆！为了保住那回忆，她卖了自己的房、车，她把打拼这些年的所有积蓄全拿了出来，只为了换下那套还有几百万房贷的婚房！你真以为公司给向南上的保险能赔你们那么多钱？你以为你是怎么出国留的学？要不是文熙一再求我千万不要告诉你们，让你们有负担，像你这么无理取闹，我早就看不下去了！”

不等一脸震惊的顾向北说话，薛一行又接着说道：“你不信她，更不懂她。就算没有你哥的存在，她跟你也绝不可能！”话音刚落，顾向北已经泪流满面。

看着他那表情，薛一行摇摇头，深深地叹了口气：“臭小子，已经娶了老婆就好好过日子，可别再折腾了！能得到手的才是最好的，千万别干辜负眼前人的蠢事啊！”

此刻的顾向北再也忍不住，他像是个疯子一样又哭又笑，多年的怨恨、多年的执念，终于在这一刻爆发出来，烟消云散……

顾向北有了属于自己的解脱，伍坤却觉得自己快要抑郁了。他本来以为自己表明了心迹，赵文熙就算不接受起码也该给个说法，大不了继续努力。可让他万万没想到的是，赵文熙却采取了冷处理的方法，一躲他就是一个多星期！

不只平时能躲就躲，出去执行婚礼也是能不带他就不带；客户自己约、咖啡自己泡、到饭点儿一见他要催着吃饭就直接开溜，生生把他当成了瘟神！

就算是工作中不得不说话，也是公事公办惜字如金，真是让他一肚子邪火没处发，憋得脸上连痘痘都冒了出来。

他憋一肚子火，遭殃的却是薛一行。他看着赖在自己办公室沙发上不肯走的伍坤，觉得自己脑壳奇痛无比：“我再说一遍，你缠着我没用！烈女是怕缠郎，可不是让你来缠她老板的！”

伍坤却明显跟他不在一个频道自顾自地说着：“她愿意不愿意，总得跟我说清楚吧？老躲着我算怎么回事儿？真是烦死了，女人怎么这么麻烦啊？哎？你到底帮我叫她了没啊？”

薛一行被这只缺爱“无尾熊”缠得死紧，连喘气的工夫都没有，已经好几天没出去钓鱼、按摩、打高尔夫了。

“我已经给她打过电话了，你刚没听见吗？她见完客户就上来。其实我真的觉得你没必要这样，你跟她不合适！她把你打成那个样儿你还不长记性？那天你回去你爸没说你？”

伍坤咂咂嘴，满脸不在乎：“说了呀！他说赵文熙在他眼里是平辈，我要找个那么厉害的女朋友，他就打断我的腿！”

说到这儿他在沙发上翻了个身满脸不屑：“不是我说他，他脸可真够大的，赵文熙比我才大三岁，跟他平辈？再说了，我俩挺合的呀！我酷帅她好看，我有钱她爱钱，女大三还抱金砖，多完美！”

薛一行看着他那还没好利索的一脸青紫，忍不住笑了出来：“是够完美的！我看你就是欠揍！”

他不说还好，一说这话，伍坤又嚎了起来：“她要接着揍我也认了，问题是她现在躲着我啊！给她发消息她也不回，在停车场堵她，她当我透明的！最可恶的是，她以前老加班，通宵累了就在公司酒店睡。现在为了躲我，她都直接搬回家去了！她还跟小区保安打了招呼，根本不放我进去！”

“怪不得这阵文熙那么憔悴，到了典礼现场凶神恶煞的，都是你小子折磨的啊！”薛一行无奈地摇摇头，对赵文熙瞬间升起无限同情。被这缠人精盯上，24小时360度无死角围追，是人都得疯！

正说着，那快疯的人就在门口敲门了，一看见伍坤在里面还下意识地往后退了一步，这才定定神走了进来。

刚才还瘫在沙发上像团淤泥一样怨声载道的伍坤，一看见赵文熙进来“扑棱”一下就从沙发上弹了起来。他两眼发绿光一副忠犬相，就差来根大尾巴在背后来回摇晃了！

赵文熙却像没看见他一样，直接走到了薛一行办公桌跟前，表情沉静如水地说道：“薛总，找我有事？”

薛一行看着赵文熙憔悴的样子，忍不住又在心里骂了伍坤个狗血淋头，语气中带着心疼：“文熙，看你这几天累得不轻啊！”

赵文熙看了一眼被伍坤躺的乱七八糟的沙发，微微蹙了蹙眉头。伍坤立刻心领神会，赶紧把他乱扔的靠垫给摆好，还特狗腿地拿手把沙发上掸了掸，满脸堆笑地给赵文熙做了个“请坐”的手势。

他这德行看得薛一行和赵文熙都是一阵头痛，赵文熙忍着火气直接坐下了，身体对着薛一行，完全没有要搭理他的意思。

“任云飞在官博上看到了顾向北婚礼的实地效果，很喜欢滑草场那块草坪，所以这几天都在忙着给他处理草坪租赁的事情。滑草场那边现在很认可我们，可以考虑谈长期合作……”

“行了行了，你办事我是放心的！我什么时候过问过你的工作安排？”赵文熙一说起工作就没完，薛一行赶紧摆摆手打断她的话。

赵文熙一听这话，低着头抿了抿唇，好半天才低低地说道：“其实，我这几天也一直想来找您，想跟您好好聊一下。关于顾向北的婚礼，我实在是做得很不专业。”

薛一行摇摇头：“这事已经过去了，你刚才也说了，滑草场那边对咱们很认可。做婚礼对草坪损毁大，那么难谈下来的地租，你办一场婚礼就拿下，这还不够吗？更何况，这单子虽然给他顾家友情价，但利润还可以，公司有钱赚，你也算渡了一劫，这不挺好嘛！”

这话本是要为赵文熙宽心，可她还是过不了自己那一关，总觉得执行到一半跑掉是特别业余的行为，现在薛一行又这么安慰她，更让她心里有疙瘩，实在是难受。

伍坤看着她眉头紧蹙，恨不得上去直接给她揉开，让发现苗头的薛一行一眼瞪得直接收回了蠢蠢欲动的手。

看着伍坤一个劲给自己使眼色，薛一行一脸生无可恋。为了未来耳根清净，他叹了口气说道：“文熙呀，今天找你就是想跟你一起吃个饭。一是犒劳你最近辛苦，二是……伍坤这小子在你那儿也一个多月了，也算是跟着你最久的助理了吧？他有多不着调我也都看在眼里，草坪婚礼上那一出，回来我也好好批评过他了。这顿饭就当是他给你赔礼道歉，看在我的面子上，再给他个机会？”

伍坤也急了：“就是啊，你就给我个机会吧！”

赵文熙眉头紧皱冷冷地说道：“你又想搞什么？我很忙，别耍我了行吗？”

“我哪儿耍你了啊！”伍坤一脸无辜，“我是真的喜欢你，这有错吗？”

他这话一出，赵文熙快速地看了一眼薛一行才压低了声音说：“能别再胡说了好吗？”

伍坤满脸不在乎：“干吗？想避着人啊？薛叔早就知道了，我也不介意更多人知道。我喜欢你，我要追你，我认真的！明白了吗？你想怎么折腾都可以，反正我不会放弃的。你根本逃不出小爷的手掌心！你要是担心我三心二意，咱就直接结婚！按你说的，我爸公司都是你的！”

“我对小孩儿没兴趣！之前我那是开玩笑才说你再待久一点你爸公司都归我，我可没别的意思……”

赵文熙话音未落，薛一行就差点一口茶水喷了出来：“你俩有意思吗？都开始探讨家产问题了还拉我当电灯泡？男未婚，女未嫁，实在不行你们就先试一试嘛！”

一听这话，赵文熙立马变了脸色：“薛总，我约的客户应该已经快到了，要是没什么别的事，我就先去一楼了。”

她这话一出伍坤直接就急眼了，一个劲儿给薛一行挤眉弄眼打手势，逼着薛一行再努把力。

薛一行看了看赵文熙的表情，温和地笑笑点点头：“行吧，那你就先忙。”

等赵文熙一走，伍坤立马开始发难：“你刚才怎么不坚持一下啊？她那就是害羞了不好意思，你再多说两句她肯定就答应了嘛！”

薛一行看他那副自信的样子，瞬间一脸嫌弃：“她刚才那样哪儿像害羞？对付女人，你还差得远呢！更何况，文熙可不是一般的女人，她这烈女不怕你这缠郎，你越黏糊她越烦！”

“我就喜欢她这种，她要上赶着追我，我还不一定要呢！”伍坤对他的话嗤之以鼻，毫不在意，气得薛一行一句话也不想再搭理他，不由得在心里叹了口气，对赵文熙表示十分同情。

等到伍坤追到一楼，赵文熙正坐在休息区和谭海洋沟通婚宴预订情况，他刚要凑过去，身边就一阵风似的蹿出个女人，上来就把一摞照片摔在了赵文熙脸上！

这一切发生地太快，两个人都来不及反应，谭海洋也是瞬间捂紧了嘴巴，生怕自己喊出声来没法继续当吃瓜群众。

那女人摔完照片显然还不过瘾，一边骂着“不要脸的贱女人”就抬起了右手，显然是要狠狠地甩赵文熙一个大耳刮子！

伍坤反应十分迅速，一把就攥住了那女人的手腕把她推了出去，一闪身护在赵文熙前面。他真的很纳闷，赵文熙今年是不是犯太岁？上个月才被客户在大厅扇巴掌，这又来？想到这儿，他才低头看向那些地上散落的照片。

赵文熙显然也愣住了，一边拿起身上散落的照片一边站了起来。

这一看，两人都皱紧了眉头——照片上居然是木一峰到公司来接赵文熙的画面！

这位单枪匹马直接打上门的，正是木一峰的老婆——郑玉。

木太太出了名的泼辣，“玉时代”能跟“爱慕”斗这么久，这女人的功劳起码占了七成。她的娘家是正统的山西煤老板，前些年煤矿资源改革后就转战餐饮业，全国二十几家超五星酒店都经营得风生水起，算是家底丰厚。

木一峰当年还是“爱慕”一个不被重用的普通销售，也不知怎么就入了郑玉的眼成了上门女婿。俩人一结婚，木一峰就从“爱慕”辞了职，以老婆郑玉的名义创办了“玉时代”婚礼公司，跟“爱慕”唱起了对台。

赵文熙以前也是见过郑玉的，有时是在布场碰上，有时是一起参加婚博会之类活动，点头之交而已，没想到头回正儿八经打交道居然是这样的状态，还真够可笑！

赵文熙这么想着也就不由轻笑了起来，轻轻把伍坤拨开，直面郑玉怨毒的眼神。

“郑总，您这是什么意思？”

相比她的优雅温和，郑玉就显得十分暴戾，盯着赵文熙的眼神恨不得呲出血来：“你少给我装糊涂！赵文熙，刚开始有人跟我说我还不信，现在照片明明白白摆在眼前，你还有什么可说的？你敢说照片上的人不是你？”

赵文熙拿起那照片，轻笑出声：“我跟你老公没什么，前阵子因为校友聚会才碰了个面而已。这照片有一段时间了，我不知道是什么人拍的，怎么到了你手里，但我最近没有跟他见面，这一点你可以回去跟木一峰确认。”

她话音刚落，伍坤就忍不住插嘴：“她这阵子忙得要命，哪有时间跟你家那个先生约会？赶紧回家看好自己老公，少在别人地盘上丢人现眼！”

郑玉瞪了伍坤一眼就又盯着赵文熙："照片我昨天就收到了，没来找你就是想着给你们脸面。可我查过通话记录，他还在给你打电话，这你怎么解释？"

她一说这话，伍坤也咬牙切齿盯着赵文熙："那家伙居然还给你打电话？你们还有联系？"

一个找事儿的就算了，这还来了个猪队友，赵文熙简直无语。"同学会我不是没去嘛，他去了以后非要给我送照片和同学会伴手礼，我都已经推了好几次了。"

"真的？"伍坤一脸怀疑，虽然心里是相信赵文熙的，但还是心里有些不舒服。

赵文熙瞥他一眼又面向郑玉："事实就是我跟他没什么，你要不相信我也没办法。只是，你这不分青红皂白跑来找我麻烦，不只影响我的声誉，对你的颜面也好看不到哪去吧？"

赵文熙一向讨厌这种把自己老公当成宝、但凡有个风吹草动就歇斯底里的女人。郑玉虽说比木一峰年纪大，但保养得不错，可惜嫉妒使女人丑陋。她现在五官都带了戾气，实在跟漂亮扯不上半点关系。

赵文熙这话说得郑玉更是怒火中烧，她张牙舞爪地就要朝着赵文熙扑过去，要不是伍坤拦着，那尖利的指甲差点儿就抓上了赵文熙的脸。

伍坤虽说平时胡闹了些，可对方是个女人，总不好拳脚相加，拉扯之间脸上生生被那女人挠了好几道血印。

这边热闹，谭海洋和前台的人也不敢什么也不做，赶紧喊了两个保安，架着郑玉就往门口走。郑玉要是那么容易拿下的主儿，还真就不会这么大剌剌找上门了，一通拉扯之下，保安的脸上也都挂了彩，真是闹得不可开交。

赵文熙已经没耐心跟这泼妇继续掰扯，刚掏出手机准备报警，大厅旋转门就跑进来一个男人——正是木一峰！

他一来就是好一通道歉：“对不起啊文熙，我刚知道她过来找你麻烦。真是让你看笑话了，我代她给你道歉！”

“道什么歉？凭什么给她道歉？”郑玉一听这话就来劲了，“要不是这个贱人勾引你，你会成天不着家？我还没大耳光抽她呢你就心疼了？今天我就要当着你的面好好收拾她，我看你敢拦着我！”

说完她就往前冲，吓得伍坤赶紧把赵文熙搂在怀里，把她包得严严实实，自己的后背则整个儿亮给郑玉厮打。

郑玉这女人确实彪悍，连抓带挠，还使劲锤了伍坤两拳，要不是实在够不着，估计就得薅他头发解气了。

木一峰见她那泼妇样瞬间来了火气，一上手就甩了她一耳光：“有完没完？不知道丢人吗？”

郑玉简直不敢置信，捂着左脸好半天回不过神来。木一峰也愣住了，看看自己的手又看看郑玉，嘴唇哆嗦了半天却什么都说不出来。

大厅此刻静得吓人，好几秒之后，这份诡异的安静就被郑玉的笑声打破了：“木一峰，你好样的……”

接着她又朝向赵文熙吼道：“赵文熙，今天我郑玉在‘爱慕’受到的所有待遇，以后一定加倍奉还！我等着你一无所有的那一天，我要让你跪着求我放过你……今天的事，没完！”

郑玉这一通闹，算是让赵文熙成了全公司茶余饭后的谈资。赵文熙原本对此毫不在意，可当她面对薛一行难得冷峻的表情，这才觉得自己真的有必要头疼一下。

“薛总，其实你真的不用担心，这事儿我自己能搞定。要是我真干了什么我也就认了，郑玉捕风捉影而已，木一峰跑去鬼混，她抓不住别人就拿我撒气，过一阵子回过劲儿估计就没事了。”

对于可笑的绯闻，她实在懒得解释，但看着薛一行为了她担心，她这受害者反倒成了要哄人的那个，实在是闹心。

更让她闹心的是，伍坤这家伙仗着替自己挡了灾，死乞白赖跟在屁股后面要补偿求安慰，就连在薛一行办公室都不安分，一个劲儿地往她跟前凑，烦人得很！

薛一行十分担忧：“我是担心郑玉的人品！郑玉这人什么品行，我不说你应该也清楚，她给你撂了狠话，绝对不会是说说而已。”

赵文熙对这郑玉自然是早有耳闻，今天这亲眼所见更是印象深刻。要说怕，她还真是不怕，但总是觉得要发生一些什么不好的事情。

“那疯婆子不会找人揍她吧？”伍坤本来跟没骨头一样靠在赵文熙肩膀上，一听薛一行的话，立刻就紧张了起来，“让你这么一说还真是有可能！”

他转头对着赵文熙说道：“你放心，我一会儿就回家开车，以后上下班我接送你，肯定不让那疯婆子动你一指头！你一个人在家是不是也不太安全啊？要不要我去贴身保护你？”

“不需要！”赵文熙没好气地把他的脑袋推远一点儿，“我有车，我家小区安全得很，用不着你操心！”

伍坤还没说话，薛一行就先开口了：“文熙，你真的不能不当回事！要不，你去出差几天避避风头？在海南那边建立婚礼MV拍摄基地的事儿也还一直没定下来，你去实地看看，就当放松放松了。”

伍坤一下子就两眼冒光，点头如捣蒜，赵文熙却是瞬间就急了："薛总，我最近忙得要死，哪有那个时间啊……"

"你一年到头哪天不忙？"薛一行目光如炬，语气不容置疑，"七月是淡季，你手头最近的活儿也还得一星期，海南现在热得要命，你就当是派你出趟苦差吧！手头那些不大的活儿就给三部的人分发下去，反正业绩算你的，给底下小孩儿们赚点儿执行费吧你！"

他看赵文熙还要挣扎，声色俱厉地说道："随后我让后勤把机票给你订好，这事儿就这么定了！"

赵文熙憋着一肚子火没地儿发，只能把气撒在一直从22楼跟到办公室的伍坤身上。

"你的工位安置在楼下，这是我的办公室，你要没事儿就出去！"

伍坤现在彻底贯彻着杜凯所说的"死皮不要脸"政策，面对这种类似平A的基础攻击，根本连眼皮都不带眨一下的。

"这位小姐姐，你的良心喂鱼了吗？我为了你让个泼妇给抓成这样，你不得负责啊？"

他指着自己脸上那几道血痕，大剌剌地让自己"砸"进沙发里，只听得那沙发一阵可怜的"哀鸣"。

赵文熙见过无赖，可真没见过像伍坤这样的，气得她简直要吐血，还一点儿办法都没有。她急步走到办公桌跟前，气哼哼地拉开抽屉，拿出来整整一盒子创可贴，照着那张讨厌的脸就砸了过去。

伍坤抬手接住，抽出几张却不自己动手，扁着嘴活像个"流氓兔"一样装可怜："人家看不见伤口在哪里，人家要你帮人家贴嘛！"

那装可爱的声音恨得赵文熙差点儿一口牙都咬碎了，恨不得拿那足有三斤重的水晶烟灰缸直接抡他！

但是话说回来，这小子还真是因为自己受的伤，也算是无妄之灾了，给他贴一下创可贴也不会少块肉，还是还了他的人情拉倒。

这样想着，赵文熙不情不愿地走到沙发跟前坐下，抢过伍坤手里的创可贴就撕开了包装："你过来点儿。"

伍坤比她高很多，坐着也比她高出半截。赵文熙正想着这家伙坐着也这么高是不是因为腿短，一张过分靠近的脸就已经凑到了她眼前，似乎稍微一动就要鼻尖碰鼻尖。

"咚咚、咚咚……"

一瞬间，整个办公室只能听见两人过于快速的心跳声。

对视几秒，赵文熙看着眼前那浓烈的野生眉毛、像藏着星空的眼眸、挺括的鼻峰，还有，那因为激动而微微颤抖的唇……

她开始觉得自己变得很奇怪，不然怎么会觉得这讨人厌的家伙，其实还是挺帅的呢？

伍坤也没淡定多少，她走近了，也靠近了，这种氛围，不吻真的很浪费……但是，吻了会不会挨打？

一走神的工夫，两个人各自正襟危坐拉开距离，这才看见在办公室门口正目瞪口呆、不知道该不该敲门的韩娜。

明显是打断了人家的"好事"，韩娜尴尬地恨不得自己没来过，平时高冷得像个灭绝师太，现在说话都结巴了起来。

"呃……那个，我是来问一下你，订的机票需要先飞郑州，下午一点飞三亚凤凰，抵达时间大概是下午四点，你是先休息还是我帮你约好那边摄影机构的负责人莫总？"

她这话一出，刚才还脸红成西红柿的伍坤瞬间就皱起了眉头："这么赶？那岂不是现在就得往郑州赶？"

赵文熙也是眉头紧蹙，心想薛一行这是不是有点儿太小题大做了，有必要搞得跟要跑路一样，这么急把自己弄走？

韩娜见她不吭声接着说道：“接机的车还有酒店都已经订好了，就在拍摄基地选址的附近，如果你想去看看，莫总可以带你过去。航班信息、司机信息和酒店信息我都已经发给你了，确认一下。”

都已经说成这样了，赵文熙无奈地叹了口气：“既然是要去出差，那时间还是都利用起来比较好。我没什么行李，可以直接出发，你帮我约好莫总，下午直接在酒店等我。”

韩娜得了信儿，自然是赶紧落荒而逃，转身的时候还险些被自己给绊倒，也是难得见她这么慌乱。

“我跟你一起去吧！”韩娜一走，伍坤就亮着眼睛一本正经地说道，“那个郑玉看起来不好惹，万一她追到海南去可就麻烦啦！”

看着伍坤那副理所当然的样子，赵文熙抓起手里的创可贴就狠狠地按在他鼻梁上。

“我要是飞国外，她还要全球追缉我啊？我不在的这几天，老老实实干活儿！敢再捅娄子看我回来怎么收拾你！”

黏人精伍坤发起疯来真不是开玩笑的，见来软的不成他就开始抢赵文熙的手机，非要看她到底订的什么航班什么酒店。

在赵文熙第N次打开他伸向自己手机的爪子后，她终于败下阵来，换了一种思路。

“我走得急，约好的客户不一定都能推掉。该见的你就帮我见，提成算你的；而且，12号在新开的圣越酒店那个微商产品发布会，我本来这周要去酒店踩点的。你去帮我把情况先落实好，数据报给设备部，把执行单批好，等我回来执行。”

以前，要是赵文熙这样下任务，伍坤都觉得是对着个活唐僧。可现在，不知道是不是因为情人眼里出西施，看她那派任务时的雷厉风行，他却是怎么看都觉得迷人得要命！

他在那儿发花痴，赵文熙可是看得一肚子火气，一脚就踹向他的小腿，直疼得他搂着腿惨叫不已。

“跟你说正事儿你愣什么愣？一共没给你多少活儿，我可能不到五天就回来了，你有不懂的就给我打电话或者去问别人，凡事不要自作主张，听见没？”

说完，她也不等伍坤回话，就直接抓起手机开始处理手头的工作。安排工作的同时她还在收拾东西，往自己的随身包里面扔了包湿纸巾和面霜就算是搞定了。临出门她还没忘了把车钥匙留给伍坤：“你这几天去酒店或是出去见客户可以开我的车，省得还得报销，麻烦。”

说完她就要出门，轻装上阵得全然不像要飞长途的样子。

伍坤简直看得目瞪口呆：“你就这么走了？不回家收拾行李？”

这话问完他就想起来了，上次去上海她好像也是直接就出门去机场了，吃穿用度全部都是落了地再买。他当时还以为是因为着急。现在看来，她出远门估计就是这个风格——啥也不带！

赵文熙一脸平静：“去工作又不是去旅游，用什么到了当地再说吧。”说完，她就头也不回地走了。

长途旅程真的很熬人，尤其是赶飞机，真的是让人很崩溃。赵文熙在郑州差点儿误机，一坐上飞三亚的飞机，没等空姐来问她要不要喝什么，她已经倒头睡了过去。

到了三亚，刚刚踏出机舱，潮热的风吹到脸上，赵文熙就开始后悔自己为什么出发之前没回去收拾行李。

现在这状况，别说是工作了，她觉得自己的内衣都是黏答答地贴在身上，热得恨不得全给撕了才痛快。夏天的三亚，还真是够劲儿啊！

赵文熙上一次来这儿还是四年前，那时候她刚刚和顾向南在一起。公司搞团建，来的就是三亚。也就是在亚龙湾的海滩上，她接受了顾向南的告白，两个人正式成为情侣。

想着前程往事，她情绪又低落了起来。甩头把回忆抛诸脑后，她踏进了接机出租车的后座。

司机师傅老黄看起来四十来岁，倒是跟薛一行有些相像，让赵文熙觉得莫名亲切。老黄带着她去了超市，等着她买贴身衣服和必需品之后，这才拉着她往酒店赶去。

提前约好的莫总已经在酒店等了一会儿，换上超市里买的沙滩长裙，赵文熙直接跟着莫总往拍摄基地的选址赶去。

“赵总，这个地方就是我们目前比较看好的一处了。”

莫总是海南土著，操着一口海普给赵文熙介绍:“这儿原先是个三星酒店，看着旅游越来越火就扩建又扩建，搞得现在规模大了不少。前面住宿，后面有一片沙滩，倒是个拍片子不错的去处。”

这酒店现在就像个衣衫褴褛的乞丐一样，玻璃门上贴着“欠债还钱”的大字报，简直惨不忍睹。

见赵文熙目光盯着那大字报，莫总又接着说：“这个是上一任老板惹出来的，现在这个酒店的产权很清晰，咱们如果确认要开发这个项目，倒是不会有问题的。”

“能进去看看吗？”虽然是问句，但赵文熙已经抬脚踏上了台阶，往门口走去。

好在有个看门的老头，没见过赵文熙却认识那莫总，开了门就放他们进去了。

莫总一边走一边说着：“其实我之前跟薛总也聊过，嫁接到一个现成的酒店上其实是最好。就像你现在住的那一家，海景房、上档次，跟他们坐下来谈一谈，来拍MV的客户可以免费入住一晚，还是比较有吸引力的。”他看了看已经被搬空的一楼大厅，“总要比咱们改造这里的成本要低很多啊，跟选块地重建楼花费都差不多了！”

赵文熙看了看他，但笑不语，朝着大厅通往后面沙滩的通道走去，莫总挑了挑眉，赶紧跟了上去。

酒店残破，可后面的沙滩是真美！蓝天碧海，热辣辣的夏日骄阳似乎对这里特别友好一般，倒是一处难得的清凉之地。清澈的海面泛着奇妙的蒂芙尼蓝色，加上无人打扰的椰林沙滩，真的是美如天堂。

赵文熙仰面朝天吹了吹海风，拿起手机拍了张照片发给薛一行，就直接把电话打了过去。

“薛总，这边还不错。内饰整修可以朝着小清新的路线走，一楼做照片长廊，后面的海滩可以做一些道具装饰，在这里做篝火晚会婚礼都没问题。从长远看，相比嫁接现成的酒店要好得多。”

“你觉得合适就好。”她说得带劲儿，薛一行却有些心不在线，“你刚到那边这么快就去工作了？那边需要确认的就那么几个项目，给你留的时间很充裕，不需要那么赶。”

赵文熙笑起来：“我这哪算工作啊？您这是给我放假呢！我想早点处理完这边的事能快点儿回去，把工作丢给别人，总是不放心。”

“你不用着急！”薛一行的声音提高了几分，意识到情绪不对，就又缓和了下来，“你把那边的项目落实好就行，公司这边不用你操心！”

薛一行不对劲儿！挂了电话，赵文熙的脸色瞬间阴沉了不少，恨不得立刻飞回去，看看到底是发生了什么事，能让一向处事不惊的薛一行如此慌乱。

莫总看出她脸色的变化，赶紧凑了上来：“赵总，没事吧？”

赵文熙摇摇头，挤出一个笑容，提溜着裙子往回走。

“赵总刚来，今天就先休息，我晚上带您去吃饭，明天再去感受一下既定的几个项目，游艇出海啊、浮潜啊，还有去一些周边的岛上拍摄的行程。您就放心地玩，以游客的眼光来看够不够吸引。”

“休息和吃饭就不必了，咱们加快进度，我希望能提前结束这边的行程。如果方便的话，可不可以现在去您的公司看看？我想见见拍摄和后期团队，而且我需要看到日常客片，不管样片多好看，毕竟最终成片才是业务核心。”

莫总的公司在当地很有口碑，实力也相当不错，但之前跟“爱慕”的沟通中，他们提供的只是一些精致的高端样片而已，实在是不知道如果是小成本套餐，到底会做出怎样的成品。

“早听说赵总雷厉风行，这次算是见识到了。”她的话一出口，莫总就不由得露出了赞许的神情，“您可以放心，不管是高端业务还是平价的套餐，我们的片子质量都很不错！一会去，随机抽几个成片出来您过目一下，也给我们提提意见。”

跟聪明人打交道果然不会太浪费时间，下午参观了莫总的公司，见到了拍摄跟后期团队，赵文熙还是非常满意的。

团队年轻，思想前卫，拍出来的MV和微电影也不只是印象中那种千篇一律的情境，不管是豪华大气的高端片，还是经济实惠的平价片，都拍得很有风格。

在莫总公司参观完，天色已经开始变暗，听说一个小分队有夜拍任务，赵文熙连饭也顾不上吃就催着莫总带她过去看看现场。

她战斗力满分，莫总一个大男人倒是累得满头是汗，一个劲竖起大拇指说："太敬业了！我的员工要有赵总的十分之一，我做梦都要笑醒了！"

拍摄的过程有烟花，有烟雾，有点篝火，新娘一袭白纱站在夜色下的沙滩上，美得不似人间场景。

赵文熙也是拍过婚纱照的。

看着那对新人脸上洋溢的幸福，赵文熙的笑带着苦涩随风而逝。婉拒了莫总一起吃饭的邀请，她约好明天行程的时间就回到了酒店。

她的房间在一楼的至尊海景房，一进大厅拐个弯就到，房间里的落地窗推开就是海滩，十分适合蜜月游的情侣。

她在大厅商品区买了些啤酒零食打算回房间，刚一进楼道就被楼道里坐着的人影吓了一跳！

赵文熙眯着眼睛看了半天，确认那人是正对着自己的房门坐着，就立刻抓紧了手里的塑料袋，开始盘算要是遇到醉鬼的话，该怎么抡上去才会一击制敌。

她一手提溜着裙子，一手攥着装满东西的塑料袋，刚一挪动脚步，那坐在她门前的黑影就忽然说话了："你个女人，可算是回来了！"居然是伍坤的声音！

她脸色立马就难看了起来："不是让你老实在公司待着？你怎么跟过来了？谁准你的假？你……"她还没数落完，就已经被摇摇晃晃站起来的伍坤抱了个满怀，吓得直接就愣住了。

"我好难受啊！"他的声音听起来十分疲惫，灼热的气息喷在赵文熙的耳侧，倒是带了几分虚弱似的。赵文熙赶紧把他推开，一边上下打量一边质问他："你难受什么？谁让你来这儿了？"

"薛叔不给我批假，我就旷工了。"伍坤叹了口气，完全不似往日的泼皮模样，看得赵文熙心里一惊。

“公司没事儿吧？”她想起下午薛一行的口气，总是觉得有些不对劲儿。

伍坤摇摇头：“没事儿啊！公司还不就那样？你放心，该安排的工作我全做了。你一个人跑这么远我真不放心，就买了稍晚些的航班跟过来了。谁知道一出机场就丢了身份证，连入住也办不了，只能蹲这儿等你了呗！”

“我这些年出差全国跑，还需要你个出门就丢身份证的人担心？”

看赵文熙脸色越来越难看，伍坤又开始扁着嘴装可怜：“这边晚上风好大，又那么热，我好像感冒了。你能不能让我进去洗把脸啊？我这会头好痛，肚子又饿，真的好难受啊！”

“只是洗把脸？”赵文熙简直无语，一边拿出房卡开房门一边说，“你没身份证哪儿也去不了。”

这话倒是点燃了伍坤内心的小火苗，说话都带了几分激动：“你意思是可以收留我？就知道你对我最好了！不过你一个人住这么大的房间，多危险多寂寞啊，有我陪着你刚刚好！”

他越说越不着调，赵文熙冷笑了一声就把零食扔在茶几上。“你先洗脸，我拿我的身份证跟你去再开个房间。”

伍坤这下算是知道什么叫当头一盆凉水浇得透心凉了，扔下手里的小包儿，使着性子就进了洗手间。他好半天不出来，甚至过了一会儿还响起了淋浴的声音，气得已经开始吃零食喝饮料的赵文熙直接就扑过去砸门。

“你在我这儿洗什么澡啊？等下去你房间不会洗吗？”她简直气得想拎起裙子直接踹门，“再说了，你感冒着凉还空着肚子洗澡，嫌命长啊？”

她正骂得起劲儿，浴室的门就被直接推开了，挽着裤腿的伍坤一脸坏笑地倚着门框调侃道："怎么？关心我啊？"

伍坤刚洗了头，头发看起来湿答答的，衬得他的眼睛更为黑亮，倒是莫名地好看。

赵文熙也不知道自己在慌个什么劲儿，说了句"才没有！"就转身要走，可是她的裙子真的太长，一转身居然能把自己绊倒！

眼看就要摔到地上，伍坤眼疾手快地一把把她捞进了怀里，满脸含笑地看她像是情窦初开的少女般瞬间红了脸颊。

赵文熙眼看着那深情的双眸离自己越来越近，在对方吻上自己的前一秒，挣脱了那个过于火热的怀抱。

"你还是不相信我是真的喜欢你吗？"看着她那慌张退后的样子，伍坤觉得自己的心就像被刀割了一样，"我这个人一向直接，喜欢就是喜欢，我藏不住！装不出什么友爱同事的戏码！你到底要我怎么做你才肯相信我？"

赵文熙已经不记得这是第几次在他嘴里听到"喜欢"这两个字，她背对着伍坤，叹息却几不可闻，好半天才淡淡地说道："我不信的不是你，是我自己。"

转过身，她直视着伍坤的眼睛："你说你喜欢我，你知道我是什么样子的人吗？我不知道你为什么忽然会有喜欢上我的错觉，我也不知道你为什么可以那么轻易地把喜欢说出口，但是我必须告诉你，我真的不适合你，不要在我身上浪费时间，不值得。"

伍坤一听这话就瞬间来了气："我就是知道你是什么样的我才喜欢你，你忘不了顾向南我可以等你，但是你不能拦着不让我喜欢你呀！而且，适不适合我说了算，是不是浪费、值不值得也是我说了算！你凭什么替我做决定？"

赵文熙简直让他的话气得没了脾气："我……我是个不祥的人，靠近我对你没好处的，自己掂量吧，别玩儿了！"

“没什么可掂量的！”伍坤目光灼灼，斩钉截铁地说，“我认定了你，就一定要有个结果。我也不是玩玩而已，你别太小看我！”

看到伍坤那副认真的样子，赵文熙倒是笑了起来，笑得轻佻傲慢，唇角的弧度和眼角的神采，瞬间就像只轻巧的猫儿一样在他心里不轻不重地挠了一下。

事实上，赵文熙也确实是这么做的。纤细的手指在伍坤的心口划着圈撩拨，轻轻地触碰，不痛不痒，却像是施了某种魔法一般，让他瞬间就从地狱直升天堂！

赵文熙靠近了些，吐气如兰地看着对方的眼睛说道：“真可惜！你要想玩玩，或许我可以奉陪，反正我名声不怎么样，闲着也是闲着，还不如先痛快了再说……可你要是想走心，那就算了吧！大家都那么忙，连走肾的心情都没有，哪有工夫玩那种劳民伤财的游戏？你要不要，重新考虑一下？”

这话简直是在给了甜枣看着他吞下去之后，立刻就告诉他里面藏了砒霜。伍坤的眼神逐渐从炽热变为冰冷，好半天才挤出一个难看的笑容：“你知道我要的不是这个……”

他抓住赵文熙的手，把她拉近了自己，盯着她的眼睛一字一顿地说：“我要的，是你全心全意喜欢我！明白了？”

轻轻用手摸了摸赵文熙的头顶之后，他露出一抹微笑：“好好休息吧，我走啦。”他从口袋掏出身份证，俏皮地眨了眨眼睛。临出门，他又指着自己带来的小包，“里面有水果麦片和豆浆粉，航站楼买不到平时给你吃的那种，先凑合一下吧，总比零食强。”说完，他就笑了笑，开门走人一气呵成。

伍坤一走，一脸哀伤的赵文熙就原地蹲了下来。空荡荡的房间里，她觉得自己就快要融化了一般无力，脑袋里简直是一团乱麻。

年轻男孩的“爱慕”写在脸上、挂在嘴边，却那么轻而易举地撬开了她的心。这，是不是一种对过去的背叛呢？或者说，是对顾向南的背叛？

顾向南没有做错什么，他就那么死了，只给她留下了无尽的痛苦和那些让她无法打开心扉的回忆。她沉溺在无法消散的痛苦之中如行尸走肉，用工作麻痹自己，用金钱来证明自己还活着，她每一天都如同小美人鱼一般，逼着自己坚强，却每一步都走得鲜血淋漓。

伍坤的闯入，是不是一种拯救呢？赵文熙，你还有资格被爱吗？你还敢付出真心吗？

想着这些有的没的，赵文熙一整夜未眠，清晨六点才勉强合眼。生物钟真的准时，七点半的时候又醒了，但一个多小时的睡眠根本不可能有质量可言。

她记得自己似乎做了个梦，在梦里顾向南不停地往海里走，还在跟她招手，可她无论怎么努力，都听不见他在说什么，急得直接坐了起来。

拉开窗帘，看着绝美的海滩，赵文熙似乎又想不起来刚才的梦境，徒留伤感无法消散。还没等她伤感几分钟，房门就被人敲响，是来叫早的伍坤。

也许是感冒的原因，脸色苍白黑眼圈明显，看起来比平时憔悴了不少。赵文熙也不知道为什么，自己看着他那个惨样会忍不住询问：“你感冒好些了？”看着伍坤的脸上瞬间就扬起笑容，她立刻就后悔了刚才这明显的关心，会不会让伍坤误会呢？

好在伍坤没说什么奇怪的话，只是边笑边催着赵文熙赶紧洗漱，非要一起去吃早餐。

赵文熙拾掇自己一向快得惊人，不到五分钟，她已经挎着随身小包和伍坤一起出了门，赶在莫总来接人之前吃早餐。

她本以为伍坤这么早叫她是为了吃酒店的自助早餐，可没想到那家伙竟自然而然地抓着她的手就把她带出了酒店，往附近一条小巷子走去。

赵文熙挣扎了几下也没什么作用，索性任他牵着走，懒得白费力气。

等到了目的地，刚才还病恹恹的伍坤立马就两眼放光地说道："就是这儿了！我做了攻略，说是这家的味道很好哦！"

这是一家民居改的小摊子，三四个长条桌摆在这家户外面，食客不多，老板看着也是懒洋洋的，很有当地慢节奏生活的气息。

伍坤一进去就扯过长条桌上的纸巾，把凳子擦了又擦才让赵文熙坐上去，自己则大剌剌地坐下就开始召唤老板："两碗粉汤，一份菠萝炒饭！"

懒洋洋的老板做起饭倒是麻利，几分钟的工夫，热腾腾的粉汤就端上了桌，看着清淡，味道却让人很有食欲。赵文熙这种夜猫子哪有吃早饭的习惯？一口粉汤下去也挑了挑眉，十分惊艳地一口接一口，直看得伍坤笑个不停。

菠萝饭也很快就上桌，那老板看似慵懒这会儿倒是挺热情，一边把菠萝饭里插了两个小勺子，一边还不忘调侃伍坤："小伙子做什么了惹女朋友不高兴？"

伍坤刚开始没反应过来那老板是什么意思，看他盯着自己脸上的抓痕才明白，瞬间就一脸笑意说道："哎呀，只要她好，这点小伤算什么？"他这话说得不清不楚，明显是故意让人家误会他们的关系。

赵文熙哪会看不出他这点儿小心思，她放下手里的筷子冷眼看着伍坤，盯得他心虚闭嘴，还特别谄媚地把菠萝饭往对面推了推，堆着笑说："快吃快吃！"这副"怕老婆"的样子，让老板不禁哈哈大笑起来。

"小伙子不错！男人嘛，就知道逞凶斗狠的，那都是傻子！知道疼女人，凡事让三分，那才是过日子呢！"这老板明显是把他俩当成了闹别扭的小情侣，一句话正正好说到了伍坤的心坎上。

"大哥说得太对了！"伍坤就差当场表演个海豹式鼓掌了，连赵文熙使劲掐他胳膊都顾不上，笑得满脸桃花开，"一看大哥就是好男人！"

那老板被夸也高兴，跑到屋里拿了个小罐子就放到了他俩桌上："这是自家做的黄灯笼辣椒酱，送你们吃吃看！"

赵文熙一向无辣不欢，一看到这特色辣酱，也懒得再废话去解释什么，道了谢之后就打算开盖子配着粉汤吃。

她刚要动筷子，辣酱就被伍坤抢了去，一本正经地说道："胃不好的人没资格大早上吃辣！"说完，他就往自己碗里挖了两筷子辣酱，美美地吃了起来。

赵文熙让他气得无语，真不知道这家伙平时不着调，怎么偏偏在限制自己饮食这方面这么婆婆妈妈！

细想起来，自己已经很久没吃过黑巧克力，也很久没喝过黑咖啡了，只要是跟他一起吃饭，连吃辣都要被限制，简直像是她老妈一样附体！要不是看在肠胃确实状况比以前好了不少，她早就翻脸了！

眼看着辣椒不能吃，赵文熙瞬间就觉得自己碗里的粉汤淡而无味，飞快地出手抢过辣椒罐子就盖上了盖子："都别吃！"

伍坤从未见过她这样孩子气，不由得笑了起来："好，不吃不吃！等你胃养好一点儿，把你喂得白白胖胖，整罐子都是你的，行了吧？"

没了心心念念的辣酱，赵文熙扒拉了几口菠萝饭就赶着要回酒店。一进大厅，那位莫总果然已经等在了门口。

早上的行程是先去坐游艇出海，跟他们一起的还有要拍摄婚纱照和微电影的两对新人和摄像摄影团队，一行人浩浩荡荡的，倒还真不浪费游艇跑一圈儿的费用。

“游艇我们是长租的，有客户预订的话，只要天气没问题都可以安排。一万八以上的套餐我们预设行程七天，游艇、椰林、浮潜、自由行都包括在内，还是比较受客户认可的。”

莫总脖子上挂着相机，倒是真有些摄影师的架势，让赵文熙有些讶异：“今天是莫总亲自拍照啊？”

“有团队拍，我是每次出海都喜欢拍点照片，大海的美，一辈子也拍不够！”莫总笑起来，黝黑皮肤显得白牙晃眼。

他一边带赵文熙和伍坤上船一边介绍着：“在甲板上拍婚纱照的客人很多，《泰坦尼克号》嘛！一会儿可以帮你们也拍一些，留个纪念！”

他指了指船头，果然已经有客户在那里模仿起经典的电影画面，等到游艇一开动，所有人都发出了一声欢呼，拍摄氛围非常愉快。

赵文熙皮实得很，海陆空坐什么都不晕，可伍坤就不行，他本来感冒就没好，在甲板上吹了会儿海风整个脸都白了一个色号。

莫总找船长拿来了感冒药和晕船药，拿了带上船的鲜椰子让他喝下去，这才稍微好些。

“有没有觉得舒服点儿？”赵文熙一边扶着伍坤往船舱走一边问，“知道自己感冒就别在那一直吹风啊！就不该带你过来的！”

伍坤这会儿跟得了软骨病一样挂在赵文熙身上，还得注意扶着她别踩空了台阶，比自己走下去还费劲。

赵文熙现在对他这时不时地搂一下抱一下之类的身体接触，似乎已经开始免疫，满脑子都是接下来的行程怎么办。

“游艇完事就能吃午饭了，但是接下来的活动还挺多，你这样肯定不行。”赵文熙看看伍坤还是有些苍白的脸色，不由得眉头微微蹙起，“等上了岸你就回酒店吧。”

她这话不是问句，而是直接下了命令。伍坤却不乐意：“我就是昨天没睡好又稍微有点晕船不要紧的，让我稍微缓一会儿就没事了，我还要跟你拍照呢，我的肉丝儿！”

看他又没个正形，赵文熙就知道他已经不是很严重了这才放心，扭头看着海面。

海风、海浪、海鸟，再加上微醺一般的摇晃，赵文熙长长地舒了一口气，感觉整个人都平静了下来。平静到伍坤悄悄攥住她的手，她也懒得挣扎，一同享受着难得的悠闲时光。

愉快的航行一转眼就结束了，上岸已经接近中午。因为还有一对新人选择在微电影中记录整个自由行的过程，而另一组则要去椰林拍片，一行人就兵分两路。赵文熙和伍坤在莫总的建议下，跟着一队直接前往第一市场，亲自挑选海鲜，解决午饭问题。

在市场内拍摄新人选海鲜的过程比较耗时，新娘举着个大螃蟹笑得前仰后合，新郎则拿了只鲜活的龙虾要吓唬她。赵文熙瞅了一眼摄影师拍好的素材，还真是相当逗趣。

莫总是挑海鲜的行家，带他们选了几样新鲜海货，就告别了摄影团队，出市场去找馆子加工。

第一市场外面的饭店基本上都有海鲜加工的业务，赵文熙上次来的时候对一家小馆子印象很好，这次再找居然还能找到，索性就没再浪费时间选择，直接进去称重选做法，然后就喝着冻椰子等饭菜上桌。

伍坤都还没摸到椰子皮就被赵文熙打了手背："病号儿还想喝冻的？老老实实喝热水去！"

心知赵文熙这是要报早上不让她吃辣酱的仇，伍坤立马就委委屈屈地把手收了回来，一边揉一边扁着嘴嘟囔："幼稚！"

莫总让他俩逗得笑起来，喊老板又拿了个常温椰子给伍坤："你们刚到这边肠胃不一定顶得住，喝椰子水可以防腹泻的！"

一听这话，伍坤立马就笑了，抱着自己的椰子不撒手，气得赵文熙直翻白眼："也不知道谁幼稚！"

正说着话，就听见"咔嚓"一声。两人愣愣地看向莫总，都没明白这吵架拌嘴有什么可拍的？

莫总抓拍完，调回刚才拍下的照片让他俩看："其实拍照最重要的不是穿什么服装摆什么动作，甚至也不用考虑在什么地方。只要情绪到了，随便拍都好看！"

他这话不假，照片上的伍坤一脸得逞的坏笑，眼神还怯怯地看着赵文熙，以防椰子再被抢去；赵文熙则是拧着眉瞪着眼，嘴角却是在笑，怎么看都是一副娇嗔的表情。这照片，整个就是一幕小情侣斗嘴日常。

"哇，莫总，这照片拍得真好哎！你加我微信，一定要发给我！"伍坤一看这照片就喜欢得不得了，抓着相机不撒手。

"来，我看看！"赵文熙看他那样子就来气，接过相机立马就开始找删除键。伍坤眼明手快，抢回相机递给莫总，用手指戳着赵文熙的脑袋数落："这是人家莫总的作品，你说删就删？你咋这么霸道呢？"

嬉笑怒骂中，饭菜很快上了桌。海胆蒸蛋、辣炒龙虾、椒盐皮皮虾，一堆叫不上名字的小海鲜，最后还有一大盘炒螃蟹，每道菜都让人食指大动。三个人吃得肚子圆滚滚，实在是过瘾得很。

莫总一边把吃饭时放下的相机挂在脖子上，一边领着他俩走出了饭店。

“椰林其实对我们当地人来说很常见了，你们要是想去看看可以去的，也算是比较悠闲的行程。比较耗费体力的就还有一个浮潜，安全起见今天就不要去了。下午你们想去哪个景点，我带你们去逛一逛？”

一听这话，赵文熙淡然地笑笑，回绝了莫总的好意：“这两天您也辛苦了，下午我们就自由活动吧。我之前来过，想去哪儿自己找得到，您也可以先忙您的。”

他们过来的时候开的是莫总公司出拍摄任务的金杯，这会儿那对新人还没拍完，自然不能把人家扔着不管，这倒是让莫总有些为难了。

莫总想了想，不放心地说道：“那要不，先去我公司，把我的车开上？”

伍坤刚要说“好”，赵文熙就扯了一把他的胳膊。“不用了莫总，现在交通这么发达，去哪儿也都方便。我们先去周围逛一逛，买点儿水果什么的发回去，您就别操心我们了。”

“那也行。”莫总点点头，又热心地交代了些怎么买不会被宰，这才告别他们，去找拍摄的队伍。

莫总一走，赵文熙直接就领着伍坤往街面上走去，伸手就拦了个出租车，报了酒店的名字就让他先坐进去。见赵文熙一点儿都没有要上车的意思，伍坤立马就急了，攥着她的手腕不撒手：“你这是自己想溜去哪儿？”

“你别管我去哪儿，你先回酒店睡觉去！明天还要浮潜很费体力，状态不好不能下水可不要怪我。”

伍坤哪管她那一套，冷着脸一使劲就把她拖进了车里。“我回你也回！人生地不熟的，你一个人乱跑个什么劲儿？掉海里怎么办？”

挣扎无效，司机师傅已经一脸疑问地回头看着他俩为啥不关车门，赵文熙叹了口气只能妥协，无力地上了车。

不到半个小时，他俩就看到了亚龙湾漂亮的海滩。尽管阳光似火，但在那清澈的海水里走一走，瞬间就感受到了夏日海滩的独特清凉。

这是赵文熙和顾向南最重要的回忆之地，在沙滩上走了一会儿，她就被满脑子的往事搞得有些伤感。

反正时间还早，她索性租了个躺椅抱着椰子，看着伍坤跟个哈士奇似的在海水里跑来跑去撒欢儿，心情倒是平复了不少。

这一平静下来，赵文熙就想起了那个已经要被她遗忘的梦境。梦里的顾向南背对着她，直直地往海里走去，任她声嘶力竭也没有停下脚步。等他终于回头的时候，却又是满脸微笑地缓缓招手。那动作似乎是在叫她跟上，又像是让她回去，甚至连他的脸，都越来越看不真切。

梦境终归是梦境，眼前真切的，却是伍坤的脸。他这会儿正光着膀子站在海里，海水没过了他的膝盖，弄得他裤子都湿了也不在意，一个劲儿地摆着胳膊喊着她的名字。

“赵文熙，快过来一起玩啊，一个人待着有什么意思？”

看着伍坤，赵文熙终于想通了——接受新的人或许才是开始，开始有人爱，开始有朝气和活力！

“喂！”赵文熙听见自己的喊声，“你，要不要试试在一起？”

可能是离得太远，也可能是海浪的声音太大，伍坤只看见岸上的赵文熙在张口说话，却完全听不见她在说什么。

扭头瞅了瞅看上去很有吸引力的大海，又回过头看看赵文熙，伍坤忍住了想要一个猛子扎进海里的念头，直直地朝着赵文熙走了过去。

沙滩很干净，沙子很细很软，踩上去有点烫脚。伍坤一屁股坐在赵文熙旁边的躺椅上，抖着脚上的沙子絮絮叨叨地数落：“你这人可真没意思，来了海滩又躺着，那跟回酒店躺着有区别？”

看着赵文熙拿下了脸上的墨镜，一脸严肃地看着自己，他不禁有点心里发毛，琢磨着刚才哪句话说重了，战战兢兢地问：“你刚才跟我喊什么？我没听见！”

一听这话，赵文熙立马翻了个白眼，把刚摘下的墨镜又带了回去，没好气地说：“好话不说第二遍，听不见就算了！”

“听得见！”伍坤赶紧说道，“我就是刚才耳朵进水了，你再说一遍呗？”一边说他还一边摇头晃脑地抖着头发，头上的海水甩得到处都是，真像只刚泡了水的人形哈士奇。

有些设定一旦开始就会越看越像，当伍坤听不到回应，像只大型犬一样蹲在赵文熙旁边可怜巴巴地眨着眼睛说“原谅我一回，再说一次？”时，她就忍不住笑出了声。“我说，你怎么跟个狗狗似的？”

她这话没头没脑，弄得伍坤一脸纳闷：“啥？”

还没等赵文熙再说话，躺在旁边躺椅上的一个抱着孩子的大婶就亮出了大嗓门：“她刚才说，你要不要试着在一起？”

大婶一边说还一边一脸嫌弃地看看他俩：“现在的小年轻什么耳朵呀都是？她刚才喊那么大声，我小孙子都被吵醒了！”

她这话一出，赵文熙的脸瞬间就扭到了另一边，还极不自然地调整着眼镜，一副事不关己的样子。

伍坤倒是比想象中平静不少，先是向那大婶道了歉，又夸奖了几句人家小孙子真可爱，这才一本正经地在赵文熙旁边坐下。

“你别、别挤我。”赵文熙一边往椅子一侧挪一边把被伍坤压住的裙角拽出来，“你身上都是湿的，弄我一身水！”

这明显是要转移话题，伍坤淡淡地笑着揉了揉她的头顶，眼神里满是炙热，声音却温柔如水：“你，怎么会忽然……忽然想通了啊？”

隔着墨镜，他的脸看起来十分平静，赵文熙蹙起眉头：“你看起来也不是很高兴嘛。要不，就算了吧？”

一听这话，伍坤立马瞪圆了眼睛：“算了？开什么玩笑？这哪能算了？我好不容易把你逮住了，怎么可能放手？”

“什么话？什么叫逮住啊？”赵文熙十分不满意他的用词，“我先跟你说哦，我说的可是‘试试’，要是不合适，转不了正的我跟你说！”

伍坤这会儿已经乐疯了，哪儿还顾得上其他？“能‘试试’就是有进步，总比你老躲着我强！”说着，他神经兮兮地从自己腿上狠狠掐了一把，疼得“嗷嗷”叫个不停，“真疼！我不是做梦啊！”

见他笑得嘴角都要咧到耳根，赵文熙没好气地笑了起来：“至于么你？”

“至于！特别至于！”伍坤整个五官都在跳跃，“我这会儿都觉得有点儿蒙……我、我好高兴啊！你等下哦！”

说罢，他就在赵文熙的瞠目结舌之中朝着大海飞奔了过去，又跑又跳的，倒是更像没拴绳的二哈了！

一整个下午，赵文熙都被乐疯了的伍坤拉着赶海、玩水，简直累得要命。最恐怖的是，这家伙现在恨不得抓住谁都告诉人家自己有女朋友了，就连沙滩旁边卖水果租泳圈的都不放过，弄得赵文熙哭笑不得。

等他撒完欢儿，俩人骑着小摩托回到酒店，新的问题就来了——这家伙不肯回自己房间！

赵文熙本就心里一团乱麻，哪会允许他这么快登堂入室？直接揪着他的衣领，就要把他往门外拖。“说好了是‘试试’，你别得寸进尺啊！”

伍坤一边抵住门一边试图解救自己的衣领，还不忘一个劲儿地说好话：“可是我不想跟你分开嘛！”

男生毕竟劲儿大，衣领很快就解救了出来，不等赵文熙说完第N次的“不行！没得商量”，他就已经把人整个儿扛了起来，直接给丢在了床上让她坐在床边。

赵文熙刚要开骂，伍坤就先开口了：“你放心，你不愿意，我不会强迫你的！”

他抿着唇，笑眼温柔，单腿跪在地毯上，轻轻地把脸颊贴在赵文熙的腿面上，声音轻地仿佛呢喃：“我就是太开心了，想多看看你……万一、万一你明天就反悔了，那我起码今天都过得很开心啊！”

听着他的低语，赵文熙忽然觉得鼻子一酸。眼前这个男孩儿，还是第一次露出这么没有安全感的样子……

被人如此珍惜，这种感觉真的很奇妙。她叹了口气，学着他常做的样子，用手在他头顶轻轻地抚着，意料之中就换来了对方紧紧地拥抱。清凉到让人有些发冷的空调房里，也只有这般互相取暖，才可以慰藉心灵。

不多时，看着伍坤在沙发上睡得打起了呼噜声，赵文熙才悄悄关掉了手机音量，打开相册，看起了下午在海滩拍的照片。

有一起的自拍，有一起在沙滩上留下的脚印，当然也有笑得满面春风的伍坤奔跑在沙滩上的样子……

沙滩的痛苦回忆，是否可以用这些填满呢？赵文熙不知道，但在这一刻，看着这些照片，她从表情到内心都是微笑的。这，就够了。

心结打开让赵文熙觉得轻松不少，但还有一件事让她忧心不已。

上午发给薛一行的游艇照还有消息到现在都没有回复，这真的很不对劲。薛一行怎么了？公司是不是发生了什么事呢？

赵文熙觉得之前那种心慌意乱的感觉又回来了，她想到之前薛一行急着把她送走的坚持，还有之前在电话里的态度……难道，郑玉真的做了什么？而替她扛雷的是薛一行，是“爱慕”？

这种心慌意乱一直维持到第二天早上，到了浮潜基地换好装备跟着教练下水，赵文熙都是一副闷闷不乐的样子，让原本心情好到不行的伍坤十分担心。坐在回酒店的车上，看着赵文熙乌黑的眼圈，伍坤简直想带她直奔医院。

“怎么气色这么差呢？刚才玩浮潜你状态也不好，都没见你笑过……”

他话音刚落，开车的莫总也一脸担心地插话：“是不是水土不服？”

他俩的紧张兮兮弄得赵文熙有些不好意思，她挤了笑容出来摆摆手：“你们不用担心，我只是没睡好而已。不过莫总，项目状况和业务里包含的主要行程大概我也明白了，我想今天就返回公司！”

尽管莫总一再挽留，赵文熙还是决定提前结束行程离开，吃过午饭，莫总便把他们送到了机场，最后，他也没忘了把在海鲜馆子拍的照片发给伍坤。

一路上，赵文熙都忧心忡忡，给她吃的也不吃，就连伍坤端着空姐送来的咖啡在她跟前晃来晃去她都无动于衷。

“赵文熙！”连讲段子带挠痒痒什么招儿都使了还不管用，伍坤总算忍不住了，一脸委屈地控诉，“你怎么这么快就反悔，我也没做错什么啊！”

赵文熙让他这突变的画风弄得一愣，随即反应过来他到底在说什么，简直哭笑不得：“别担心，跟你没关系，我没有反悔的意思。”

伍坤这才松了口气，不过还是一脸担心地问道：“你这忽然一下就不高兴，到底是怎么了？”

“我也不知道。”赵文熙苦笑着摇摇头，“我总觉得，公司里或许出了什么事……行哥到现在还联系不上，那个郑玉可能真的没有我想的那么简单。”

伍坤一边给她揉着眉心，一边给她宽心：“你这不也只是猜测吗？或许什么都没发生，只是你自己多想了呢？再说了，就算是有什么事，以‘爱慕’的实力也都是能扛过去的。你就放心吧！”

听着安慰的话，赵文熙心里一暖，缓缓把头靠在他的肩膀上，哪怕飞机在气流中数次震荡，心却平静，睡得也难得安稳。可钢筋水泥构建的丛林中，厮杀本是常态，安稳哪能长久？

一落了地，赵文熙刚开手机，各种消息提醒就争先恐后地蹦了出来，有未知号码来电、也有广告信息，当然也有各种工作讯息。其中最让赵文熙在意的是来自韩娜的六个未接电话，看看时间是从一个小时前开始，每过一会儿就打一次，一副有急事的样了。赵文熙赶紧给她打了过去，提示音刚响了一声，韩娜就接了起来：“你是不是回来了？”

“嗯！”赵文熙满心紧张，却不知道该怎么开口问，“我在航站楼，正准备回公司。”她一说完，就听到电话那头一声明显的叹气声。

“你怎么不听话？”韩娜的声音极为严肃，又带着几分疲惫，听得赵文熙心惊胆战，“薛总不是说了让你过几天再回来？莫总跟我联系我才知道你已经上了飞机，你……”

“到底出了什么事？”赵文熙一听她这口气索性不再拐弯抹角，“你在公司吗？薛总在不在？等着我，我马上回去！”

韩娜一听她是真急了，又是重重地叹了口气，好半天才说道：“薛总不让我多嘴，但你既然回来了也就瞒不住了……我们在人民医院，薛总住院了，骨外科。”

赵文熙一听这话立刻就慌了神，伍坤问了她好几句话她也没听见，好半天才浑身发抖地说道：“行哥，住院了！”

她这话让伍坤也吓了一跳，两人直接去了医院。

到了医院的时候天已经擦黑了，骨外科病区里人还不少，赵文熙和伍坤俩人很快就发现了等在病房门口的韩娜。

“怎么回事？”一看见韩娜，赵文熙都顾不上打招呼就直拉着她问，还一个劲透过门上的玻璃往病房里面瞅，“什么时候的事？怎么不早点儿通知我？”

“你问题这么多，让她怎么说？”伍坤一手扶着她的背给她顺气，转头问韩娜，“现在能进去看看吗？”

韩娜的脸色不太好看，瞅了一眼门里才摆摆手让他俩往远处走走。

“你走的那天下午，有几个混混在地下车库里划了你的车还泼了油漆，薛总想着把你的车给开去清理，结果路上有车故意撞他，这才撞上了安全岛。”

一听这话，赵文熙立马把目光转向伍坤：“你把车钥匙给他的？”

伍坤一脸凝重：“我没想到他会……”

赵文熙根本没耐心听完，一脸紧张地继续追问韩娜：“伤得重吗？”

“右臂骨折加骨裂，昨天做了手术打了钢板钢钉；安全气囊撞伤了鼻骨，不过幸好没断，今天鼻子彻底肿起来了，还有点儿脑震荡。”

担心加愤怒让赵文熙整个人都在颤抖，指节捏得死紧，就连指甲都要扎进皮肉里渗出血来。

韩娜看她的状态，也实在没法再说什么苛责的话：“你不用太担心，不让你们进去看是因为他手臂做了手术，这两天一直在疼，好不容易用了药睡着了，实在是不好被打扰。”

赵文熙此刻什么都听不进去，满脑子都是愤怒——这事摆明了就是冲她来的，这跟那个疯女人郑玉绝对脱不了干系！

伍坤自然也想到了，立马开口问道：“报警了没有？肇事的人呢？”

韩娜又是叹气：“报了，人还没抓到，说是套牌车，警察还在找线索……”

“这还找什么线索？这肯定是郑玉找人干的啊！”伍坤一下子就急了眼。

“没证据啊。不过，也难怪她会这么疯狂……”韩娜看着赵文熙的眼睛，一字一句地说道，“她和木一峰，离婚了！”

听到郑玉和木一峰离婚的消息，赵文熙简直不敢置信：“就因为那么个破事儿？我真的和他没什么啊！”

韩娜却冷笑起来：“和木一峰好过的女人多得数不清，木一峰却只为了你打了她一巴掌。就那一巴掌，木一峰差点儿让人打断了腿！那女人的个性……对了，木一峰也在这儿，楼道那头最后一间里躺着呢。我路过的时候瞅见了，惨不忍睹！”

郑玉竟然会如此疯狂，看来之前坊间对于她的传闻简直就是九牛一毛，半分都体现不了这女人的雷霆手段！

不过，恶人自有恶人磨！郑玉不好惹，赵文熙也不是省油的灯！只要知道面对的是谁，就算不用这些龌龊手段，赵文熙也有自信能把对方彻底打倒！你这么嚣张不就是因为有钱吗？“玉时代”是要不想干了。

一想到复仇，赵文熙瞬间就来了精神。可看着韩娜憔悴的样子，她却不由得语气软了下来。

“韩姐，这两天都是你在这儿守着啊？要不，你先回去休息吧？我们在这儿看着？”

韩娜笑着摇摇头：“算了，还是我来吧。他一个老光棍儿也没人管，我不看着他，连个给跑前跑后的人都没有。晚上起夜什么的也有护工帮忙，倒是没那么累。”

赵文熙刚要说感谢的话，韩娜就变了脸色，语气也忽然严肃了起来：“薛总不让我告诉你，就是怕你意气用事去找郑玉的麻烦，你要是有这个念头最好赶紧打消，因为公司里还有更重要的事等着你办！”

赵文熙原本已经想好了从医院出去就要直接去找郑玉摊牌，一听韩娜这么说，倒是一下了愣住了。难不成就这两三天的工夫，还有更糟的事发生？

“什么事？”

“你不在，老薛不在，公司现在成了顾星明当家，这两天扎空儿他就来一趟，逼着老薛扶他当副总，说是这样才好暂管公司，气得老薛一点儿办法都没有，简直是白眼儿狼！”

趁着这个时候搞小动作，顾星明还真是个小人！赵文熙看着韩娜一脸担忧的样子，挤出个笑容来，握住她的手坚定地说道：“韩姐，你放心，既然我回来了，就不会让人在‘爱慕’的地盘撒野！公司交给我，先不要告诉行哥我回来了，等我处理好那些人渣，再来向他道歉！”

韩娜原本对她有气，现在也全都烟消云散。“其实，你没做错什么。老薛送你走也是想让你能躲过那郑玉的暴怒期，没想到……公司交给你他放心，只是你不在的这几天，顾星明挺得民心，他现在得了这个副总的位子，你怕是……”

赵文熙没有让她再说下去，眼神坚定地拍了拍她的手背，这才站了起来。她转身靠近病房，隔着小窗口看着正在熟睡中的薛一行。

刚才韩娜说的那些让赵文熙和伍坤都心惊胆战的话，此刻看来居然算得上是轻描淡写。薛一行脑袋上、鼻子上、胳膊上，还有露出来的脚腕上，此刻统统缠着纱布；脸比平时肿了三圈儿，尤其是眼睛，已经彻底肿成了一条缝，更不用提满脸那打翻了眼影盘似的黑紫蓝青……

行哥，你等着，我一定会给你一个交代！赵文熙擦去眼角的泪水，在心里默默地立下了誓言，告别了韩娜，她头也不回地走出了医院的大门。

伍坤一路跟着她，看着她单薄的背影，心里不由得七上八下。他知道她这是正处于极度的愤怒之中，或许会怪他擅作主张把车钥匙交给薛一行，或许会反悔那刚提出来没过多久的“试试看”约定，但这些他通通不在乎，他只希望能让赵文熙平静下来，起码不要是这副隐忍到让人心疼的样子……

医院外面从来不愁没有出租车，赵文熙拦了一辆车就直接坐进了副驾驶座，一点儿要让伍坤上车的意思都没有。

此时要是放她走，那就真的什么都留不住了，伍坤深知这一点，也不管她愿意不愿意，拉开后座车门就钻进了车里，正好听到赵文熙给司机报了“玉时代”的地址。

伍坤一下子就急了，赶紧让司机先别动。

“赵文熙，大半夜的你去‘玉时代’也没用，人家会在那儿等着你去找麻烦？而且，你去了能干什么？打她一顿？你有什么证据？你要是不冷静，我就把你绑回家，等你清醒了再说报仇的事儿！”

“你让我怎么冷静？”赵文熙也来了气，“你刚才没看见吗？行哥半条命都快没了……原本，应该躺在那儿遍体鳞伤的，是我！”

“没有人应该躺在那儿！他不应该，你也不行！”伍坤越说越来气，“事儿现在已经出了，你要是实在想出这口气，也不应该用这么愚蠢的方法！连我都明白的道理，你别跟我说你不懂！就算要报仇，你也得先把‘爱慕’给看住了！”

道理自然是都懂，可赵文熙真的是过不了自己这一关，如果让她就这么熬到明天早上去公司，她一定会疯！

司机看着他俩吵来吵去实在是忍不住了：“我说你俩到底走不走？要不，你们先商量一下到底去哪儿再说？”

伍坤叹了口气，看着明显处于极度暴躁之中的赵文熙，沉吟半晌，等到那司机又不耐烦地准备赶人才开了口：“喂，明天的事明天再说，你现在要不要去放松一下？”

赵文熙没吭声，伍坤直接就给司机报了“夜色”的地址。

不到半个小时，他俩就已经坐在了第一次相遇时的那个卡座里，对面坐着一脸玩味盯着他俩的老熟人——杜凯。

第四章　相守

“有情况啊你俩！”杜凯平时还好，稍微喝上点儿就没个正形，看见伍坤搂着赵文熙一起来喝酒，怎么可能会轻易放过他们？

没等赵文熙开口解释，伍坤就已经一脸戒备地盯着他说道：“你别乱说话啊！她不喜欢被人这么调侃，而且她现在只是答应跟我试试，还不算是正式在一起。”

“试试？”杜凯下巴都快掉下来了，“这有什么可试的？直接处呗！”

伍坤一头黑线，身旁的赵文熙今天心情极度不好，能乖乖让他搂着肩膀不挣扎已经是给足了面子，伍坤相当感恩她没有直接甩脸子走人。

他又是给拿干果，又是给喂水果，看得杜凯一阵头皮发麻。“真受不了这酸臭的恋爱味道！伍坤，你小子完了我跟你说，让人家吃得死死的，以后有你好日子过！”

“你以为我很想让你感受我这恋爱的喜悦啊？不是你一个劲儿给我发消息打电话说空虚寂寞冷无聊，急需我陪伴？我现在来了你又酸我，合适吗你？”

听了这话，杜凯都恨不得一口酒喷死他。恋爱中的人，怎么这么招人烦啊？伍坤正在忙着拦住赵文熙伸向酒杯的手，哪能顾得上杜凯？那副有女朋友万事足的样子，直接就气得杜凯一脸嫌弃地离开了卡座，让他俩自己在那玩儿吧，眼不见为净！

赵文熙自打下了出租车就没说过话，本来她以为伍坤带她来这儿是要喝酒的。可她没想到，来了以后这家伙不是让她吃这个就是让她吃那个，一口酒都不让碰。最可恨的是，就连杜凯递到她面前的芝华士都被硬生生换成了芒果酸奶，也不知道他在这酒吧里，到底是从哪儿搞来的酸奶！

伍坤哪会看不出来她不高兴？

一边抓过她的手攥在手里揉捏，一边凑到她耳边解释着：“不是不让你喝，实在是你喝了酒太可爱，我怕万一别人把你拐跑了可怎么办？在这儿听听歌放空一下，明天咱们还得跟那些牛鬼蛇神斗智斗勇呢，不是吗？”

不得不说，伍坤气人是一绝，哄人也算是一绝！简单两句，赵文熙还真给听进去了，明天要跟顾星明开战，确实不可以因为一时情绪失控就影响状态。

不仅如此，伍坤提起喝酒这一茬儿，赵文熙瞬间就想起了上次喝蒙了以后自己变成话痨的样子，虽然印象已经十分模糊，但还是能想起些片段的。

见她若有所思，伍坤也不再吵她，时不时给她投喂些吃喝，倒是也没被拒绝。

正享受着二人世界，小V就挂着一脸笑意跑了来，说是老板找他。伍坤皱了皱眉，转头就对赵文熙低语：“你先自己坐一下，我马上就回来。”说罢在她头顶吻了一下，这才跟着小V往包间走去。

伍坤本以为是有朋友来了叫他去打招呼，结果一进包间，居然是只有杜凯一个人在，不禁有些纳闷。“你找我干吗？文熙一个人在外面呢哎！”

杜凯瞬间就是一脸嫌弃地瞥了他一眼：“有你这么见色忘友的吗？亏得我有情报赶紧跟你分享呢，不想听拉倒！”

一见杜凯生气了，伍坤立马笑了起来：“你以前拉着嫂子秀恩爱，时不时还美女环绕的时候，也没顾过我们这些单身狗的感受啊！”他挑起一边儿眉毛问道，“有啥情报？你知道点儿事儿不说出去晚上都睡不着！想说赶紧，不说我可走了！”说完作势就要走，气得杜凯简直七窍生烟。

“我真是上辈子造孽了认识你！”杜凯把手里的酒杯拍在桌上，表情倒是难得的严肃，“我先问你，你家赵总这阵子是不是惹了什么人？”

一听这话，伍坤立马变了脸色：“什么意思？”

“是吧？是就对了！”杜凯一看他那表情变化就心里有数了，“她招的那位可没那么简单，下三烂招数多得是！她那个老公，现在下场可是惨得很，你觉得她会放过你家赵总？”

伍坤神色骤然变得更为冷峻，想了想还是隐瞒了薛一行替赵文熙挡了灾的事，只是点了点头附和道：“木一峰现在医院呢，腿被打断了。”

“你知道？”杜凯颇为惊讶，“那你也知道她是怎么想起要去找你家赵总的麻烦？”

伍坤蹙眉：“什么意思？你知道内情？”

“不然我干吗单喊你过来啊？有些话当着你家赵总的面实在不好说……她之前得罪了一个姓孙的，就是那人把木一峰和赵文熙见面的照片拿给郑玉的！”

“孙？”伍坤瞬间就反应了过来，“你说孙培文吧？是那老小子在背后搞鬼？”

杜凯点点头：“木一峰想通过我拿下我爸那边的活动业务就老往我这儿跑，连带着‘玉时代’很多员工也会来，他们财务有个李姐跟那姓孙的就是常客。前儿大李姐跟姓孙的闹分手，那女的追着姓孙的又撕又打又哭闹，摔了我们好些东西！她说姓孙的让她把赵文熙和木一峰约会的照片给郑玉，说是想对新靠山表忠心，其实是想攀上郑玉，要弄走木一峰给他自己腾地方……她还说了好多郑玉和姓孙的干的卑鄙事，我拣有用的听了几句就让小V把他们给撵出去了。”

他这一番话，听的伍坤不由得冷笑起来。“姓孙的，上次饶你不死居然还真跳槽到对家去了，还敢兴风作浪是吧？小爷就让你知道知道什么叫正儿八经的春风得意！”

当伍坤回来，赵文熙的表情表示她正处于极度烦躁之中。眉头紧紧地蹙成一团，看得伍坤心里也是堵得慌，伸手给她揉着，附在她耳边轻声细语地说道：“对不起啊，让你等我这么久。”

赵文熙看他那一脸担忧，淡淡地摇摇头：“杜凯叫你有事？”

伍坤想了想还是决定对她坦白：“杜凯这儿人多口杂收消息快，说是之前郑玉找你麻烦其实是孙培文在背后搞鬼，你和木一峰的照片就是他给郑玉的。而且，那个郑玉最近动静很大，提醒我们注意一下。”

赵文熙倒是没想到他们是去谈这个，她对孙培文那小人没兴趣，一提起郑玉立马来了精神：“什么动静？”

“郑玉这阵子游说各家酒店和同行搞产业联盟，据说是要砸大价钱搞设备入驻，目前大部分高端酒店都表示有兴趣。她还邀请了很多中小型同行，把三星以下酒店资源共享，打算围剿‘爱慕’！”

这女人竟然来这一手？赵文熙瞬间觉得头皮发麻。这些年她跟全市的大大小小多家酒店的负责人都保持着联络，但目前没有一个人对接触过郑玉的事提过只言片语，可见那女人给的筹码已经对了酒店的胃口！

“爱慕”的业务大部分靠各家供货商完成，运营成本相对“全家总动员”的小公司来说要大得多，打价格战并不占优势。如果被同行围剿，对“爱慕”来说会是致命的打击！

她眉头紧皱，开始考虑最坏的状况：“之前合作的酒店大多有过入驻协议，协议到期之前他们就算想要倒戈也会碍于协议不会做得太绝；可是一旦酒店有了异心，以后的合作顺畅度就会大打折扣，再加上同行打压，恐怕会造成大批量的跑单……”

伍坤点点头：“就怕其他酒店为了把咱们给挤对走使绊子，婚礼需要的客户、婚礼公司和酒店的三方配合，现在酒店这一环如果出了问题是挺麻烦的。不过，也不至于会把‘爱慕’搞垮吧？”

如果是之前，赵文熙可能会这么觉得。可是按韩娜所说，以顾星明在薛一行受伤之后的反应来看，恐怕情况远不止表面这么简单……

一夜无眠。第二天一大早伍坤就等在了小区门口，见赵文熙一脸凝重，他不由得叹了口气：“我说祖宗你能不能别这么丧？咱该干吗干吗，公司的人知道你要回来维护正义，那不得好好开个茶话会迎接你呀？”

赵文熙知道他这是在耍宝安慰她，但她此刻不允许自己有丝毫懈怠。能让顾星明无所顾忌地搞事情，这次回公司要面对的只会是暴风骤雨豺狼虎豹，绝不可能是欢乐祥和的茶话会！

果不其然，当他俩进了办公室，还不到两分钟顾星明就来了，一进门就是一阵冷嘲热讽：“他们跟我报告，我还以为我听错了呢，你们俩还好意思回来？”

不论世事如何变迁，顾星明永远那么讨厌！赵文熙有时候真的很纳闷，他这种说话的“艺术”，平时到底是怎么谈成大单的？

还没等赵文熙说话，伍坤就直接怼了回去：“出差结束了自然就回来工作了呗！顾大叔好像挺不希望我们回来？”

顾星明的个性简直是一点就着，听伍坤变着法损他简直气得头顶生烟："你们俩一个把薛总害得进医院，还搞出那么多事败坏公司名声，另一个直接旷工跑去玩，现在居然还大摇大摆地说要回来工作？你以为公司是你家开的吗？"

"不是我家开的，但也不是顾总的家产吧？"赵文熙一脸微笑，声音平静如水，"顾总不体谅我们大夏天的出远差辛苦也就算了，听这意思是还想做了薛总的主，把我们赶出'爱慕'吗？"

明刀明枪过招，顾星明的口才三个摞起来都不够赵文熙玩儿的，一听这话气得连形象都不顾了，一手指着赵文熙就开骂。

"你能不能要点儿脸？谁不知道你是为了躲人家大老婆才去海南。薛总任命我当副总，我自然有权把公司的害虫都给清理出去！"

"通知呢？"赵文熙面不改色，嘴角的浅笑写满了讥讽，"任命副总这么大的事情，没有人事部的带印通知，你当是过家家？要不要干脆封你个皇帝玩儿啊？"

顾星明还没说话，前台小圆脸就着急忙慌地跑了进来，看见顾星明也在还愣了一下："赵总、顾总，你们赶紧去财务部看看吧！出事了！"

等到三人来到财务部门口，立马就被眼前的状况惊呆了。公司酒店十月之前所有已经签了单的客户，男男女女加起来足有近百人，再加上公司的那些销售人员和婚宴部的人，真是把个财务部的门口给围了个水泄不通。眼前这状况，他们想挤到门口都费劲！

财务部陈姐是薛一行的堂姐，说话像个冲天炮一样十分硬气，她一夫当关万夫莫开，挡在门口舌战群雄的样子还真是任谁看了都发怵。

"各位，我已经说了很多遍了，今天领导不在了，真的只能等明天再处理。你们也看到了，现在就我一个人怎么可能忙得过来？”

她这说法明显没有得到那些客户的认可，一时间所有客户都开始纷纷开口指责。

“收钱的时候态度那么好，现在一说退钱就这么多借口？”

“当初你们自己说的预约单能退，怎么这才几天的工夫就不认账了？”

“你们这就是存心拖着！之前还以为大公司就能有保障，这就是你们公司的信誉？”……

赵文熙刚要说话，一旁的顾星明先开口了：“我说陈姐，你这样可就不对了，我们得拿出点儿正规大公司的气魄来嘛！作为公司副总，我来签字！在场所有客户只要有相应的理由，都可以正常退单！”

赵文熙他们都傻眼了，作为一名销售人员，在面对退单时最忌讳的就是煽动客户情绪，这一点作为老销售的顾星明不可能不知道！

他，是故意的！

顾星明一句话直接让现场炸了锅，所有客户都开始嚷着退钱，场面瞬间一发不可收拾！

看着这情况，赵文熙直接就穿过人群挤到了财务部门口。一看到她，陈姐明显是松了一口气：“小赵，你可算来了。现在这状况，必须通知薛总了！”

赵文熙拍拍她的胳膊，微笑着摇摇头，几乎无声地说道：“先不要，我来处理。”

陈姐一脸担忧，可看着她充满自信的眼神，最终还是选择了信任，沉默地站在一旁，冷冷地看着顾星明。

闹事的客户里有几个是赵文熙的客户，自然是认识她的，此时一看她出现，虽然有些尴尬但还是站了出来，一开口就是浓浓的火药味。

“小赵，刚才这个顾总说可以给我们退单，你现在出来是想干吗？”

“就是！可别想找理由，我们不听！利利索索地赶紧都给我们退了！”

一瞬间，所有人都激动了起来，伍坤一看架势不对，赶紧站在赵文熙和人群中间，把赵文熙护在身后，以免发生碰撞。

赵文熙淡定地拍了拍他的背，转头从容地面对着众人复杂的目光说道：“顾总说得没错，所有跟‘爱慕’签订了预约单的客户，只要有合理的理由都可以退单，这是‘爱慕’对您做出的承诺，自然不会有任何问题。”

她这话一出口，包括伍坤、陈姐在内，所有的人都愣了。顾星明原来一脸看好戏的表情，现在也是一脸蒙，搞不清赵文熙这到底是要玩儿什么套路。

“赵总，既然你觉得我说得没问题，那你这堵在门口，是什么意思？”顾星明此刻俨然已经连伪装都懒得，直接就站在了公司的对立面，代表客户向‘爱慕’施压。“难不成你希望公司因为这么多预约金就背上个‘言而无信’的名声？”

一见顾星明这明显的“跳反”行为，赵文熙反而笑了起来：“顾总可真是为公司着想呢！”

这话噎得顾星明脸红脖子粗，没等他反应过来，赵文熙已经接着说道：“各位的心情我很理解，我也大概清楚大家这么着急来退单是什么原因。在此，我只想问大家三个问题，如果各位能给我答案，我立刻给您退单，行吗？”

一听这话，所有的客户都窃窃私语了起来，不知道她这是什么套路。

有个看起来挺利落的阿姨首先提出了质疑："小赵，我是你的客户，你没忘吧？十天前跟你签预约单的时候，我可是一点儿犹豫都没有就给你交了钱签了约。当时你亲口跟我说的，预约只是为了给大家一个信任的基础，在签订正式合同之前如果我有任何不满意都可以随时退，是这么回事儿吧？"

"您是吕阿姨，我记得您，我说的话我也记得。"

"记得就好！我只问你，你说你大概知道我们为什么来退单，那我倒想先问问你，我为什么连通知你一下都没有就自己来退单？"

这话明显是带着气，赵文熙看着那上一次见还笑脸相对的阿姨那充满怒气的眼神，微微欠身鞠了个躬才说道："对不起阿姨，您先别生气，我也希望在场的所有客人都能先消消气。结婚是喜事，本该是高兴的事情，无论是不是我们的错，让各位因为这个事情不高兴了，那就应该向各位道歉，对不起！"

说完，她又深深地鞠了一躬，好半天才缓缓起身。

"我先回答阿姨的问题。"

她环顾四周，眼神真挚态度诚恳，倒是让众人没办法再起哄，都静静地听着她解释。

"想必大家今天来这里，是因为有我们的同行给大家分析了我们给各位列出的报价单吧？大家现在觉得单子水分太大，所以才想来退单，对吗？"

她话音刚落，所有人脸上都是一副复杂的神色，一是纳闷她怎么会知道，二是也确实带着气。说好了"没什么利润""基本是友情价"的报价单，让人家一核算成本，简直八成都是利润，怎能让人没有一种上当的感觉？

赵文熙看看所有人的反应，接着说道："看来我没猜错。在此，就又得说回我刚才要问大家的三个问题了。第一，对方给您比价格的时候，有没有给您解释每个项目的规格？第二，在我们'爱慕'给出您报价之前，您有没有在别家比对过性价比，收到'爱慕'的报价，是否真的觉得贵得离谱呢？"

这话一出，所有人都是一脸沉思的表情。看到这种反应，赵文熙笑了笑，接着说道："别着急，大家可以慢慢回想。第三个问题也很简单，那就是作为婚礼的主人，你们在价格和品质之间，更看重哪个呢？"

她的话像是有魔力一样，一步步地打开了客户们之前被愤怒蒙蔽的思路。

"我给大家捋一捋啊！我们公司大屏的报价是300元一平方米，对方可能会说，哎呀他们也太黑了，我家的大屏才100元！但是他们有没有跟你说，我们300元一平方米的屏是高清的P3屏，而那100元的可能是即将被彻底淘汰的P6屏呢？还有摄像，高清还是标清、单机还是双机、有没有斯坦尼康、给不给剪辑婚礼MV，有给大家说清楚吗？"

众人的表情已经说明了一切，赵文熙继续道："我相信大家都是聪明人，签订预约单之前一定是对'爱慕'十分认可所以才会放心的签字、付款。我希望大家可以好好回想一下，您认可的价格、您认可的设计，有没有可能忽然跳出来一个都不知道怎么得到您联系方式的草台班子，就说可以低价完成？说句不该说的，如果婚礼当天出了问题，您来找'爱慕'要说法还是可以有个保障的。如果是小公司呢？品质都保证不了，售后拿什么保障？"

一口气说完这些，赵文熙叹了口气，脸上带着淡淡的悲悯：

“如果各位想通了这些还是要退单，那我无话可说。但我真心想问问各位，对方给您的那个所谓的低价，真的配得上您希望得到的婚礼品质吗？真的优惠到足够让您冒着一生一次的重要仪式留下遗憾的风险吗？”

在这一刻，赵文熙就像是吹响了童话中的魔笛一般，现场瞬间安静得可怕，所有人都是一脸犹豫，已经全然不见了之前的怒气。

最终，还是那位吕阿姨打破了沉默：“这些门道，我老太婆是真不懂……之前我就觉得这忽然冒出来俩小子，问什么也给我讲不明白，就只说我被‘爱慕’坑了，他们能便宜做……现在看来这婚庆还真没那么简单！小赵，阿姨不退了，阿姨信你！”

群体闹事就是这样，只要能打开一个突破口，拿下其他人那就只是时间问题。

吕阿姨的话挺有感染力，再加上赵文熙趁热打铁推波助澜，不到半个小时，刚才还喊着要退单的人们就打消了之前的疑虑，选择了继续之前的合约。

送走了这些人，赵文熙整个人都像是脱了力似的，扶着墙壁站了好久才在伍坤的搀扶下缓缓走进财务室。

现在虽然是七月中旬，天气热，公司里的中央空调开得还是很足的，不披个外套偶尔都会觉得冷。可就在这样凉飕飕的气温之下，赵文熙竟出了一身的汗，连身上的套装都已经被汗水浸透了，更别提她现在整个人都在微微地发抖！

伍坤在挨到她肩膀的一瞬间就吃了一惊，他这辈子都没有过这么大的压力，刚才那样的场面，山大的压力忽然挪走，整个人就瞬间卸了劲儿，也难怪赵文熙会这样。

陈姐正在劈头盖脸地骂顾星明，赵文熙一进来两人才停止了争吵。顾星明看着脸色难看的赵文熙，立马就是一阵叫嚣：“你以为你刚才唬住那么几个客户，就成了‘爱慕’的功臣了？你不是一直想当副总吗？公司现在这个鬼样子我也不想留了，你当一把手都没人拦着你！”

他越说越来劲，气得伍坤拳头捏得“吱吱”响，恨不得直接上去撕了他那张鸟嘴！

赵文熙冷冷地笑道：“猜到你要撤了，可我还真没想到你居然会是以这样的方式离开‘爱慕’。”

伍坤接过了话头，一脸鄙视地怒斥：“郑玉给你开什么价？能让你连脸皮都卖给她了？”

顾星明一听这话倒是笑了出来：“你们以为我是因为钱？赵文熙，我不知道你用了什么招数能让向北放过你，但我顾星明只要能逮住机会，就算不给钱我也愿意干！更何况，郑玉答应我当她新公司的副总，我何乐而不为？我可以跟你们预告一下，‘爱慕’离倒闭已经不远了！你守住这些单子没有用，没有新单子出现，‘爱慕’早晚会被干掉！”

说到这他冷笑着瞪了二人一眼，扭头对着陈姐说道：“陈会计，赶紧把我们销售一部的提成给算清楚。好聚好散，省得以后打官司伤和气！”

说完他就一脸嚣张地走了出去。看他那态度，赵文熙的脸上倒是没有太多波澜。

毕竟现在公司确实是处在多事之秋，如果能把这种动不动就跳反的货色清理掉，倒未尝不是一件好事。

陈姐看起来十分疲惫，往日一丝不苟的头发都有些凌乱，她看着门口愤恨地骂道：“真是卑鄙小人！亏得薛总待他那么好，居然带着整个销售一部一起背叛公司！”

赵文熙拉着陈姐的胳膊把她扶到椅子旁坐下：“想走的人留不

住，这些人恐怕是早就预谋好的，早走或许是好事，省得他们把公司的资源弄走更多。”

陈姐还是愤愤不平：“这些白眼狼，每年拿公司那么多钱！现在一见苗头不对，一个个跑得比兔子还快，可真是人心难测！”

说到这她郑重地看着赵文熙：“说实话，我之前对你有气。总觉得要不是你，惹不出这么多的麻烦来，可现在看来，公司的内部早已经出了问题！先是孙培文，又是顾星明！每个人都在往一行的心上捅刀子！”

她紧紧地握着赵文熙的手，语气十分沉重：“一行可是把你当亲妹子，你一定要守住他的心血啊！”

赵文熙本想对她说，自己才是那个最该离开“爱慕”的人。如果她当时没有因为要对付孙培文而去招惹木一峰，如果当时她可以跟郑玉好好谈一谈，如果她现在不在“爱慕”，或许郑玉会放过“爱慕”也说不定……

可是，面对着陈姐信任的目光，还有手上传来的温度，赵文熙连一句拒绝的话都说不出口！

这是背水一战，这是“爱慕”这些年从未经历过的危难时刻，如果现在她选择当逃兵的话，她要怎么去面对薛一行？

没等她走出财务室，韩娜的电话就打了过来，一开口就是一阵急惊风似的连环发问：“你在哪儿？在公司吗？公司到底怎么回事啊？”

赵文熙沉声答道：“我在财务部，刚才有客户来退单，已经安抚住了。”

“人事部刚刚收到了上百封辞职信！”韩娜虽然已经压低了声音，但那焦急的语气一听就知道她在电话那边已经彻底生气了，“到底发生了什么？顾星明又是怎么回事啊！”

赵文熙瞬间觉得脑袋“嗡”地就是一片空白，差点儿眼前一黑直接晕过去。

定了定神，她惨白着脸问道：“一百多封？都是哪些人？顾星明要带销售一部辞职我已经知道了，但他也带不走那么多人啊！”

“销售部、摄影部几乎全军覆没，设备部除了老白、小伟、图图他们几个一组的还在，剩下的也都走了！执行部剩下了几个老人儿，花艺部到现在还没动静。谭海洋跟我说他那儿好些人今天压根儿没来上班！今天公司外场没执行，但是自家酒店有两场三部的活儿啊！客户现在联系不到人已经快急疯了，没人通知你吗？”

一听这话，赵文熙立刻稳了稳心神，沉着嗓子问：“薛总知道了吗？”

“没敢说！人好不容易退了烧，他手机在我这儿没敢给他，顾星明给他打电话我也没敢让接。”

听她这么说，赵文熙松了一口气：“捂着，先别说。现在，他能先养好伤才是最重要的！”

说着，她三步并两步地就赶往一楼大厅。门口已经支了一大一小两个充气拱门，一个回门宴一个九十寿宴。时间还不到十点，还没有人开始迎宾，看起来跟平时也没什么大区别。

可当她看向前台，就知道确实不是韩娜在危言耸听了——平时至少有三四个接待人员的前台今天居然只有一个谭海洋！

谭海洋现在凄惨无比，他拿起这个电话说两句又接起那个电话，黑西装里白色的衬衣活活被汗水湿透，一脑门子的汗都顾不上擦忙得不可开交。一看见赵文熙，谭海洋立马一副快跪下的表情就在那儿拼命招手让她过去。

“祖宗，快救命啊！”他一放下电话就从接待台后面跑了前来，拽着赵文熙的胳膊往隐蔽处走。

“今天一场一楼的回门宴一场二楼的寿宴，客户到现在都联系不上销售，设备部老白都快一个人拆成两个使了！手下那些个王八蛋知道今天有活儿，居然到现在也联系不上，现在都不知道一会儿传菜的人够不够！客房部除了卫生组的几个大姐正常上班，剩下的人统统失联！我一上午得顾厅里，还得搞接待，还得处理退房，把我掰成八瓣儿都不够使啊！怎么办啊？”

谭海洋平日里精明鬼道，干起活来却是面面俱到的，赵文熙还是头一回见他这么个大男人一副快急哭的样子。

赵文熙拍了拍他的胳膊，镇定地说道：“你别慌！现在重点是要让客户的典礼正常进行，我先去厅里看看情况，马上就联系干活的人，这是公司的门面绝对不能乱，你先在这儿守着，哪儿都别去！”

话音未落，她已经迈步往一楼宴会厅走去。

一进厅里，赵文熙总算是放心了一些。因为是回门宴，规模不算大，用的设备也都是厅内固有的，如果不用追光灯，有一个调音师、一个灯光师、一个控大屏的人就足够。

设备部总监老白正在往大屏上整婚纱照电子相册，刚把伴奏轻音乐的声音推起来就看见了赵文熙，他立马把手头的活交给徒弟小伟，一路小跑着就过来了。

老白还没说话，伍坤就已经从赵文熙身后风风火火地追进了厅门。

刚才在一楼大厅他遇到谭海洋，算是大致搞清楚发生了什么事，赶紧就找来了厅里。

赵文熙看了他一眼，转头对老白摆了摆手一脸严肃：“中午需要几个人？现在怎么安排的？缺口几个？”

老白一边擦着头上的汗一边说道："楼上是个寿宴流程还简单点儿，一会儿图图控音，正义控灯和屏，刚仔负责追光。我让小伟上去给执行部打下手，他们有个开场表演是水鼓，演艺部连个搬道具的都没，执行部根本忙不过来。"

他看了看身后，接着说道："这儿调音我上，灯光是小海，大屏我调好播放顺序。我给那群小子打了电话，一会儿要是实在不行，我就连大屏也控了。只是，现在前后追光咋整啊？这场还要用泡泡机啥的，也没个督导，到现在也联系不上销售小风……实在没人了！"

"追光师是吧？"伍坤一听这情况也急了，立马就自告奋勇，"还差几个人？我这就给你喊人来！"

他一边说一边拿出电话，立马就给老爸打了过去，一接通就听见了伍三江睡得迷迷糊糊的声音："我说你这一大早是要死啊？起得那么早，出门也那么早，叮叮咣咣的，现在还吵我。能不能让我好好儿睡个觉？"

要是依着伍坤平时的性子，早就给伍三江嚷上了，不过现在有求于人，自然还是得怂个几分。

"老爸，麻烦您给我调几个人过来，要会控灯光音响的那种。"他尽量让语气听起来十分乖巧，还不忘了装可怜，"救场如救火，我这儿可是十万火急哎老爸，您可得一定不能给我掉链子啊！"

一听他这是要从三江设备调人来，老白立刻一脸期待地看着他，赵文熙则是若有所思地看了看他，就开始低头划拉自己的手机。

听到伍坤的求救，伍三江先是顿了顿，接着竟然就打起了呼噜，任凭伍坤怎么喊叫都再没回应。等他挂了电话打过去，就已经是无人接听了。

看着伍坤从期待到生气的表情变化，老白已经知道结果了，正要问赵文熙咋办，手机就响了起来。

赵文熙一边收起手机一边说："我把调配人员的电话发给你了，现在就跟他们联系，这是之前我部里的几个人，虽然现在已经转行了，但打追光这种没什么技术含量的活儿还是没问题的，也可以帮着你放音乐。我在群里已经跟他们打过招呼了，你有需要就直接调。"

老白一看手机上那几个熟悉的名字，悬了一早上的心里一下子就有了底气，立马就捧着手机跑走了。

没能帮上忙，伍坤多少有点儿臊眉耷眼，一脸尴尬地冲着赵文熙抱怨着："我爸也是太不靠谱了，说着话也能睡着，都不知道他昨天到底喝了多少……"

看他那难受劲儿，赵文熙淡淡地笑笑："没事，这不已经解决了吗？"

她越是一副云淡风轻的样子，伍坤就越觉得自己无地自容。总有一种在关键时刻自己却什么忙都帮不上的感觉，整个人都沉浸在浓郁的挫败感中。

赵文熙却全然没当回事儿，拿起手机一边发语音消息一边往楼上走去，伍坤看了看她的背影，赶紧跟了上去。

等到他们踏出安全通道的时候，伍坤就在销售群里看到了赵文熙发布的通知：

"人生在世，诚信为本。客户把典礼交给你是对你的信任，就算不珍惜也请不要践踏！明知今天有典礼却仍然不出现的两位，如果20分钟内我还没在厅里看见你，那我赵文熙下半年什么事都不干也要把你们这种不负责任的行为吵得全行皆知！凡事留一线，日后好相见。言尽于此，怎么选择，自己看着办！”

赵文熙平时在工作群里说话虽然冷冰冰，但基本上都是直接发文字，一目了然言简意赅，从未这么言辞犀利过。

事实证明，赵文熙的威胁还是有效的。不一会儿的工夫，老白就给她发了信息，一楼回门宴的婚礼顾问已经到了，这会儿正在跟客户沟通流程。

下一刻，身在二楼的赵文熙就看到了寿宴的销售人员。那女孩儿跑得上气不接下气，一看见赵文熙立马就心里一凉，脸色煞白张口就是道歉：“不好意思啊赵总，路上堵车……”

尽管大家都心知肚明到底是发生了什么事，但赵文熙还是冷冷地笑了笑，没给她难堪。

“去和客户解释一下，检查一下场布和合同有没有出入。”

那女孩儿本以为会被赵文熙狂风乱卷一顿，结果她居然是这么平淡地说了一句就离开了，简直是比被臭骂一顿还要让人瘆得慌。

解了燃眉之急，赵文熙却没有半点儿松口气的意思，她的脸色十分难看，满脑子想的都是顾星明说过的话……

他当时那么笃定地说“爱慕”离倒闭不远了，看来并不是在空口说大话，必然是知道一些什么赵文熙他们不知道的内情；到底开出怎样诱人的条件，才可以同时让这么多人不惜和“爱慕”撕破脸也要出走？

正当她百思不得其解的时候，一个女孩儿就走进了宴会厅，居然是平时没什么存在感的安然。

赵文熙跟她不熟，伍坤看见她倒是挺高兴。一巴掌拍在她肩膀上，笑得十分爽朗：“真够意思，我就知道你不会那么没义气！”

安然笑了笑：“三部就剩我和周哥了，周哥这会在楼下帮忙呢，他们跟我说你和赵总在，我就上来看看。”

没等她说完，伍坤就忍不住问道：“其他人怎么回事？你知道内情吗？他们是不是都跟着顾星明跳槽了？”

“我就是来提醒你们的。”安然看看伍坤又看看赵文熙，接着说道，“他们全都跟着顾总去新的公司了，叫‘金玉盛世’！”

说到这儿，她指了指窗外：“现在办公虽然在城南商圈，但随后就会搬到咱们对面那栋楼，那边也是要开婚礼主题酒店，现在正在大量招人。所有‘爱慕’过去的人直接省去面试环节，而且待遇要比这边高50%！”

听到这些，赵文熙和伍坤一下子就明白过来了。用这么高的薪资挖人，已经是不计成本，明摆着是要釜底抽薪。

要知道，对面那栋楼比“爱慕”整整高了十层！而且，之前的连锁酒店因为经营问题导致财政亏空，那栋楼就成了只卖不租的保命符！多少财团富户都被那狮子大开口的价格吓得望而却步，现在却不声不响地装修成了婚礼主题酒店？会因为报复而这么疯狂的，除了郑玉，赵文熙想不出会有谁！

伍坤虽然也想到了，但还是开口问道：“知道老板是谁吗？”

安然摇摇头：“我不知道，现在所有人都是听顾总安排，那酒店现在疯狂赶工装修，预计很快就会挂牌开业。我们部门有个自己的群，他们在群里报名看谁愿意跟着走。我没报名就被他们踢出来了……其他的，我就不知道了。”

伍坤气得咬牙切齿：“他们那些人见利忘义，现在一见别人给的狗粮多，撒着欢儿就去了，这些家伙到哪儿也不会成大器！”

他转头对赵文熙说道：“不能就这么放过他们！咱们现在就招人，让他们把手头的活儿交接了才能走！敢跟今天这样提前溜号的，扣光他们的工资跟提成！”

赵文熙一听这话，微微摇了摇头，好半天才说道：“想走的人留不住，心思不在了用什么方法都没用，留着也是祸害！更何况，扣工资扣提成？吓唬吓唬他们还行，你当《劳动法》是摆着玩儿的吗？我想，如果是行哥处理的话，也会放他们好走的。”

伍坤简直不敢相信自己的耳朵：“你是说就这样算了？那么多人的空缺拿什么补？过了今天，明天怎么办？现在这情况就算有业务咱们怎么接啊？全靠供货商？”

伍坤说得不错，七月份虽然是淡季，需要执行的业务也总是需要有人来完成。今天的两场还是在公司自家的厅都弄得这么捉襟见肘，如果是外场呢？无人可用，怎么保证质量？怎么确保顺利执行？

想到这里，赵文熙立刻对伍坤说道：“你去落实一下，公司现在各部门各有多少人愿意留下，通知他们下午四点在15楼展示区开会。”

然后又对伍坤说：“注意言辞，不夸不贬，对那些要走的人不做任何评价，不管他们问什么都不要多说，所有问题开会的时候我来处理。明白了？”

伍坤深深地看着她的眼睛，似乎想在那眼神里得到一些力量一般，重重地点点头带着安然离开了办公室。

现在，办公室里变得只剩下赵文熙一个人。

她审视着这个熟悉的空间，从未觉得这里如此空旷，空旷得就像是一片原野一般。那片原野有敌人曾在这里蛰伏，也有战友曾在这里奋斗，还有……还有伍坤，吵吵闹闹地陪她度过一个个通宵加班的夜晚……

她已经很久没有感觉如此迷茫……“爱慕”的辉煌有自己的功劳；可“爱慕”的末路，是否也是自己的过错呢？

她把刚刚升腾起来的那一丝雾气驱散，给韩娜打了电话。电话过了十多秒才接通，薛一行已经吃过了午饭和餐后的药，此刻正在午睡。韩娜走到了楼道里，才静静地听赵文熙说明了公司的情况。

得知这些人闹着要辞职的内情，韩娜也是一头雾水：“顾星明哪有那个财力？他要是有钱开酒店，怎么可能会在‘爱慕’待这么久？”

赵文熙的声音很是疲惫，无力地摇了摇头才反应过来对方看不见，这才说道：“我也不清楚。不管怎么样，公司现在这样，我有不可推卸的责任……”

韩娜叹了口气：“当务之急是保住公司，你可要打起精神来，绝对不要让老薛对你失望啊！”

韩娜的话让赵文熙不由得鼻头一酸，仿佛听到了薛一行在对她谆谆教导一般。她忍了又忍才含着眼泪坚定地说道：“就算拼了我这条命，我也会保住公司！”

听她这样说，韩娜也是满心激动：“我这几天会想办法通过招聘渠道多招些人回来，你费费心思把现有的人给笼络住。现在能留下的都是有心的人啊！‘爱慕’最开始还不就那么几个人？只要人心齐，公司不会倒的！”

话虽说得简单，可公司原本有四百多名员工，现在通过伍坤和安然一统计，目前还正常上班的连五十个人都不够。就这四十几个人里还有几个是来收拾自己私人物品的，收拾完了抱着东西连头都不回地就走了，丝毫没有留恋。

眼前的状况维持正常运营已经是不可能了，除了有典礼的两层，整个爱慕大楼空荡荡的毫无生气，一副立马就要关张的样子。

当务之急是解决中午的活动，赵文熙人在二楼却又操心一楼的典礼，没想到刚进一楼宴会厅她就彻底愣住了——厅里包括穿着孕妇裙的苏珊在内，之前业务二部的那些早就离职的员工，林林总总足有二三十号人！看见她来，那些人手里干着活儿也没误了跟她打招呼，全都是一脸笑容。

上一任助理苏珊这会正坐在调音台旁边跟老白说着话，一看见她也是一手撑着腰就走了过来。“赵姐，好阵子没见了啊！一看你在群里召唤，我们都来了！”

赵文熙一瞬间就觉得鼻子有些发酸，看着苏珊的孕肚，又看看那些记忆中的脸，她一时间真不知道该说什么才好。

当初，她一度以为苏珊辞职走那么急是嫌累，所以就找了个借口跑了。可是，现在看她穿着画着个胡萝卜的孕妇裙，还真的是奉子成婚没错！

赵文熙伸手想要摸摸她的肚子又小心翼翼不敢下手，缓了缓神才一脸嫌弃地说：“你以前虽然不怎么精干，好歹还挺苗条，现在怎么胖成个猪了？”

苏珊也知道赵文熙的脾性，就算是关心也从来都不会好好儿说出口，自然也就不会跟她计较。“可不嘛！结婚后吃了睡睡了吃，都快胖成皮球了！都怪你给我发的红包太大，我跟肚子里两个小家伙可以买很多好吃的呢！”

苏珊结婚的时候正赶上赵文熙在忙，虽说是早就通知了，可赵文熙还是没能到场。当时赵文熙半夜熬通宵，偶尔翻腾手机才看到苏珊发的朋友圈，顺手就转了一万过去，着实把苏珊两口子吓了一跳。

“双胞胎？”赵文熙挑眉，“那你还敢跑出来？典礼上人多，磕了碰了谁负责？这儿有哪样活儿你能干？”

一边没好气地说着，她拉着苏珊的手就把她往椅子跟前让，抢了老白的专属靠椅给垫着才让苏珊坐下：“老大不小了，当了妈还这么不靠谱！”

平白无故被抢了靠椅，老白简直瞠目结舌，苏珊却对赵文熙这种霸气侧漏的“辱骂式关心”十分了解，一边指向正在帮忙搬道具的男人一边说：“那个就是我老公，今天陪我一起来的。我看见你在群里说公司的情况了，实在是有点儿不放心，就让他带我过来，看看有什么可以帮忙的……”

赵文熙哭笑不得：“那也用不了这么多人啊！我不是也说了这次救场是自愿吗？我可不给钱的啊！”

苏珊一听这话就笑了起来：“能让从不愿意欠人情的赵姐发话求救，那就肯定是大事儿啊，谁敢不来？”

“就是啊，姐。”一旁正在整理音响线的男孩说道，“一看见消息哥儿几个就赶紧来了，就怕误了事！可不止我们，楼上还有呢！小梦、苏苏，还有体校那个大强，都来了！”

这话一出，周围的几个人都是一脸笑容纷纷表态：

“可不嘛！赵总号令，莫敢不从啊！”

“姐，缺人你也不早点儿吭气，是不想让我们回来了？”

“我正打算跳槽呢，现在回来跟你干，可不能不要我啊！”

……

这情况，不仅赵文熙傻了，连一旁的吃瓜群众老白和刚刚赶过来的伍坤也傻眼了。

老白一个大老爷们儿，在各种婚礼上见惯了感人场面，没想到今天却被这么一派“聚是一团火散是满天星”弄得感动不已，梗着脖子偷偷抹眼泪。

伍坤也有些热泪盈眶。一直以来，尽管他知道赵文熙十分优秀，也还是会觉得她很不会跟同事相处。就像薛一行所说，能做精兵不会做强将，冲锋陷阵一把好手，带团队太差！可现在这情况……谁说赵文熙不为人？

患难才能见真情，在“爱慕”这艘大船正经历着风雨飘摇的时刻，大多数人都为了那多出来的斗米折腰，纷纷弃船而去；而愿意守在船上的，却还是这些意料之外的“赵家军”！

赵文熙带出来的人没有怂包，所有人压根儿不问有什么事情没人做，个个眼里有活儿手里有规矩，有他们帮忙，中午的典礼完成得相当圆满漂亮！

又能一起并肩作战，所有人都很激动，除了有些是家里给安排了正式工作，今天帮赵文熙救场也是请假出来，典礼一结束就得走；而苏珊实在是身体状况不允许，只能早点儿回去休息，剩下的二十八个人，全都表示愿意参加下午的“留守人员会议”，重回“爱慕”，帮着公司共渡难关！

可惜，加上赵文熙召唤的这些老员工，整个“爱慕”连上后厨的十来个厨师和客房部打扫卫生的大婶在内，都凑不够一百个人，连以前的四分之一都不到！

如果想要维持“爱慕”正常运营，这些人里除了实在没法身兼数职的人，其余所有人都得掰成两半儿使。尤其是销售，不只得接待客户，还得插花、摆道具、学调音，甚至连搬设备都得亲自上阵——因为设备部现在一共还剩七个人。

屋漏偏逢连夜雨，福无双至祸不单行。刚熬过一天，公司里就又出了事——供货商集体罢工了！

刚开始发现供货商出问题的是陈姐，销售们开始给月底的几场典礼下执行单，陈姐这才发现“爱慕”平时惯用的两家花艺供货商的电话怎么也打不通，再联系就成了“您拨打的电话已关机”；软装、设备、演艺，就连车队的供货商都通通联系不上。

一个两个是偶然，这么多供货商同时失联，那就必然是集体搞事情。当陈姐把这情况向赵文熙汇报的时候，赵文熙倒是一脸早有预料的表情。

上次在“夜色”听伍坤说郑玉的小动作时，她就已经猜到了会有这么一天，只是没想到会这么快，而且这么彻底！

当陈姐黑着一张脸说伍三江的电话也打不通的时候，伍坤简直不敢相信，立刻就往家里赶去。

尽管他一个劲给自己心理安慰，想着伍三江或许只是宿醉所以失联，要么就是忙得没听见电话响之类。可当回到家时，一眼就看到伍三江正悠闲地瘫在沙发上吃东西。一看他回来，“噌”就蹿了起来，一看就是心虚。

心里的所有希冀都成了泡影，伍坤恨恨地把车钥匙砸在了茶几上，发出了巨大的声响。

伍三江听这动静愣了一下，指着茶几上的餐盒说道：“你早上走得早，早饭也没吃，我喊外卖叫了点儿吃的，你自己热着吃点儿。我有事儿，晚上就不回来了啊！”说完就起身要走。

伍坤强压着火气，冷冷地说道：“看我回来就要走，做亏心事了？”

一听这话，伍三江一下就愣住了，沉吟片刻才幽幽地说道：“对，就是干了亏心事，我把老薛坑了，也把‘爱慕’坑了。”

伍坤皱起眉头，满脸都是震惊和失望：“为什么？”

“没有为什么，坑了就是坑了。不合作了而已，又不犯法。怎么着吧？”伍三江直直地看着伍坤愤怒的眼睛，一脸平静，“他们挤对你了？”

“我希望他们挤对我！”伍坤实在忍无可忍，怒吼起来，“薛一行不是你的朋友吗？‘爱慕’这些年让你挣的还少？你为什么要背叛啊？”

面对伍坤的质问，伍三江倒是平静地可怕，他甚至笑了起来：“我以为你跟着赵文熙那狐狸精好歹能学聪明了点儿，没想到你还是那么天真！朋友能当饭吃吗？你是不是好日子过惯了不知道钱多难挣啊？知不知道我要养活多少跟着我混饭吃的兄弟？‘爱慕’已经快死了！员工都走光了，供货商再一撤，接下来就是各家酒店的集体抵制！我现在站错队，下一个死的就是我！”

“钱！”伍坤已经开始歇斯底里，“你就知道钱！赵文熙爱钱，但她好歹有人性！公司遭难，她拼了命也要跟公司共存亡！你呢？对你来说，什么仁义道德、礼义廉耻？通通都是垃圾吗？”

“钱当然重要！没钱怎么生存啊大少爷？吃土喝风睡大街吗？没钱你怎么能想去哪儿就去哪儿，想买什么随便买、金卡随便刷？你知道没钱的日子怎么过吗？告诉你，老子受过！受够了，穷怕了！”

伍三江也来了火气，用手指戳着伍坤的胸口狠狠地说道：“我不管你怎么看我，我都不能让三江设备去陪葬！赵文熙惹的祸，她就应该自己背！老薛要是怪，第一个也怪不到我头上！”

他这话，既是说给伍坤听，也是说给自己听。

伍坤听完先是沉默，紧接着就笑了起来，笑得前仰后合直不起腰，但那双眼睛却像寒冬一样十分冷漠。

“原来你就是这么自我催眠的啊！”他停下了那刺耳的笑声，面无表情地看着已经变得陌生的父亲，注视了许久才讥诮地开口，“你知道我小时候，我妈要跟你离婚的时候我为什么没跟她走吗？”

伍三江明显没想到他会提起这个，嘴唇动了动，却一个字都说不出来，只能慌乱地看着他的眼睛。

伍坤脸上的笑意一点点地消失，声音冷得像冰一样：“因为我觉得你可怜！妈走了，如果我再一走，你连个说话的人都没有……不过，现在看来是我想多了。你不需要我们，你也不需要朋友，你就应该孤独终老，我祝你财路亨通富可敌国！”

说完这恶毒到让自己都心颤的话，他直接就带着一脸讥讽的笑朝着门口走去，离开了伍三江，离开了这个豪华而冰冷的家。

时间，不会因为任何人的开心或难过而改变流逝的脚步。可是这个夜晚，对于很多人来说，却十分漫长的。

接近午夜，当赵文熙坐在办公桌前活动着已经麻木的四肢，正考虑要不要给伍坤打个电话的时候，小区门房的电话就打了进来。半个小时后，她就在小区门口看到了正蹲在雨地里的伍坤。他浑身上下都已经湿透了，手和脸都透着一种发青的惨白色，冻得瑟瑟发抖。

他看样子是喝了不少，被车灯一照，捂着脸骂了一句什么就直接倒在了地上，活像个流浪汉一样。

看见是赵文熙的车，小区保安打了个伞就凑了过来敲敲车窗。“赵小姐，你可算回来了！这小子来了有一会儿了，大吵大闹的，非要进小区里面说要找人。我是见他经常来找您，可他喝成这样儿，我们哪敢放进去啊！想把他赶走他又不走，让他进来避雨他也不肯，就蹲在那说要等你回来。您再不回来，我们可真得报警了，太扰民了！他这您是带回去，还是？……”

一听这话，赵文熙赶紧连声道歉，可看着躺在泥水里已经不省人事的伍坤，她实在是有点儿无从下手，只能觍着脸求救：“实在对不住，这是我朋友，我这就带他回去。您能帮我把他弄上去吗？我搬不动……”

那保安小哥也是挺够意思，搭着手就把人给弄到了车上，怕她进了车库又没辙，还上了车，俩人费了九牛二虎之力，才算是把喝醉的伍坤给弄到了家里。

看着躺在沙发上还在念叨个不停的伍坤，赵文熙简直哭笑不得。这家伙不是去找伍三江了吗，怎么会搞成这样？

凌晨一点，当赵文熙从猫眼里看到杜凯的时候简直不能再高兴了。

“真不好意思让你这么晚过来，可伍坤人高马大的，我实在是弄不动他。他衣服都湿了，就那么睡恐怕会生病。”

杜凯一脸等着看八卦的表情，两眼发着光就进了门：“别客气，我知道他喝得不少，就是去跟朋友说了句话的工夫他就不见了，要不是你接电话，我都得报警找他了。”

赵文熙一脸歉意地把杜凯领到沙发跟前，指着已经睡得没个人样的伍坤，苦笑着说道：“他……你自己看吧，我是真没辙了。”

等到杜凯把目光投向自己的好友伍坤时，要不是一旁还站着个赵文熙，他非得把这画面拍下来不可。

简直是太好笑了！

平时的伍坤爱耍帅又爱臭美，那一头小狮子一样的乱发谁敢碰一下就跟谁拼命，更别说弄脏他的衣服和宝贝球鞋了。

可现在？他头发湿答答的，活像个淋了雨的泰迪。估计是赵文熙怕他感冒又给绑了个粉色毛巾，怎么看都像是卡通片里的鸡妈妈！衣服就更是惨不忍睹，全是泥水连本色儿都看不出来，蹭得沙发上都是湿乎乎的一片；鞋最惨，最爱的AJ直接少了一只，也不知道扔哪儿去了。

最可笑的是他的状态——有沙发不睡非得跪地上，挤在沙发和茶几之间的空隙里，下巴贴在桌面上，两只手按在膝盖旁，要不是正在打着震天响的呼噜，倒真像是个打算切腹的东瀛武士。

“哈哈哈……”杜凯实在是忍不住了，一阵狂笑之后还没忘了掏出手机各种拍照，完全忘了自己到底是来干吗的。

赵文熙看着他已经开始比着剪刀手跟伍坤合影，实在是有点儿无语。“那个……你能不能先带他去清洗一下啊？”

杜凯正拍得起劲儿，让她这么一说才尴尬地收起手机，扶起睡得十分难受骂骂咧咧的伍坤，在赵文熙的指引下往浴室走去。

折腾了足有一个钟头，他俩才算是从浴室里出来。伍坤是洗干净也裹好了浴袍，杜凯又弄了一身水，只能把睡得像个死猪的伍坤扔进一楼客房就回去换衣服。

等把杜凯送走，赵文熙这才走进客房，看了一眼睡得还算安稳的伍坤，给他往床头准备了一杯水才关灯出去。

也许是折腾得太晚，也许是昨天淋了雨有点感冒的苗头，赵文熙睁开眼睛的时候，床头的电子闹钟已经显示是早上八点整——比她平时起床的时间整整晚了一个小时！

虽然离九点上班时间还早，赶过去也完全来得及，可现在是公司的非常时刻，赵文熙皱了皱眉头，刚准备掀开夏凉被爬起来就被腰间的奇怪感觉吓了一个激灵，“呵”地就扑腾了一下！

在她腰上，居然缠着个胳膊！这是什么鬼情况？

赵文熙简直被吓傻了，立马掀开了整个被子，这才看到了这条“灵异胳膊”的主人——伍坤！

赵文熙简直想一个飞踢把他踹下去！这家伙怎么搞的？不是在客房吗怎么跑这儿来了？什么时候上来的？

她的疑问全写在脸上，伍坤让她刚才那一声发自丹田的“呵！”已经吓得醒了过来，看她一脸怒气倒是也不在意，眯着眼睛笑着就往跟前又凑了凑，把赵文熙抱个满怀：“早啊！”

“早什么啊！”

赵文熙还是没忍住，从他怀抱里挣扎出来一脚就把他蹬远了些，翻身就下了床，指着伍坤就骂了起来："你昨天是真喝多还是假喝多啊？杜凯明明把你放客房了，你怎么上的二楼？你干吗睡我旁边？你……"

伍坤让她骂得狗血淋头，耳膜都被震地"嗡嗡"响，他一边抠耳朵一边委委屈屈地嘟囔："我昨天是真喝多了，老实说我怎么来的这儿我都不知道……五点多的时候醒了，我那会都没反应过来我是在哪，在楼下没找见厕所我就爬上来了，然后就稀里糊涂上了你的床……我可真不是故意的！"

这话半真半假，他是真让尿憋醒的，不过一醒来走出客房就已经知道在哪了，上楼看见赵文熙睡得正沉，直接就在旁边躺下了，安安稳稳睡起了回笼觉。

不过，这话他这会儿可不敢说，一定会有生命危险！

看赵文熙还是一脸的怒气，他眨了眨眼睛一脸无辜地赌咒发誓："我保证，我刚才说的都是真话，我超乖的，真的啥也没干！"

话说到这儿，他眉头就拧到了一起，语气也多了几分委屈："再说了，咱们好歹也是谈恋爱，就算……怎么怎么样，那不也是人之常情嘛！"

"你还想怎么样？"赵文熙作势要锤他，"你昨天怎么了喝成那样？"

一提起这个，伍坤的脸立马就垮了下来："跟伍三江吵翻了，那个叛徒！"

看他这反应，赵文熙一点儿也不意外，淡淡地说道："你也别怪他，他也是为了公司，毕竟还有那么多人跟着他吃饭呢。"

"这不是他背叛的理由！"伍坤正色道，"反正我现在根本就不想再看见他了，无情无义，说背叛就背叛，就知道钱钱钱，简直是没救！那种家，我才不要回去！”

赵文熙叹了口气：“你又离家出走，今年第几回了？上次你还能去烦行哥，现在他还在医院，公司又那个样子，你不回家你住哪儿去？”

伍坤正等着她这句话呢，一听这个立马就躺成了个“大”字，眉飞色舞地说道：“我住这儿啊！反正你一个人，那个郑玉还不知道会不会再对你下手，我正好就近保护！”

眼看赵文熙就要开始发飙，伍坤赶紧换了方式，一下就从床上坐了起来，一脸严肃地说道：“你可真别不当回事儿！你不是告诉我昨天是杜凯把我弄进客房的？那他有没有告诉你昨天他告诉我的事？”

他这一堆告诉来告诉去直接把赵文熙整晕了，她蹙着眉头说道：“他昨天就过来拍了一堆照片，然后给你洗了个澡，也没说什么啊。”

“他给我拍照还给我洗澡？坏蛋杜凯，我要宰了你！”伍坤被赵文熙这一打岔直接带偏，骂完杜凯才想起正事来，“说真的，昨天杜凯跟我说‘爱慕’对面那个新酒店就是郑玉投的钱！她托家里的关系拿下那个楼，然后跟孙培文、顾星明一拍即合，直接挖人抢单，不弄死‘爱慕’誓不罢休！”

“消息确切？”赵文熙冷冷地问着已经有答案的话，眼神中忽明忽暗，看不出情绪。

伍坤点点头：“当然确切！那女人找的装修公司是杜凯他二叔开的，消息来源绝对绝对没掺水！”

赵文熙不再追问什么，若有所思地穿好了拖鞋，急惊风似的催促着：“赶紧起床，还得去公司呢！”说完就往洗手间走去。

伍坤赶紧蹦了起来，两步跳到她跟前挡住去路：“说了半天，我是能不能住下啊？我无家可归，你可不能不管我！”

赵文熙无所谓地摆摆手：“那你随后自己把客房打扫了暂时住着呗，反正我也不怎么回来。”

伍坤一下就急眼了：“你不回来那我住个什么劲儿啊？再说了，我是客吗？我才不要一个人睡客房呢！”

赵文熙一脸没好气：“我觉得，咱们的关系还不至于发展到你可以登堂入室住我的房间吧？”

她这话说得伤人，伍坤瞬间扁着嘴一脸委屈：“都这么久了，我怎么还不能转正啊？你这试用期也忒长了！”

赵文熙被他这一番话弄得哭笑不得，眼看时间来不及却一直被堵着路又不是个事儿，看着伍坤那委屈地说个没完的样子，她实在是不知道该拿这个动不动就要赖的“试用恋人”怎么办：“那你想怎么样？”

她一说这话，伍坤就知道自己已经胜利了一多半。赵文熙在工作上强势，可在感情上根本就是个小白，只要找准时机，讨个甜头还不跟玩儿似的？

伍坤心里坏笑，脸上却仍是委屈：“不让我跟你睡一起也行，寄人篱下我也不敢太多要求……每天来个早安吻和晚安吻就行了！”

说完，他不等赵文熙反应，就在她嘴上连亲好几下拔腿就跑，几乎是下一秒就听见了他哼着小曲儿快步跑下楼的声音。

这种小男生才会玩的偷亲游戏，对赵文熙来说完全陌生，虽然心里觉得幼稚，但脸上还是升起了一片粉红。

一大早幼稚而浪漫的恋爱小情趣，让两个摸不清爱情脉络的人一路上都能保持好心情。

但她们好心情并没有维持太久，韩娜一个电话就让两人立马赶往医院——薛一行要见她！

赵文熙一路上紧张得流泪，等到她看到惨不忍睹的薛一行就在眼前，忍不住又是鼻头一酸，需要极力隐忍才没掉下眼泪。

一看她那红肿的眼睛，薛一行一脸恨铁不成钢地嗤笑道："你好歹也是公司高管，让你在海南待着，居然这么不听话，你还好意思哭？"

这话一出，赵文熙是真绷不住了，眼泪又流了下来："对不起，行哥。我知道你这是替我挡灾了，你不应该受伤的……都怪我！"

赵文熙一哭，一旁的伍坤可不干了："薛大叔。文熙她也是担心你担心公司，这才从海南赶回来的！虽然时间紧了点儿，可是在那边的工作我们可是一点儿都没耽误……"

他不说还好，一说起这茬儿，薛一行的目标一下子就转到了他的身上。

"还有你！她不在我还指望那你坐镇二部，你可倒好！私自离岗说走就走，你把我的话不当回事儿是吧？"伍坤也没想到他会转移火力，一时之间还真是无言以对。

薛一行接过韩娜递给他的药丸，嫌弃地看着赵文熙："我又没死，你要哭回家哭去！知道是来医院，都不知道给我带点儿吃的，没有酱肘子、辣鸭脖好歹也带几个鸡腿吧？真是一点儿都不知道疼人！"

他真不愧是正儿八经的主持人出身，两句话配上他那表情，瞬间就逗得赵文熙差点破涕为笑："等你好了，一定给你买，让你吃个痛快！"

赵文熙说得一脸真诚，韩娜倒是听不下去了，立马开始抗议："可算了吧！你这好不容易瘦了几斤还非得补回来啊？所有油腻辛辣的东西，你这阵子是别想了！听见没有？”

赵文熙本来以为薛一行看到她，或许会愤怒，或许会失望，但她倒是根本没想到会是这样的结果。公司被祸害成那样都是自己惹来的麻烦，薛一行不仅不怪她，还会用这么轻松的语气跟她开玩笑，这简直比直接打她两巴掌还让她难过！

想到这儿，她深深地一鞠躬，诚恳地说道：“行哥，对不起！公司现在变成这样，全都怪我！要不是因为我，‘爱慕’就不会有这么多麻烦了……”

“公司的状况我已经知道了。”薛一行轻轻叹了口气，“老顾带走了一群人，公司现在只剩下一群老家伙了吧？还有那些个供货商，也全都要终止合作了吧！‘爱慕’，如他们所愿，就快垮咯！”

赵文熙没想到薛一行会用这么平静的语气说出这么残酷的话，瞬间感到更为自责。

没等她说话，薛一行就笑了笑：“我知道你想说什么，你觉得对不起我，对不起公司，想引咎辞职又怕我自己扛不住；你其实已经决定要走了，只是现在想尽力补救，是吧？”

他这话一出，不仅赵文熙愣了，一旁的伍坤和韩娜也愣了。震惊之余，瞬间也就想通了——确实如此啊！没有人比薛一行更加了解赵文熙的脾性，她没说出口的话，竟然就这么被他轻轻松松猜透了心思，分毫不差！

薛一行叹了口气：“要是以前，我一定会跟他们说，你们尽管放马过来，我就算是公司不开了，也不会在威逼利诱之下赶走赵文熙！其实我也确实托人向郑玉表达了我的态度！”

“只是，文熙，”他忽然话锋一转，目光灼灼地看着赵文熙的眼睛，“我必须跟你说的是，用不了多少时间，你可能真的得离开

‘爱慕’了！不只是你，还有我，我已经决定了，关掉‘爱慕’，不干了。”

这话无疑是扔下了一枚重磅炸弹，炸响的瞬间所有人都惊呆了，谁也没有想到他会如此轻描淡写地说出这样的话。

伍坤瞪大了眼睛，凑上前去又是摸他额头又想扒拉他眼皮。“薛大叔，你是不是之前伤得太重，把脑袋磕坏了啊？”

韩娜眉头紧皱，也是一脸的疑惑和担忧：“是不是顾向北威胁你？公司现在确实情况危急，短期内不好回到以前的辉煌，但是还不至于直接关张啊！”

他俩震惊不已，此刻的赵文熙更是有一种天旋地转的感觉。她在这个城市里唯一的“家”，唯一的精神支柱，就要彻底崩塌、消失了……

想到这里，她看着薛一行，声音近似呜咽：“行哥，你不要我了是吗？”眼泪滑过脸颊，她笑得卑微而又小心翼翼，“那我……公司那些人，去哪儿？”

看着赵文熙这样，薛一行也红了眼眶：“别怪我，我真的累了。这几年我就一直在想，我这个人啊，老婆也死了，也没个孩子，光棍儿一条，我挣那么多钱干吗使啊？这辈子，大钱我也见过，小钱我也挣够了。其实想想再耗着个公司，每天忙得死去活来，还得跟人钩心斗角，真的挺没劲的！我只希望后半辈子能过痛快点儿，想去哪儿玩就去哪儿玩，转悠转悠看看这个世界，总比把钱都花在医院强啊！”

他这话倒是说得足够洒脱，赵文熙脸上的表情却愈加悲凉。现在的她就像是被遗弃的孩子一样，默默流泪，一言不发……

薛一行垂下眼眸，不再看着她的眼睛，声音十分平静：“你放心，大家跟我一场，我不会亏待你们。每个人补发半年工资当遣散费，公司账上的钱要是不够，我个人再往里添；你们要有想去的公司，需要我铺路的尽管提；要是不想给别人打工想自己创业，周转不开了就来找我，能帮的我一定不推辞……”

他这话像是催泪弹似的，话音未落，在场的几个人已经都是泪流满面。

“哎呀，你们哭啥嘛？天下没有不散的宴席，你们就让我任性一回呗！我连散伙饭都想好吃什么了哎！能不能尊重一下我的这一重大决定啊？”

他刚一说完，赵文熙已经苦着扭头走出了病房，清脆的高跟鞋声音，此时听起来却像是她心碎的声音一样震耳欲聋。

伍坤找到她的时候，她正躲在车里默默地流泪。看着她哭，伍坤摸了摸她的头顶，轻声地安慰：“薛大叔也有他的苦衷，你别太难过！再说了，又不是现在就要原地解散，说不定还有转还余地？”

话一出口，伍坤自己愣住了。在这一刻，他忽然反应过来一件事——“爱慕”要是没了，所有人真的各回各家各找各妈，他和赵文熙怎么办？她会不会去其他的公司？还是会直接回老家？以自己的尴尬身份，还能一直陪在她左右吗？

思及此，伍坤一下子打定了主意：“爱慕”绝对不能散！“爱慕”散了，不仅赵文熙会伤心，他好不容易登堂入室的资格也就会随之消失！他像是打了鸡血一样，瞬间有了精神：“别哭了！”

他忽然高昂的声音吓了赵文熙一跳，直接打了个哭嗝儿，倒是一下子忘了继续流泪。伍坤蹙紧了眉头用手指戳着赵文熙的脑瓜，一脸恨铁不成钢：“哭顶什么用？你也不希望公司解散吧？那还不赶紧想办法？只要能把公司盘活，搞不好薛大叔能回心转意？”

赵文熙被他这话说得心里一动，嘴上却闷闷地嘟囔：“员工就剩下那么点儿，供货商也都跑路了，怎么盘活？说得容易！”

“你以前不是跟我说过吗？婚礼这行入门的门槛太低，很多小婚庆公司根本就是夫妻店。人家两口子单干的都能存活，‘爱慕’现在的人数跟他们相比可是要多得多了，怎么就不能干活儿了？”

赵文熙质疑道：“就算是人员不当回事，供货商呢？本身人员就不够，供货商再跟不上，到时候就算是有客户上门，咱们都不敢接！”

“有钱还怕找不来鬼推磨？”伍坤满脸不在乎，“学我老爹，没钱使了就卖库存，卖了旧的才能弄回新的，有了新的才能接大活儿，不然你以为他怎么起家的？”

“情况不一样！”赵文熙本以为他能有什么突发奇想的好办法，一听这话简直无语，“隔行如隔山，你爸那个行当与婚礼有交割，但本质上不同，你知道‘爱慕’的库存都是什么吗？”

伍坤一瞬间愣在了当场，赵文熙的话让他反应过来自己好像还是不知道，婚礼公司的库房里面到底都藏着些什么东西？

难道不是音响、灯光以及大屏设备吗？大不了加上一些婚礼道具、大型装饰之类的东西也就罢了。以‘爱慕’的规模，库房里的东西肯定不少，总能卖些钱的吧？

赵文熙没有再费工夫解释，整理了一下鬓角的头发，她苦笑着说道：“走吧，我带你去‘爱慕’最大的总库房去看看！”

等到他们来到市郊一个空旷的厂房大院，打开尘土飞扬的大库，伍坤才算是彻底傻眼——这哪是库房，简直是垃圾回收站！

生了锈的铁艺路引、掉了漆的金属花门，还有装着各种七零八落仿真花球的巨大塑料袋，更多的是明显是各个主题婚礼上用完就无法再次利用的大型道具，简直是五花八门、应有尽有，活生生一个废弃婚礼道具的乱坟岗子！

看到伍坤一脸的震惊，赵文熙自嘲地笑了笑："现在明白了吧？婚礼道具更新换代很快，这些东西，我们花大价钱买来，有些可以重复利用多次，发挥了价值之后，就会变得一文不值，连收破烂的都不愿意多看一眼！"

她摸着身旁一个十分古早的铁艺花门架子，感慨地说道："比如这个，最开始办婚礼公司的家家都有好多，可以绑纱、可以绑花，一个成本不超过三百块，却能带来百倍千倍的利润！等到生了锈、过了时，就会连同那些成套的铁艺路引，被收废品的人窝在墙角，一脚踩断，称斤卖掉，五块钱都不一定有人要它！"

"那为什么还要攒着这些东西啊？"伍坤不解地问道，"库房没租金吗？雇人看着也得要钱吧？"

赵文熙笑起来："因为行哥说这些东西都是回忆，都是公司发展的功臣。所以，都把这些退役的道具归置在这里，说是以后要办个'爱慕'展示馆，他要把这些饱含着大家拼搏记忆的东西都展示出来……"

她搓了搓手上的灰尘，眼神里全是悲凉："你还真别觉得只有咱们是这样，大部分婚礼公司都是这样的。开店、买道具、挣钱，之后就会买进更多更贵的道具，直到筋疲力尽，不再指望这一行当的时候，就发现自己这些年拼死拼活，留下的只有这一堆不能吃不能喝的天价垃圾！"

她看着伍坤的眼睛，一字一顿："这就是婚礼公司最大的悲哀，是很现实的问题，也是最不可能避免的。用自己的东西，利润率最高，但是投入的成本也会相应提高。最可怕的是，一旦道具这些东西都是自己的，你就需要有更多的人员来搬运和布置它们。"

她指了指四周的这些东西，无奈地说："说实话，好多道具其实都不是被用坏的，而是被搬来搬去搬坏的。现在倒是也好些了，有合作的执行公司和软装公司，可以省去很多的人工成本，也可以让销售人员解放出来，不用奔忙于搬道具和布置场地。但是，跟别家合作，多少要分一杯羹出去。”

“怪不得现在好多人都结不起婚了呢！在虚幻的东西上面砸钱，简直是浪费！”伍坤咬牙切齿地说道，“都是虚荣心作祟啊！”

赵文熙笑得悲凉：“人嘛，天生爱炫耀！结婚要有仪式感，而仪式感通常到了咱们手里就是拿钱往上堆！客户有需求，我们有服务，仅此而已。‘爱慕’相比别家已经很重视婚礼本身的精神层面投入了，但本质上还是得靠这些垃圾来挣钱。可现在‘爱慕’的状况不可能靠着这堆垃圾起死回生啊！”说完，她开始往门外走去。

伍坤不知道在这一刻，是什么给了他灵感，他看着巨大库房里的这些蒙了尘土的往日记忆，忽然开口说道：“赵文熙，你真的太一板一眼了，我觉得这些垃圾或许还真的有用！为什么不能利用这些垃圾放下身段从头开始呢？这么大的库房，这么多的道具，只要转变策略一定可以绝地求生！”

他那副自信的样子让已经万念俱灰的赵云熙萌生了好奇心：“你又想到了什么鬼点子？”

伍坤笑得连牙齿都在发光：“你别管点子鬼不鬼，只要有效那就是好点子！”

接下来的时间。赵文熙简直是接受了一场真正的震撼教育！他这哪叫鬼点子，简直是破釜沉舟自断后路！

当两人开着车返回医院，一步步走到薛一平病房门口的时候，赵文熙都还没有彻底回过神来。只是，当她把手搭在门把手上的时候，伍坤用眼神询问她时，她却立刻就回了对方一个无比坚定的眼神。

跟赵文熙第一次听到这个计划的时候一样，薛一行也是吃惊地连下巴差点脱臼，好半天才皱着眉头再次确认：“我没听错吧？你们俩，要承包‘爱慕’？”

赵文熙看了一眼伍坤，这才面对着薛一行说出了自己的诉求：“您没听错。我明天会把房产证、行车本，还有我的积蓄，全都带过来给您，就当是我租下‘爱慕’三个月的费用！如果三个月以后，公司还是没有任何起色，那么，到时候您要解散，我再也无话可说！”

这话里的意思，薛一行怎么会不懂？赵文熙这是在拿自己的全部身家，在赌“爱慕”的未来！这种行为，简直和飞蛾扑火没区别！

“我不同意！”薛一行严肃地摇头，“我不能同意啊！文熙，你一个女孩子，这些年在这城市里打拼，真的很不容易！你之前就干过一次赔上全部身家的蠢事，现在还要再来一次吗？你知不知道会有什么后果？”

“我知道，但我不得不这么做！”

赵文熙目光炯然，语气坚定得像是在宣誓一般：“我知道行哥你想放手，可‘爱慕’是公司那些兄弟姐妹的梦啊！如果钱能买梦，我愿意买这三个月的梦，我必须带着他们绝地求生守住‘爱慕’，哪怕倾家荡产我也在所不惜！”

在这一刻，薛一行什么话也说不出来，他只能定定地看着赵文熙那倔强的表情，眼睛里渐渐升腾起一层“雾气”。

许久之后，薛一行才重重地叹了口气：“你这丫头真是，永远都不听话！非得跟这累死人的破行业死磕，真不知道有什么乐趣！”

赵文熙看着他一言不发，伍坤却已经憋不住了：“薛大叔，你就别磨叽了！行不行一句话！我们俩这方案，对你没损失，你这半天咬住不撒手，难不成是想抬价？”

伍坤果然是天生就有能气死人的本事，本来挺严肃的场景。让他这一句话弄的薛一行瞬间就起了一肚子的火。

“我抬什么价啊！”他气得直接把韩娜给他垫在腰后面的枕头朝着伍坤就砸了过去，却被那灵活的小子直接就抓了个正着，不仅不知道悔改，还“略略略”地吐着舌头，险些没把薛一行给气死。

没打到伍坤不说，薛一行还扯到了自己的伤口，疼得一张胖脸直接变得煞白，额头上立马就涌出了豆大的汗珠，吓得伍坤赶紧战战兢兢地把枕头给他塞在腰后面，哭着一张脸问韩娜：“咋办？他是不是又弄伤了啊？”

韩娜小心翼翼地检查了一下纱布，发现没有出血的现象，这才放下心来，没好气地说道：“你们俩啊，不要老气他，本来脂肪层就厚，伤口好得慢，再出幺蛾子，医生都要懒得救他了！”

伍坤这才赶紧做了一个把自己的嘴巴拉上拉链的动作，表示自己一定会乖乖巧巧的，绝对不会再出口气人了，韩娜这才肯放过他。

等到疼劲儿过去，薛一行看着眼前三个人眼巴巴的表情，不由得一阵无奈。

“三个月就三个月吧，我就当是给你时间与这个行业告别。你的房还是你的房，车也还是你的车，钱我一分也不要！但是，我把话说在前面，我希望你失败，这是希望你能早点儿解脱。你能明白吗？”

赵文熙点点头，几乎是立刻就换上了一张无懈可击的职业笑容：“那行哥，您先养伤，我就先回公司了，既然要打翻身仗，那就必须争分夺秒！”说完，她直接头也不回地走出了病房的门，伍坤一看她走，自然也是紧随其后，病房里瞬间就安静了下来，只有薛一行那轻轻的叹息声。

在赵文熙和伍坤的计划之中，道具的改造是第一要务的。

这一关倒是容易，之前合作的婚礼道具厂一直把“爱慕”当成大客户来对待。赵文熙给那道具厂老总刚一打电话，对方就痛快地表示愿意提供一个五人改造组，把“爱慕”那三间老库房里的“古董”们进行重新分类和登记。只是经过刷漆和扳正就可以正常使用的，全都进行翻新。而那些仿真花，经过重新染色加工处理，竟然变成了古铜色的复古质感，倒还真做出了一种独特的韵味，实在是让人惊艳！

最让人瞠目结舌的，就是那些大型道具，经过手绘和重新喷上漆，一下子有了高级感，简直比原版更出彩。

不得不提的是，这些道具改造的总设计师，竟然是半吊子设计师——伍坤！他脑袋活，通过跟国外同学和死党杜凯的沟通，搜寻了大量关于装饰、装修、建筑和设计方面的资料，把各家之长融为一体，倒是开辟出了一般婚礼从业者不敢去想的奇特思路。

婚礼道具厂那边派来的工作人员的工作效率也十分可观。不出三天，那一大堆本来已经在等着发霉腐朽的“破烂儿”就彻底改头换面，完全变成了新道具。

解决了节流问题，接下来就是重中之重的业务拓展。当赵文熙在销售人员碰头会上提出要放弃中高端路线推出价格亲民的婚礼套餐时，却遭到了几乎所有销售人员的反对。

首先提出反对的就是原先销售三部的周强：“如果是以前，我们确实可以试试走亲民路线，毕竟谁也不会嫌业务多嘛。可现在人手本来就不够，维持现有的业务都已经需要拼尽全力，更何况是要抢占低端市场了！价格和格调一旦放低，如果没有新增客户，咱们顶多丢人；万一有了呢？就咱们这些个人，就算是八臂哪吒也不够用的啊！”

这个周强一直是孙培文的部下，讨厌赵文熙简直是已经刻进了骨子里的习性，但凡赵文熙提出个什么，他不唱反调就浑身都难受。

但是，这个人对公司还是非常忠心不二的，就冲这一点，赵文熙对他还算是足够忍让。面对他的质疑，赵文熙略一思忖，缓缓说道：“在座的各位，谁还能记得起来，‘爱慕’最开始是怎么开始走上所谓的中高端路线的？”

她忽然这么问，在场没有人知道她的用意何在，索性也就都装起了鹌鹑，静悄悄地根本不说话。

就连一开始嘚吧嘚吧说个不停的刺儿头周强，这会儿都已经偃旗息鼓，谁又会愿意去做那被枪打的出头鸟呢？

“没有人记得还是不敢说话？”赵文熙诧异地笑道，“之前说得很清楚了，公司现在是非常时期，大家愿意留下来和我并肩作战，我真的非常感激！可我需要的是有执行力、凝聚力，可以服从也可以大胆提出意见的战友，而不是千依百顺的下属！”

她这话一出，周强立刻就接过了话头：“‘爱慕’起步的时候，婚礼这一行还被认为是很低端的行当，所以竞争对手不多，各家水准也相差不远，竞争手段就是打价格战。可一味地拼价格底线，只会让婚礼质量越来越差！所以，当时薛总就决定一定要做不一样的婚礼公司。他们拼价格，我们就拼质量，只要质量鹤立鸡群，价格自然水涨船高！”

“说得好！”赵文熙赞许地点点头，“永远要做和别人不一样的决定，真理永远是掌握在少数人手里。当年的事情，现在再次重演，但我们是不是就要用老办法去解决新问题呢？现在，所有人都希望我们关门大吉；所有人都在盼着‘爱慕’走下神坛，闭关养伤！我们是不是就得听话呢？”

她环顾全场，掷地有声地说道：“我的答案是，偏不！就是要高调地打翻身仗，就是要用他们绝对想不到的方式来反击！不捅破那层迷雾，怎么知道迷雾上面不是朗朗晴天？”

虽说人多好办事，但也有一句老话叫船小好调头。

现在的“爱慕”尽管是人变得少了，但是所有人劲儿往一处使，倒是比以前那种“三国鼎立”的状态要和谐了很多。

赵文熙提出的几款低价主题婚礼套餐在所有人的倾力推广之下，终于初见成效。

紫色系婚礼“情迷薰衣草”、粉色系“樱花恋人”、蓝色系的“水云天”，还有森系的绿色“绿野仙踪”主题婚礼，每个套系分三千八、六千八、九千八三个价位，让客户婚礼消费不超一万也可以享受优质的主题婚礼服务。

她这次明摆着赔钱赚吆喝，利润率压缩到百分之十，每个单项都是以市场最低价来标价，直接就戳中了中低端婚礼客户的软肋——花钱少，还省心！

可笑的是，她这么一搞，郑玉那边马上有样学样，誓要把这场价格战打到底。两个死对头这段时间每天都在做相同的事情，那就是看报表！

“你猜，她还能撑多久？”伍坤翻腾着那些表格，一脸笑意地揽过赵文熙抱在怀里，“听说，她最近暴躁得要死，皱纹都多了几条呢！”

赵文熙像猫儿一样用鼻尖蹭蹭他的脸颊，忽然想起这是在办公室，一边挣扎一边说道：“你一天天的都是从哪儿搞来的小道消息啊？”

她躲着伍坤狗狗一样的触碰，却还是被偷亲了好几下，简直哭笑不得，只能把他强按在沙发上乖乖看文件，自己则躲在办公桌后面开始画新的主题婚礼设计图。

“现在的时代啊，年轻男女处对象谈恋爱，就没见过咱俩这么纯情的！连亲亲抱抱都不许了？”伍坤嘟嘟囔囔地控诉着，天知道他成功在赵文熙家安营扎寨，可到现在只能睡客房这回事到底被那帮好朋友笑了多久！

赵文熙一边敲打电脑一边说道：“郑玉撑不了多久了。人啊，都是越有钱越把钱看得跟命一样，每一笔钱都在肋骨条子上拴着呢！如果郑玉的家人足够理智，是不会允许她这样继续烧钱败坏公司高端声誉的。更重要的是，两家的斗法只会让同行苦不堪言！大公司都那么便宜，客户何必选没保障的小公司？这样下去，价格越压越低，很多小公司根本无力竞争，只能被市场淘汰……”

伍坤就喜欢看她那种自信的眼神和无所不能的傲娇状态，可是，也不知道是他看错还是怎么，在她说到搅乱市场影响同行的过程中，他竟然在赵文熙的眼神之中，看到了无尽的悲悯！

伍坤不由得叹气：“总不能现在半途而废吧？郑玉实力雄厚，根本不是这一天半天的价格战能撼动的啊！”

此刻的赵文熙忽然停下了手头的工作，目光平静如水，内心却早已经坚硬如铁！她看着伍坤，认真地说道：“现在的市场氛围，已经不可以再继续地乱下去了！现在这样，不是我想看到的现象，我想也并不是行哥所愿！”

说到这儿，赵文熙忽然两眼放光，看着瘫在沙发上懒洋洋的伍坤，轻轻地说道：“或许，市场病了，就是在等一剂猛药也说不定！”

一看她那胸有成竹的样子，伍坤瞬间就明白了过来：“你就说吧，到底又有了什么他们意想不到的招数了？”

赵文熙笑了起来，吐气如兰却带了几分恶作剧似的邪笑：“她不是想拿价格压我吗？那如果我开始做免费婚礼呢？”

有那么一瞬间，伍坤都以为自己是出现了幻听。按照赵文熙的性格，不可能会说出这样连新手都会吐槽的蠢话啊！

他一下子就从坐没坐相的状态弹了起来，整个人都精神了起来：“现在公司每天应付那些小破单子就已经忙得鸡飞狗跳了！这么大的摊子，运营都是需要成本的啊！这么些个人要养活，百分之十的利润连提成都不够分，你现在还做免费婚礼，有没有算过那要赔多少钱啊？”

曾经那么不靠谱的伍坤，现在居然是满嘴利润率，赵文熙不由得笑了出来：“你别激动，我又没疯！我只是忽然想起来你之前所说的话，现在的年轻人结个婚太不容易了！简直是什么都要花钱。婚礼这种高额消费，究竟是有多少人能负担得起呢？我是觉得，给他们减减负担，应该是个挺好的事情！”

“你把脸皮揭开，我看看你到底是谁！”伍坤带着一脸顽皮的怀疑表情看着她，接着说道，“我家小赵是个大财迷，才不会说出这么不靠谱的话呢！你肯定是坏人假扮的！现形吧！”这么中二的话，也就只有伍坤这种拥有奇厚脸皮的家伙才有可能坦然说出来。

不过说服伍坤的过程让赵文熙更加坚定自己要走的路，她从来都不会是等机会上门的那个人，为了确立战争第一炮的格调，她立刻就开始着手准备。

一周后……

“婚礼高额消费，如今已经成为现在被热点关注的民生问题。

画面上的这对特殊的新人是一对聋哑人小夫妻，对他们来说，世界无声，他们的婚礼却是记者见过最为热闹的婚礼！据了解，这场既浪漫感人又热闹欢乐的婚礼，居然连一分钱都没有花，这到底是怎么一回事呢？请大家跟着我们的镜头，一起来认识一下一位做着平凡的工作，却有着不凡梦想的婚礼人——赵文熙。”

这已经是这个专题片在会议室投影仪上播放的第N遍，每次主持人一说完赵文熙的名字，所有人都会发出一阵窸窸窣窣的声音：“出来了，出来了！”

接下来的画面，赵文熙已经不用再像正式采访那天一样看稿子也能背得滚瓜烂熟。

“我是在一个偶然的机会认识这对新人的，得知他们的故事之后我非常感动，所以决定免费帮他们完成自己的婚礼梦想。”

接下来就又是主持人的旁边，不只是把赵文熙夸得天上有地上无，还特别提示了一下，为了弘扬正面的价值观和婚嫁观，“爱慕”婚礼决定向老百姓都敢光顾的“亲民企业”大力转型。

“婚礼最重要的就是暖心的感动和强烈的仪式感，我们现在推出了主题集体婚礼、民政局领证仪式等低碳环保又不铺张浪费的婚礼服务方案，诚意邀请广大有结婚意向的年轻朋友免费享受服务。这种不花钱的婚礼难道就不感动吗？答案显然不是！只要爱情是真的，又何必顾虑其他呢？”

画面上的赵文熙一本正经地说着定对了无数遍的词，偏偏公司这些家伙自打无声婚礼结束就多了个会前播视频的毛病，简直羞得赵文熙每次开会脸都红得像喝了半斤二锅头。

赵文熙这出其不意的免费一招，郑玉可就惨了，之前她笼络的那些小型婚礼公司跟着她一点儿好处都没捞着还干了不少赔钱买卖，气得到“玉时代”三天一大闹两天一小闹，简直不得安宁。

家里对于她也是一忍再忍，见她还要继续烧钱跟“爱慕”争个毫无意义的你死我活，索性直接断了她的钱粮，给“金玉盛世”装修的公司天天跑到她公司门口闹事，让她焦头烂额！

反观“爱慕”就不一样了，这一战不仅在社会各界获得了好口碑，还通过媒体宣传吸引了不少适婚青年跑来咨询婚礼，简直是利好多多。

说来也怪，明明是看了免费婚礼报道才来的客户，却没有几个人选择免费的服务项目，这种结果伍坤十分纳闷：“我就不明白了，明明宣传的免费婚礼呀，他们却跑来定了一堆新单子，是看在咱们做公益的情况下，所以送福利？”

赵文熙倒是很淡定，她从报表中抬起头：“这有什么难理解的？大部分人都把婚礼看得太重要了嘛，总觉得不付出点儿什么显得不够正式一样，不花点儿钱他们难受！”

“少来！”她刚一说完，质疑声就跳了出来，果然还是周强！

赵文熙现在十分后悔，都怪伍坤非跟她说要和同事搞好关系一定不能太端着架子，一定要多笑，训人也不能太严厉。而且这家伙还到处说自己正在和他谈恋爱，离家出走后就直接住进了“赵府”，导致现在整个公司根本没人在怕她的！

她一开会，底下人想反驳当着面就反驳，想怼就是当面怼，前两天气急了拍桌子还有用，这两天手都拍肿了，他们还是当没看见一样。

好不容易开完会，赵文熙眯着眼睛看着那罪魁祸首，总觉得那家伙今天哪里有些不对劲。不止无精打采，开会时周强怼她，他也不帮着说话，还一个劲儿拿着手机焦躁地摁个不停，一副魂不守舍的样子。

“喂！”在伍坤又一次对着手机龇牙咧嘴戳个不停的时候，赵文熙实在忍不住了问：“你这一上午到底要干吗？”

一听见赵文熙问他，伍坤立马下意识地把手机往身后藏：“哎呀没什么，就杜凯嘛，非得让我去他那儿，我正推他的约呢！可是你也知道他那个德行，非说哥们儿几个全去了就差我一个，正说我呢……”

赵文熙简直无语：“就这事儿你烦一上午啊？去就去呗！”

“可我不想去啊！”伍坤一脸郁闷，“一群花花公子老光棍儿，多没意思，我要陪着你呀！有那闲工夫，我还不如想想给你制造点儿小惊喜呢！”

他一说这个，赵文熙的“小雷达”倒是立刻就运作了起来，状似无意地问道：“你说的那群朋友是杜凯结婚时的那群伴郎团吗？我记得有八个人没错吧？”

“不止。我们是哥们儿十几个，北上广深，国内国外混哪儿的都有。现在除了杜凯都还没结婚呢，这次聚会是因为谢瑞、杨成还有孔令则三个人都是九月份结婚，想说趁着聚会正式通知我们。”

“那你不去？”赵文熙挑起眉毛，“男孩子嘛，多点儿朋友好……要不，干脆我跟你一起去？你也见了朋友，咱们也没分开，两全其美！”

“可我怕他们拿你开玩笑，你生气了可怎么办？”伍坤还是有点犹豫，“要不然还是算了吧……”

“我不生气！”赵文熙赶紧说道，“你放心，在你朋友面前我会给你留面子的！”

有了赵文熙的保证，伍坤只能勉为其难地回了杜凯的消息，答应会去参加聚会，还是带着女朋友一起去，难免又遭到杜凯好一阵奚落。

赵文熙原本是想着跟着伍坤去会一会他的富二代朋友圈，好好地捕获一批优质客户，没承想，事情顺利得超乎常理！

他们俩一到“夜色”，就是各种打招呼各种推杯换盏，要不是伍坤一直替赵文熙挡着，估计还没等她坐下，就已经喝趴下了。

“这就是小坤的女朋友啊？幸会！”一个戴眼镜的男子凑过来跟她握手，然后张口就直奔主题：“听说你是婚礼策划师，我下个月结婚能不能麻烦你给我费费心啊？”

赵文熙完全没想到事情会进行的这么顺利，稀里糊涂加了他个微信，稀里糊涂被要走了卡号，几乎是立刻就收到了到账信息。

点开短信，赵文熙眯着眼睛看了好半天才确认自己没眼花，数字一后面整整跟着六个零，一百万？这什么鬼啊，啥也没谈呢啊！

紧接着就是第二个、第三个……第八个、第九个！虽然不是人人都给那么狠，但最少的一个预约金也给了二十万！

到这一刻，赵文熙就算再喜欢这种疯狂成单的感觉也已经回过味儿了——这不可能是偶然，这就是个局！什么人策划，答案显而易见。来之前他的反常，说要带她来时的勉为其难不情不愿……都是为了把她骗来！

赵文熙抓起桌上一口没动的半杯啤酒一饮而尽，伍坤怎么劝她都不撒手，立马死死地把她搂在怀里，在震耳欲聋的音乐中凑到她耳边问道：“怎么不高兴？”

赵文熙在他怀里一个劲儿挣扎，却怎么也挣不开，只得抬起头冷冷地看着他：“我答应过在你朋友面前给你面子。但我真的很讨厌被人耍的感觉。你的这些惊喜，我很不喜欢！再不放手，我保证你这辈子在朋友面前都是笑柄。”

话说到这份儿上，不放手就是给彼此难堪。见赵文熙起身离开还带着一脸寒霜，杜凯几个人都懵了，一边拍打伍坤一边说：“咋回事儿啊？不是应该极其感动然后你们俩亲亲抱抱举高高吗？她不爱钱了？”

一听这话，伍坤立马就血红着一双眼睛盯着自己的这群朋友：“一个个都说是大情圣，出的什么主意？我都没见过她跟我这么生气过！”

杜凯简直一脸挫败，一个劲儿地嚎：“不应该啊，完全投其所好啊！她爱钱，这赤裸裸地给她送钱怎么可能会失败？话说回来，你过个生日，嚯嚯了哥们儿几个不少银两哈！为了让你高高兴兴，把朋友圈坑了一遍，现在再怪我们没给你哄好女朋友可就不合适了啊！”

伍坤一听这话直接生气了：“什么叫坑啊？他们几个本来就要结婚，反正也没选婚礼公司呢，多个选择多条路呗！”

说着，他忽然一惊一乍地蹦了起来：“坏了，坏了，她刚才喝酒了，怎么开车回去啊？不行，我得去找她！”

话音未落，刚才还气急败坏地一米八几大个头儿直接秒秒钟消失不见，气得一干好友全都在骂骂咧咧，都说伍坤不够朋友。

伍坤刚一跑出“夜色”就忽然反应过来，跟赵文熙在一起通常都是由他来开车。所以，这会儿车钥匙还在他的口袋里呢，赵文熙压根就没可能开车走，那她去哪儿了呢？

他也喝了酒，正站在马路边上琢磨着是走到路对面拦车，还是直接搞个代驾拉倒，正走神呢就看到一阵刺眼的白光向着自己靠近，然后就是“砰”的一声巨响……

当赵文熙赶到医院的时候，伍坤已经从头到脚包成了木乃伊，一看见她就虚弱地呼唤着：“文熙……”

看着他这个惨样，赵文熙忍不住翻了个白眼：“我问大夫了，你只是崴了脚而已，少给我装病号！”

伍坤刚要辩解是真的有人要开车撞他，赵文熙就继续说道：

“撞你的是孙培文，已经被警察抓住了，上次弄伤行哥的是他弟，随后还得你去录一下口供。你这生日过得，又进医院又进警局，有意思吗？”

伍坤瞬间愣住了，赵文熙转怒为笑：“你以为我不知道？你的入职表还是我签字的呢！生日礼物早就准备了，就在家呢……”

没等她说完，“木乃伊”一下就从病床上蹦起来扛起她就走，吓得她惊声尖叫：“你干吗？快放我下来！”

“干吗？”伍坤笑起来，“拆礼物！”

一到家，赵文熙就被那一路上都在傻笑的家伙给生生摁在墙上，不由分说就吻了下去。她在自己意乱情迷前一刻才仰着脖子艰难地问道：“不是要拆礼物吗？”

“你就是我的礼物啊……”伍坤直接打横一抱就放在了沙发上，一边在她唇上啄吻一边问，“你……想好了吗？”

这一点对他十分重要，那一点儿卑微的小心思，在这一刻被无限放大，生怕从她嘴里否定的答案。

“你……”赵文熙眼神有些迷蒙，一抬手钩住了他的脖子。

伍坤直接懵了，想了想又不依不饶接着问：“这什么意思？”

赵文熙却没了耐性，声音一下子冷了不少：“你话真多……好不容易做好心理准备了，不想继续就离开！”

这已经是再明显不过的信号！这都接收不到，伍坤就真该像杜凯所说的那样活该打一辈子的光棍儿！

既然已经得到首肯，亲吻哪够？战地从沙发转到一楼客房。在这一刻，温度、气味、触感全都染上了颜色，就连听着对方不受控的气息，似乎都足够点燃热情。

正当一切都要顺理成章实实在在发生，还算尽忠职守的听觉总算是把他俩的神智都拉回了现实！

耳朵里听到的那些窸窸窣窣的声音根本不是他们制造出来的，而是来自门外——那是钥匙插进门锁却又扭不开的声音！

两人这辈子都没有穿衣服这么快过……这个时间怎么会有人来？难不成是有贼？

正抓起T恤还没套上身的伍坤一把按住赵文熙慌乱的肩膀，压低了声音说道："谁有你家钥匙？"

赵文熙此刻一脸蒙，好半天才嘀咕着："没谁啊！……我妈有，可是……"

一想到这儿，两个人的脸都白了。也就在这一刻，门外的人终于打开了大门，紧接着就是关门的声音。当脚步声朝着他们这边走来时，伍坤一脸绝望："怎么办？"

结果，眼前的情况简直让他傻眼，刚才还在拼命往身上套衣服的赵文熙此刻已经平平整整地躺进了被子里，看起来就好像是已经睡了很久……

与此同时，客房的门被人打开，一个五十来岁的大婶走了进来，一看到光着膀子的伍坤就吓了一跳，又看了看床上睡得正安详的赵文熙，立刻开启了高八度的女高音！

紧接着，就是一个戴着面具的小男孩跑了进来，只瞅了一眼，连是啥情况都还没搞清楚，就扯开嗓门开始号啕大哭……

一阵连小区里的流浪猫都吓醒了的尖叫声和哭声之后，赵文熙家里的局面就变得十分诡异。

赵妈妈一脸杀气地坐在沙发上，旁边坐着刚才的小男孩——赵文熙姐姐的儿子浩浩。

赵文熙从冰箱拿了伍坤买的水果出来摆在茶几上，满脸紧张兮兮地说："妈，你怎么来了，还带着浩浩？"

赵妈这会儿脸色比包公还黑，说话也是十分犀利："你不应该先给我解释一下这是什么情况吗？”

赵文熙脑袋“嗡嗡”地响，好半天才说道：“今天公司聚餐散得太晚，他就送我回来了。对吧，伍坤？”

伍坤立马附和道：“是啊阿姨，我是来送赵总的。我……我是她助理。”

赵妈眼神凌厉地看了看他：“助理？你刚才光膀子的！”

“我……”伍坤想着怎么解释光膀子的问题，赵文熙就已经接话了：“人家给我修水管出了一身汗，所以让他去浴室洗洗，还没洗呢您就来了。”

一听这话，伍坤点头如捣蒜：“是，就是这样的！我、我还是回去洗吧！”说着他起身就要走，赵妈始终死死地盯着他的一举一动，赵文熙想问他这大半夜的能去哪儿都没机会。

“你们俩是不是当我老糊涂了？”

他俩本来还想负隅顽抗一下，赵妈眉头一皱立马就让他们死了个痛快：“我刚看了，客房床头扔着个男子裤头，洗手间里放着刮胡刀，还有……”

她看着伍坤叹了口气，指着赵文熙说道：“我养活她二十几年，从没见她往家买水果，辣椒酱、方便面倒是有可能！”

这话说得伍坤差点笑出来，心想您还真是亲妈！不仅跟赵文熙长得像、性格像、气质像，简直是连身上的那种不怒而威的气势都一模一样！

“小伍，你先带浩浩去睡觉，我有话跟她说。”

赵妈安排了任务，伍坤立马领命而去。浩浩倒是挺好带，伍坤一伸手他就抓住了，乖乖跟着往二楼走去。

看着一个劲儿在找睡衣袖子线头儿的赵文熙，赵妈叹了口气：“你别紧张，妈不是那不开明的人。你这几年一个人过，我就怕你出毛病，这才一直催着你相亲。”

老妈说的这意思怎么听都怪，她赶紧解释：“妈你别误会，我不是……”

“穷不要紧！”赵妈一脸真诚，“不是说他是你助理吗？一个月薪水几千块总有的吧？我不要求他大富大贵，只要对你好就行！”

赵文熙简直哭笑不得：“妈你真误会了，他不穷！”

“他比你小吧？看着个子是挺够瞧的了。”赵妈和她真的是亲生母女，连只活在自己的频道里这一点都一模一样。

赵文熙索性懒得解释：“比我小三岁，一米八五。”

“女大三抱金砖！”赵妈一听立马来劲，“我看有戏！”

“妈，你现在这样算不算是病急乱投医？”赵文熙真是哭笑不得，“我发现只要是个人，你就觉得有戏！”

赵妈笑起来：“你错了，哪怕是外星人我都觉得跟你有戏。人外星人也挺好的，长得好看活得久……”

“妈你一天少看点儿韩剧。”赵文熙忽然反应过来，“还说呢，我爸呢？你把他一个人扔家里？而且，你干吗来也不打电话，还搞突袭？”

“这不一突袭就突袭出情况来了？”赵妈明显是在避重就轻，赵文熙刚要接着审她，她就已经扯着嗓子喊伍坤：“小伍，你来一下！”

伍坤现在自然是乖巧得很温顺，恨不得赵妈赶紧给他多下点儿任务，好让他好好表现。

“我跟文熙睡楼上，晚上你可以带浩浩吗？”赵妈这会儿倒是笑得很和蔼。

赵文熙眼睛立马就瞪圆了：“哇，有你这么当姥姥的啊？领着外孙子出门交给别人？”

“你懂什么！”赵妈打发伍坤把她从家里带来的水果特产和丸子腊肉什么的从门口提溜到厨统统丢进冰箱，这才拉着赵文熙往楼上主卧走，没过多久就睡得打起了小呼噜。

赵文熙本身睡眠就不好，旁边睡个翻身磨牙打呼噜说梦话的老妈，更是睁眼到天明。

凌晨五六点，天已经开始有些发亮，她下楼刚打算拿瓶水，就看到了正窝在沙发上打瞌睡的伍坤。他怎么睡这儿？

赵文熙刚打算推醒他就被他那可怕的黑眼圈吓了一跳，他这是一宿没睡的节奏吗？怎么看起来精神这么差啊？

伍坤倒是醒了过来，看着赵文熙也是一愣：“你也没睡？”

“我是被吵得！”赵文熙无所谓地揉了揉眼睛，指着客房的方向说道，“你怎么不和浩浩一起睡啊？”

伍坤苦笑道：“我倒是想啊！那位小恶魔一晚上尿床尿了六次！我严重怀疑你家人都不给他吃饭只让他喝水！”

自此，两人默默决定，一定要赶紧把这祖孙俩人送走！

可惜，赵妈不只是安安稳稳地在她这里住下了还疯得要命，白天疯玩到处逛，还拉着伍坤帮她提购物袋一路陪逛。

“小伍啊，你家里还有些什么人？”坐在快餐店里，赵妈看着一脸疲惫的伍坤忽然问道。

伍坤赶紧答道：“我爸妈在我还小的时候就离婚了，我是跟着我爸的。”

“离婚啊？”赵妈一边啃汉堡一边嘀咕，“那你妈妈会不会过得很辛苦？”

伍坤点点头：“不过她再婚了，现在也有人照顾她，倒是也挺幸福，比跟着我爸强！我爸这人比较势利眼。”

“这样啊……”赵妈一边把汉堡里的菜叶子往外揪，一边又接着问东问西：“那你一个月工资多少钱啊？还得养活你爸和你。”

伍坤歪头想了想：“我其实也没太细问，好像说是我的基础工资是两千五。不过阿姨您放心，别管多少钱，我都是怎么领回来就怎么交给文熙。我不抽烟不喝酒，也不怎么花钱。我爸才不用我养活，他比我有钱多了！”

赵妈叹了口气：“你也不容易，年纪轻轻就出来打拼。不过你爸爸你还是得管的！养儿防老，总不能一直让他自己养自己吧？”

伍坤心想，他那哪是自己养自己，简直是一个公司都在养他，还用得着我跑去凑数？想起那个背叛者就是一肚子火，索性也就不解释了。

看他忽然若有所思，赵妈笑着拍拍他的肩膀，顺手把油蹭在他衣服上，颇为豪气地说：“放心吧，文熙那丫头挺会挣钱的。你跟她多学学，早晚能独当一面！”

说到这儿，她又指了指自己，笑眯眯地说道：“阿姨这双眼睛很毒的，看得出来我女儿喜欢你，不过你可不能欺负她啊！”

伍坤心想，还不一定是谁欺负谁呢好吗？

吃完汉堡炸鸡薯条，伍坤赶紧给赵妈和浩浩各要了一杯热水，看得赵妈直点头：“你还挺细心。”

伍坤忽然受表扬，还真是有点儿不好意思，红着脸笑了笑，睫毛跟小扇子似的，倒是让赵妈越看越喜欢，不断地给他拿鸡翅什么让他使劲吃，嫌他太瘦了，多吃点儿才好，千万不要怕花钱。

说到这儿，赵妈忽然从自己的小包包里掏出个红包来，硬塞给伍坤，不要都不行。“拿着吧，这个红包我准备了好些年，就当是阿姨给你买见面礼了！”

伍坤感动之余哭笑不得，心想阿姨您要是不来这一趟，我的人生可就彻底圆满了，还要什么见面礼啊！

逛完这趟街，赵妈总算是领着浩浩坐上了回老家的动车。他们两个熊猫眼送完车，直接就请假两天，简直连吃饭的环节都想省了，直接睡到天荒地老！

睡眠充足，伍坤才想起问正事："话说，你老妈还真挺能花钱的啊！怪不得你得拼命挣钱，合着有个这么能造的妈。"

赵文熙翻了个个儿，找了个更舒适的角度往枕头里蹭了蹭："她平时特别抠，这次跑出来是跟我爸吵架了，花钱解气来了。"

"这样啊！"伍坤挠了挠脑袋，"那是得有多大气性？她光见面礼红包就给我包了一万，我都蒙了！不过不知道为啥还多了一块钱，挺怪的。"

"啥？"赵文熙瞬间就醒了，"万里挑一？好我的妈呀，她那是把你当女婿了！"

自打知道"万里挑一"在赵文熙老家是给女婿改口钱才会有的数字，伍坤的嘴角就没从耳朵根上下来过，见谁都笑得像是一朵迎风招展的向日葵，简直气得赵文熙想打人！

不过，她也只能是想一想而已，真动手的话也得等到他们忙完中秋感恩会以后再说。

这次的感恩会耗费了赵文熙不少精力来筹备，不仅邀请了各个酒店的代表，甚至还有各路供货商来参加。原本就是那些人跟着郑玉背叛了"爱慕"，现在跟着他们不但一分钱没挣到，而且营业额还都有所下降，实在是一次选错边的大失误！

其实就算没有这个感恩会，凭着"爱慕"的业界口碑和如今良好的社会形象，他们本就愿意回归，现在"爱慕"能够低下身段，诚恳地邀请大家参加感恩会，实在是给足了这些人面子和诚意。

面对各界的目光，身着一身酒红色鱼尾裙的赵文熙终于在众人的掌声中走上了台。

她深深地鞠躬之后，才拿起麦克风："首先，我要代表'爱慕'对大家的光临表示衷心的感谢。在这中秋佳节的美好时刻，谢谢你们能来，让我站在这里不至于冷场，谢谢！"

她的小幽默又引起一阵掌声，她笑了笑接着说道："其实，今天在场的有很多都是老朋友。今天邀请大家相聚在一起，就是想要争取一下和各位继续合作的机会。我想知道，你们愿意给'爱慕'这个机会吗？"

众人"愿意"的声音此起彼伏，赵文熙笑了笑："但大家也许也还记得，我说过以后的'爱慕'会把很多精力放在公益事业上，只要客户符合我们的帮扶条件，就可以获得免费办婚礼的机会。如果大家还能像以往一样继续合作，我想知道各位对于'免费婚礼万里行'这个活动的看法，如果大家觉得有钱赚我才玩，那我劝您就趁早退出。利益与奉献并存，这才是'爱慕'以后选择合作伙伴的第一要务。"

这话说得台下的那些供货商恨不得抽自己几个大嘴巴子！当初怎么会受郑玉的指派，跟"爱慕"这个大金主闹翻脸呢？现在不仅得继续合作，遇到"爱慕"搞公益活动还得免费出钱出力？这简直是赔了夫人又折兵。

"爱慕"与所有人冰释前嫌握手言和，聚会热闹非凡。不到三个月的时间，必败的局势彻底扭转，"爱慕"又一次冲上了行业巅峰！

时间，就在这与世界、与他人、与自我的无限和解之中悠悠度过。一年的时间说长不长说短不短，却在每个人的人生中都画出了不同的色彩。

赵文熙做起了新部门设计部的总监，每天带着新助理安然画图然后下班一起去逛街，日子过得十分清闲。反而是伍坤凭着坑遍朋友圈而接手大业务部之后，就彻底变成了“男版赵文熙”。每天张口闭口钱钱钱，闭口张口利润率，天天催着周强他们要业绩……

从他身上，赵文熙真的深刻地体会到自己以前那副拽得二五八万的德行，到底有多招人讨厌……

郑玉出国了，孙培文在看守所多次向她求救，她也没搭理，“玉时代”被她那些乱七八糟的决策搞得人心不稳四分五裂，早已不能和“爱慕”相提并论。

顾星明倒是挺执拗，跟郑玉闹掰了以后依然不肯服软回来，反而带着一部的几个人自己创业做设备租赁，倒是偶尔会跟“爱慕”有业务往来。他的兄弟顾向北带着老婆彻底移民了，以后也没打算再回来。只是不知道为什么，伍坤听到这个消息之后，简直高兴得做梦都在笑，真是匪夷所思！

不过，所有人里面最让赵文熙感到意外的是薛一行——他找到了人生第二春，马上就要和韩娜结婚啦！

薛一行的婚礼，自然不能马虎。虽然是二婚，但当然还是得派出“爱慕”所有的精兵强将来执行，才能彰显薛老板对这段婚姻的重视！

典礼策划和设计由赵文熙和伍坤两个人共同完成。典雅的白色搭配到清新的草坪之上，整个婚礼场景都像是《绿野仙踪》之中所描述的美丽童话世界一样，那造型独特的花门，就是童话世界的入口。

只是，比较让人觉得违和的是，此刻在那所谓“童话世界的入口”处，站着的可不是什么可爱的小女孩儿，而是一脸尴尬的伍三江。

伍坤没想到他还有脸来参加薛一行的婚礼，一生气扭头就走了。他忙得满场子跑来跑去，就是不肯过去跟自己老爸打招呼。

“我对不起你啊老薛！”伍三江拉住薛一行的手，眼泪哗哗地往下流，嘴里还不断地说着道歉的话，“当时我也是鬼迷心窍了！他们拿整垮我的公司做要挟……我真的是没有办法！我保证，我伍三江只是在当时保持了中立，我真的一次也没有帮他们出活动啊！”

看他哭得像个犯了错的孩子，薛一行豁达地给了他一个大大的拥抱，一边拍着他的背一边安慰他：“你也别太自责了！其实吧，如果换位一下让我选，我可能还没你做得好呢！”

这话一出伍三江更是羞愧难当：“我今天来，只是想看看你，给你祝福，我是真没想到你能真的原谅我。我难受了这么久，躲着不敢见你，我……”

薛一行已经看到新娘子在花门处和自己招手，他赶紧说道：“都过去了！别往心里去，我把你当朋友，那你就是我薛一行一辈子的朋友！”

说罢，他忙着去准备婚礼开场，伍三江这才擦干了眼泪，慢吞吞地准备离开场地。也不知道是天意还是别的什么，平时的伍三江也没那么莽撞，可就在他经过花艺路引的时候，身上的外套就钩住了路引的边缘，瞬间整个路引花球就朝着草坪地面掉了下来。

最可怕的是，这些花球之间为了美观，还都帮了连接在一起的米白色丝带！此时这一个一倒地，所有的路引全都连成串地往地上摔。一瞬间，所有人都傻眼了！

伍坤一看到这场面就惊呆了，立马就对着伍三江气冲冲地走了过去：“你搞什么？你坑了‘爱慕’一次不过瘾，还追着来故意惹麻烦吗？”

伍三江赶紧挥着手解释：“我没有，我真的不是故意的……我刚才就是……”

“有意的还是故意的，有那么重要吗？”伍坤冷冷地说道，“反正就像你说的，你就算坑了人，我们也不能把你怎么着！”

赵文熙从刚才开始就看着这一切，她叹了口气，一边拿起对讲召唤花艺师来补救，一边把手搭在伍坤肩膀上安抚他的情绪：“你爸他也不是故意的，今天这种场合，他肯定是鼓足了勇气才来的嘛！而且，你忘了你一开始也给我弄了这么一出啊？撞翻了路引，还踩坏了我的镜面地板呢！你闯祸不断，你爸都没有放弃你，你现在这么气他，真的开心吗？”

伍三江刚想和儿子道歉，伍坤却只是瞥了他一眼，扭头拿起对讲走开了，彻底沉浸在打仗一样的氛围中，忙得什么也顾不上。

眼看着典礼就要开始，路引的加固还没有做完，伍三江看着花艺师们忙忙碌碌只能干着急，忽然觉得自己踩到了什么东西——居然是一枚钻石戒指！

戒指的里侧刻着“W&Z”，伍三江略一思忖就知道这是伍坤和赵文熙的首字母缩写，看起来这正是儿子的戒指。

看着伍坤忙忙碌碌的背影，听着耳边响起的婚礼开场音乐，伍三江决定，干脆等典礼结束了以后再去找到他吧！

千呼万唤之中，婚礼终于进入了正式的开场环节。主持人出场，新郎出场，新娘出场，迎接新娘，新人登台……

台下的大多数都是从事婚礼行业的相关从业人员，婚礼的每一个环节都简约而精致，看起来十分具有浪漫气息。相比那些道具流程环节，薛一行的发言倒是更让台下的一帮子老江湖更加感兴趣，也给出了最多的掌声来鼓励他。

“首先，我要谢谢各位百忙之中来参加我和韩娜的婚礼，我真的很感动！今天在这里，有我曾经并肩作战的伙伴，也有很多可以交心聊天的朋友，我薛一行本来以为这辈子也就这样了，混混日子稀里糊涂的一辈子也就过去了！可是，在今天我迎娶了我身边这个美丽的女人。她给了我对生活的希望，我要感谢她。老婆，我不咋地，你不嫌弃，这样就够了，我爱你！”

老实说，赵文熙这辈子都没听薛一行说话这么没条理过，在这一刻她已经摘掉了对讲机耳机，不想再操心下一个环节是什么，需要准备怎样的道具，她只想用心感受一下婚礼这种独特的典礼给人的感动和震撼，仅此而已。

终于到了抛手捧花的环节，新娘韩娜背对着观众站好，所有未婚的男女青年都簇拥在一起，等着抢手捧花。

赵文熙正站在一旁看热闹，等着手捧花有了主人的那一刻鼓掌，现场却发生了极为诡异的现象——拿着手捧花做了个抛出去的假动作之后，韩娜竟然扭头环顾全场，在锁定赵文熙所在的位置之后，就一手拿着手捧花一手拎着裙角，直接朝着赵文熙走了过来！

这是什么情况？

赵文熙一瞬间觉得自己的头皮开始有些发麻，呆呆愣愣地看着一脸笑意的韩娜把颇有些分量的手捧花直接塞进了自己的怀里！

尾　声

惊讶的赵文熙还没反应过来，浪漫的音乐声就再次响起，穿着一身帅气西装的伍坤就已经朝着她一步一步深情款款地走过来。

在这一刻，赵文熙已经猜到他这是要做什么。怪不得他这几天睡得都不踏实，怪不得他好像总是大半夜跟杜凯聊微信；怪不得他今天非得把自己捯饬得花里胡哨；怪不得一直到典礼开始前，他自告奋勇地一个人跑去跟薛一行还有韩娜沟通婚礼流程……

原来，一切精心的准备，都是为了这一刻的惊喜！

赵文熙忽然觉得鼻头有些发酸，两人的过往在脑海里像是放电影一样迅速地播放着。太多的故事早已经刻在记忆里，融入血液和灵魂，无法分割，不能分离！

伍坤也是十分激动，他终于等到了这一天，只要把戒指套在她手上，这个女人就真的属于自己！

他郑重地单膝跪地，所有人都用期待的眼神看着他把手伸向口袋，然后就见他脸色一白，再摸其他的口袋，瞬间脸色更白！

什么情况？戒指呢？伍坤一下子就从地上蹦了起来，口袋翻了个底儿朝天，愣是找不见精心准备的求婚戒指！老天爷，玩儿呢？

赵文熙本来已经做好了接受求婚的准备，刚打算放开面子哭个天荒地老，就被各种摸兜的伍坤逗得哭笑不得："算了算了，要不改天？"

伍坤简直快气晕了，正当他不知道该怎么办的时候，一枚精致的戒指就出现在了他的眼前！伍三江一边把戒指递给儿子一边催促着："赶紧啊！"

还需要再等待什么吗？

只要有爱哪里都是典礼，白头偕老才是最珍贵的仪式，珍惜当下的美好，比一切都值得铭记……